Emily Ferguson
Der letzte Glanz des Sommers

TINTE & FEDER

Das Buch

Mayara Harris hat alles, was sie braucht: den gutaussehenden Jo, eine Arbeit, die ihr Spaß macht, nette Freundinnen und ihre geliebte Großmutter Awenasa. Doch dann macht Jo mit ihr Schluss und ihre Großmutter erkrankt. Diese hat einen letzten Wunsch an ihre Enkelin: Mayara soll von Deutschland nach Nordamerika reisen, um ihre Wurzeln bei den Cherokee-Indianern kennenzulernen.

Mit einem geheimnisvollen Goldnugget in der Tasche als Wegweiser taucht Mayara ein in die fremde, faszinierende Welt ihrer Vorfahren. Und als sie den attraktiven Benjamin kennenlernt und auf ein Familiengeheimnis stößt, ahnt sie, dass die Reise zu ihren Wurzeln viel aufregender werden könnte, als sie sich das je vorgestellt hätte …

Die Autorin

Emily Ferguson wurde 1981 in Killeen/Texas geboren und ist in Deutschland aufgewachsen. Inzwischen wohnt die Autorin mit ihrer Familie in Nürnberg. Sie liebt das Reisen mit dem Rucksack, vor allem in den USA, wo sie sich zu ihren zeitgenössischen, romantischen Romanen inspirieren lässt.

In ihren Geschichten geht es um Abenteuer, die Liebe, Familiengeheimnisse, starke Frauen und ihre Reise, nicht nur in ferne Länder, sondern auch zu sich selbst.

Wenn Emily Ferguson nicht schreibt oder unterwegs ist, liebt sie Gesellschaftsspiele mit der Familie, geht in die Natur zum Geocachen oder wandern und fotografiert mit großer Leidenschaft.

EMILY FERGUSON

DER LETZTE GLANZ DES SOMMERS

Roman

TINTE & FEDER

Deutsche Erstveröffentlichung bei
Tinte & Feder, Amazon Media EU S.à r.l.
5 Rue Plaetis, L-2338, Luxembourg
August 2018

Umschlaggestaltung: zero-media.net, München
Umschlagmotiv: © Andrew Mayovskyy / Shutterstock; © marina shin / Shutterstock; © sutham / Shutterstock;
© AlpsRabbit / Getty
Lektorat und Korrektorat: Verlag Lutz Garnies, Haar bei München, www.vlg.de
Gedruckt durch:
Amazon Distribution GmbH, Amazonstraße 1, 04347 Leipzig /
Canon Deutschland Business Services GmbH, Ferdinand-Jühlke-Str. 7, 99095 Erfurt /
CPI books GmbH, Birkstraße 10, 25917 Leck

ISBN 978-2-91980-244-9

www.tinte-feder.de

Für all die Über-Schatten-Springer, Abenteurer und jene, die es werden wollen.

Prolog

Großvater Mond hing schwer und mächtig am schwarzen Himmel. Er leuchtete silbern, war von einem Kleid aus glänzenden Sternen umsäumt und noch nicht bereit unterzugehen. Der Zauber des Festes und die schweren, betäubenden Gerüche verbrannter Gewürze lagen noch in der Luft. Der vierte und letzte Tag des Busk, der Grünmaiszeremonie, lag hinter ihnen. Die kleinen Flammen der Feuerstelle vor dem Tipi drohten zu ersticken und lechzten nach dem Sauerstoff, den der junge Gawonii gerade großzügig in seine Lunge aufsog. Das unendliche Feuer jedoch, das im Tipi des Großen Rates brannte, leuchtete hell und stark und würde dies auch bis zum Fest im nächsten Jahr tun, so wie es schon immer gewesen war.

Trotz der Freude der letzten Tage war Gawonii durcheinander. Er wusste nicht, was das zu bedeuten hatte. Immer wieder derselbe Traum. Jedes Mal ein wenig intensiver, realer. Ein Traum, so schön, so unglaublich echt, dass es ihm schwerfiel, zu begreifen, welche Welt die Wirklichkeit beschrieb. Die, in der er sich gerade eben noch befunden hatte, oder diese im Hier und Jetzt. Und immer wieder kam *sie* darin vor. Leotie, schön wie eine Blume. Er wusste, dass er sie liebte, weil die alten Weiber so oft von diesem wundersamen Gefühl erzählt hatten. Während sie ihre Handarbeiten ausführten, hatte er ihren

Geschichten immer ganz genau zugehört. Und da war ihm klar geworden: *Das* musste es sein, was ihn zu Leotie hinzog. Die Liebe musste es sein. Nur, Leotie verstand es nicht. Zumindest nicht in dieser Welt. In der Welt seiner Träume hingegen waren sie älter, dennoch war sie nicht weniger schön. Vielleicht sogar noch schöner, so genau konnte er es nicht sagen. Sie hatten ein eigenes Tipi und sprachen Kinder mit Namen an, die sie selbst ausgesucht hatten, denn es waren ihre eigenen Kinder. In seinen Träumen war da aber noch etwas – etwas, das ihm Kopfzerbrechen bereitete. Es hing in der Luft, schwer wie der betörende Rauch des Obersten während seiner Zeremonien. Ein Geheimnis, das er nicht lösen konnte, weil er nicht einmal sicher wusste, ob es überhaupt eines war. Aber konnte es eines sein, konnte es eine Bedeutung haben? In seinen Träumen tanzten die Sonne und der Mond zur gleichen Zeit am Himmel. Unzertrennlich wie Zwillinge. Und jeden Morgen, wenn er aus diesem wiederkehrenden Traum erwachte, sah er zum Himmel auf und erwartete, das zu sehen, was im Traum so selbstverständlich war. Doch nie, niemals sah er Großmutter Sonne und Großvater Mond zusammen. Eisern hielten sie die Zeit des Getrenntseins aufrecht. Denn so war es schon immer gewesen, so war es und so sollte es für immer sein. In dieser Wirklichkeit.

Dieses Mal aber erwachte er mitten in der Nacht. Es war so hell, dass Gawonii keine Fackel brauchte, die ihm den Weg zum Bach leuchtete. Er wollte sich den Schweiß vom Körper waschen, der von den Tänzen der letzten Tage noch an ihm klebte und ihn nicht weiterträumen ließ. Das Wasser war kühl und klar und schärfte seine Sinne mit jeder Berührung. Und so sah er sie am Boden des Baches schimmern, so schön, wie er nie zuvor etwas gesehen hatte. Und er fühlte genau, dass sie die Lösung für all seine Fragen waren. Die Sonne und der Mond fielen vom Himmel, in das Wasser vor ihm, und jetzt hielt er sie in seiner Hand. Das konnte kein Zufall sein. Es war, als hätten sie schon immer zu ihm gehört. Sichelförmig und rund lagen sie aneinandergeschmiegt. Die Zwillinge waren vereint. Gleich morgen würde er den Ältesten um Rat fragen, ob die Sonne und der Mond, die er in den Händen hielt, und die Träume seine Bestimmung sein konnten. Ganz fest hielt er die beiden glänzenden Steine umklammert. Er wusste, wo er sie ab sofort aufbewahren würde. Leotie hatte ihm dieses wunderschöne Säckchen aus Büffelleder genäht. Es war perfekt. *Sie* war perfekt. Und sie würde eines Tages seine Braut werden, das wusste er jetzt ganz genau.

Kapitel 1

Im Auge des Sturms

»Ich mag neue Sachen einfach nicht. Mochte ich noch nie. Gerade Oma Awenasa, die zu den Menschen gehört, die mich am besten kennen, sollte das doch wissen.«

»Und, hast du sie gefragt, wie sie da jetzt auf einmal draufkommt?«

An Sophias Gesichtsausdruck erkenne ich, dass sie aus der ganzen Sache genauso wenig schlau wird wie ich.

»Klar, aber anscheinend will sie mir keine Antwort geben. Sie hat ausweichend rumgedruckst, wie sie es immer tut, wenn sie über irgendwas keine Auskunft geben will. Du kennst sie doch. Sie ist wie ausgewechselt, und ich habe keinen blassen Schimmer, was das alles zu bedeuten hat.«

Sophia sieht mich mit großen, fragenden Augen an.

»Komisch, bisher wollte sie doch nie darüber sprechen, wo du herkommst. Das Thema war immer tabu, und jetzt sollst du plötzlich in die Staaten fliegen und etwas über deine Wurzeln erfahren?«

»Verrückt, nicht? Vor allem will sie mir eine Adresse mitgeben, die mir helfen wird, Antworten zu finden. Genaueres dazu kann sie mir aber nicht sagen.«

»Hm, deine Oma ist wie ein Buch mit sieben Siegeln für mich. Andererseits passt es dann auch schon wieder zu ihr. Manchmal wirkt sie ja richtig geheimnisvoll, vor allem, wenn sie in ihrer Küche sitzt und einem etwas nach einem neuen Rezept kredenzt.«

Ich muss lachen. Ich weiß genau, was sie meint.

»Ja, genau, und überall stehen dann die eigenartigen Gewürzspender rum. Von denen keiner so genau weiß, was da eigentlich drin ist. Und wenn ich sie frage, was sie da in der Cherokee-Sprache vor sich hin summt, dann mahnt sie mich, ich solle doch offener für die großen Geheimnisse dieser Welt sein. Und es gebe viel mehr Zauber in ihr, als ich für möglich hielte. Aah, mit ihrem Aberglauben treibt sie mich noch in den Wahnsinn. Warum kann sie denn nicht einfach akzeptieren, dass ich an solchen Hokuspokus nicht glaube? Jedenfalls hat sie gemeint, sie will mir den Flug und die Unterkunft bezahlen, solange ich sie brauche.«

»Solange du sie brauchst, bis *was* ist?«

»Ja, das weiß ich doch auch nicht so genau. Vielleicht bis ich bei dieser Adresse war und alles rausgefunden habe, was es rauszufinden gibt?«

Sophia sieht mich verblüfft an.

»Ja, aber weiß sie denn, was es rauszufinden gibt? Und wenn, warum erzählt sie es dir dann nicht einfach?«

»Boah, Soph, woher soll ich das denn wissen? Anscheinend fehlen auch ihr Infos über unsere Vergangenheit, denn wie du richtig sagst, würde das Ganze sonst keinen Sinn ergeben. Aber für Oma muss es ohnehin keinen Sinn ergeben. Das Schicksal werde den Weg schon weisen, sagt sie immer.«

Ich schüttle den Kopf und denke mir, dass es mit ihr immer schlimmer wird. Als ob Sophia das Ganze verdauen müsse, begießt sie das Gespräch mit einem großen, kräftigen Schluck Bier. Sie trinkt dunkles, deftiges Rauchbier.

Herb muss es bei ihr sein. Mein Fall ist es ja gar nicht, aber wenn wir im Biergarten sind und es ihr Lieblingsbier nicht gibt, ist sie fast beleidigt und braucht extra doppelt so lange, um sich ein anderes Getränk auszusuchen. Bin ich froh, dass wir heute in unserem Stammbiergarten sind. Sogar »unsere« Kellnerin ist da. Sie kennt uns so gut, dass sie sich bei dem einen oder anderen aus der Clique nur noch vergewissert, ob sie mit dem Getränkewunsch auch wirklich richtig liegt. Ich könnte Sophia knuddeln, so niedlich sieht sie mit ihrem weißen Bierschaumbart aus, während sie todernst und gedankenverloren ins Leere blickt. Blind kramt sie in ihrer sumpfgrünen Tasche – das hässlichste Teil an Tasche, das ich je gesehen habe. An beiden Seiten hängen in Lederimitation orange Stofffetzen weg und wippen, wenn sie geht, bei jedem Schritt im Takt nervig hin und her. Ob man will oder nicht, ständig muss man hinsehen. Ich kann gar nicht mitzählen, wie oft ich mir nichts sehnlicher als eine Schere herbeigewünscht hätte. Aus dieser Tasche holt sie sich jetzt ihren Tabakbeutel heraus und dreht sich eine kleine, schlanke Zigarette, sucht nach Streichhölzern, die sie nach einiger Zeit auch findet, zündet sich die Kippe an und sieht mich auf einmal eindringlich mit ihren großen blauen Augen an.

»Mayara, mach es! Flieg in die Staaten und schau einfach, was auf dich zukommt!«

Ich pruste ihr die Cola entgegen, die ich gerade herunterschlucken wollte.

»Waaas? Ist das dein Ernst? Fängst du jetzt auch noch an zu spinnen?«

Sophia deutet mit ihrem Kinn Richtung Eingang des Biergartens.

»Ah, schau mal! Da kommen Sabine und Tobi. Lass uns später weitersprechen, du solltest über das Angebot einfach mal nachdenken. Wenn du nichts herausfindest, hast du zumindest einen Urlaub, um den ich dich jetzt schon beneide.«

Ich bin schockiert von dem, was Sophia da von sich gibt, und nicht imstande, ihrem Blick zu folgen. Am liebsten würde ich sie fragen, ob sie von allen guten Geistern verlassen ist, aber ich komme nicht dazu.

Hinter mir höre ich Sabine neugierig fragen: »Worum beneidest du Maya?«

»Ach nichts!«, winkt Sophia ab und wirft mir einen sprechenden Blick zu.

Wir wissen beide: Wenn ich die Sache für mich behalten will, sollte ich jetzt dringend vom Thema ablenken. Vor Sabine ist es nahezu unmöglich, ein Geheimnis zu bewahren. Früher oder später bekommt sie es doch heraus. Sie sieht mich mit ihren dunkelgrünen Augen fragend an und die Neugier steht ihr ins Gesicht geschrieben.

»Hach, nichts Besonderes. Sophia beneidet mich darum, dass ich mein Ziel, für den Frühling ein paar Kilo abzunehmen, erreicht habe. Sie wird es bestimmt auch schaffen, aber braucht halt noch ein wenig.«

Ich zwinkere Sophia zu, kann aber deutlich sehen, dass sie mit meinem Ablenkmanöver nicht happy ist. Denn Sabine steigt prompt darauf ein. Während sie auf Sophia zugeht, steht die auf, um sie mit einer Umarmung zu begrüßen, wie es bei uns in der Clique üblich ist.

»Ach, mach dir nichts draus. Bei dem ständig wechselnden Wetter hast du bestimmt noch eine Weile Zeit, um in deinen Bikini reinzupassen.«

Sabine tritt einen Schritt zurück, hält immer noch Sophs Hände und blickt kritisch an ihrer Freundin hinab. Was gäbe ich darum, jetzt Sophias Gedanken lesen zu können. Viel Denken ist da allerdings nicht, denn Sabine ist in ihrem Element, und wer sie kennt, weiß, dass es für sie mehr als ein Vergnügen ist, einen gut gemeinten Rat unter Freunden von sich zu geben. Ich bin mir sicher, dass der finstere Blick, den mir Sophia da gerade zuwirft, mit dem drohendem Aufklärungsgespräch zu tun hat.

»Was für eine Diät machst du denn genau?«

Und zack, die klebrige Falle namens wohlgemeinter Rat hat zugeschnappt. Keine Ahnung, warum ich es Sophia gerade ein ganz klein wenig gönne. Ich bin mir nicht sicher, ob Enttäuschung das richtige Wort ist. Aber es geht mir einfach nicht in den Kopf, warum Sophia meint, ich solle diese Reise einfach antreten. Allein. Was soll ich denn da? Will sie vielleicht ein paar Wochen Abstand von mir? Anders kann ich es mir gerade nicht erklären. Keiner kennt mich so wie sie, und sie weiß, dass ich niemals freiwillig von hier wegwollen würde. Das muss sie mir definitiv genauer erklären, warum sie diese Schnapsidee meiner Oma auch noch unterstützt. Doch bevor sich meine Verschwörungstheorien selbstständig machen, drehe ich mich zu Tobias um, der anscheinend nur darauf wartet, wahrgenommen zu werden. Sein vorwurfsvoller Blick samt hochgezogenen Augenbrauen spricht Bände. Ich drücke ihn kurz an mich.

»Hey, Tobi, alles klar bei dir? Wie läuft es so?«

Tobias ist der Einzige aus der Clique, der noch studiert. Zuerst hatte er mit BWL angefangen. Bis er sich nach vier Semestern entschied, doch lieber Mediendesign zu belegen. Er meinte, das sei die perfekte Mischung aus Kreativität und neuen Medien. Keiner aus der Clique fand diesen Fächerwechsel je schlimm oder komisch, aber ich habe selbst heute noch den Eindruck, als bilde er sich ein, dass dem sehr wohl so ist und er deshalb nicht für voll genommen wird. Auf jeden Fall verhält er sich etwas komisch, seitdem er sich umentschieden hat.

»Na, wenigstens einer fällt auf, dass ich auch noch da bin!«

Obwohl ich Tobias gernhabe und ihn vor allem für seine Klugheit und Loyalität schätze, macht er mich in solchen

Situationen rasend. Warum denkt er eigentlich, dass alle Welt immer zuerst auf ihn zugehen muss? Unmöglich! Doch ich habe absolut keine Lust, zu streiten, was mit Tobias aber ohnehin nicht möglich wäre, er würde einfach beleidigt gucken, um dann mindestens acht Wochen kein Wort mit mir zu sprechen. Was ich als harmoniesüchtiger Mensch nicht verkraften könnte, weshalb ich früher oder später winselnd auf allen vieren vor ihm kauernd um Verzeihung bitten würde.

Boah, mich schüttelt es, dieses Bild sieht vor meinem inneren Auge zu erschreckend aus. Einfach nicht darüber nachdenken. Stattdessen beschließe ich, die zickige Bemerkung schlichtweg zu ignorieren. Ich versuche ihm dabei zuzuhören, weshalb er der Meinung ist, dass er von irgendeinem Dozenten immer schlechtere Noten bekommt, merke aber, dass ich mit meinen Ohren fremdhöre. Da! Johann, ich habe seinen Namen genau gehört. Na ja, vielmehr die Abkürzung, Jo. Die Stimmlage, mit der Sabine emsig erzählt, lässt mich vermuten, dass es nicht mehr um Diäten oder Ernährungstipps geht. Ich versuche Tobias' aufdringlich hohen Ton zu überhören, aber es fällt mir verdammt schwer. Ich möchte auf keinen Fall auffallen, aber ich muss unbedingt wissen, was Sabine da erzählt. Es ist so anstrengend. Ich antworte Tobias mit einem »hmmm« oder einem »jaja«, ohne richtig hinzuhören. Bei ihm bin ich mir nicht so sicher: Merkt er nicht, wenn sein Gegenüber etwas nicht interessiert, oder will er es einfach nicht merken? Ich spüre, dass mich die Situation aggressiv macht. Rein gar nichts bekomme ich von dem mit, was Sabine erzählt. Es ist selbst für meine Verschwörungsgedanken zu wenig.

»Wart mal kurz!«

Ups, so laut und barsch wollte ich das jetzt auch wieder nicht sagen. Sofort senke ich meine Hand, die ihn gerade noch zum Schweigen aufforderte. Er sieht mich erschrocken an. Keine zehn Sekunden später dann dieser typische »Pah, dann eben nicht, jetzt bin ich beleidigt!«-Blick. Also gut, dann halt in ein paar Wochen zu Kreuze kriechen. Ich will jetzt einfach nur wissen, was Sabine da gerade über Jo erzählt.

»Was ist mit Jo, Sabine?«

Ich blicke Sophia an, denn ich hoffe, dass ich nicht zu auffällig oder forsch nach ihm gefragt habe. Wie gut, dass Sophia mich blind versteht. Sie schüttelt kaum merklich den Kopf. Sabine spricht ohne Punkt und Komma und ist somit ganz sie selbst. Wie immer vergisst sie dann alles um sich herum. Zum Glück ist ihr nicht aufgefallen, dass ich emotional wurde, kaum dass auch nur sein Name fiel. Sabine versucht sich gerade an einem hochdramatischen Spannungsbogen, indem sie ihre Stimmlage um zwei Oktaven tiefer stellt. *Mann, Mann, das ist doch hier kein Thriller,* denke ich bei mir.

»Jo hat eine neue Freundin! Ich sag euch, die ist bildhübsch, auch wenn sie für meinen Geschmack arg arrogant wirkt …«

Was für ein Horrorszenario! Das gibt es doch gar nicht! Nein, das muss ein Irrtum sein. Ich sitze wie erstarrt auf der Bierbank. Es ist doch noch keine zwei Wochen her. Mein Gehirn weiß gar nicht, was es denken soll. Ich bin völlig durcheinander. *Konzentrier dich, Maya! Konzentrier dich!* Ich überlege fieberhaft, ob Jo irgendetwas erzählt hat. Irgendetwas, was einen Hinweis auf eine Neue in seinem Leben gegeben hätte. Aber daran könnte ich mich doch erinnern. Und woran ich mich genau erinnere, ist unser Treffen vor zwei Wochen. Es war an diesem Tag so schön wie nie zuvor. Aufregend. Meine Gedanken wandern zurück zu diesem außergewöhnlichen, unerträglich heißen Tag.

»Hast du was Kaltes zu trinken im Kühlschrank?«

»Musst mal gucken, ich glaube nicht …«

Er steht mit dem Rücken zu mir und ich kann jeden einzelnen seiner Muskeln sehen, obwohl er sie nicht einmal besonders anspannt. Er ist dabei, sich umzuziehen. Mein Blick bleibt an seinem Körper haften. Auch als er sich zu mir umdreht, kann ich ihn einfach nicht von ihm abwenden.

»Und?«

Ich bin irritiert.

»Und was?«, antworte ich, mehr gehaucht als alles andere.

Es ist zum Verrücktwerden. Meistens kann ich meine Gefühle ihm gegenüber ja ganz gut verbergen. Vor allem mein Verlangen habe ich im Laufe der Jahre zu beherrschen gelernt. Aber heute ist es anders, ganz anders.

»Ja, hast du im Kühlschrank etwas Kaltes zu trinken gefunden?«

Er sieht mich fragend an, und ich bilde mir ein, dass ein Lächeln über seine Lippen huscht, während er auf mich zukommt. Ich kann nur noch diese Lippen ansehen.

»Um ihre Superkräfte zu entfalten, muss diese Maschine stets geschlossen bleiben und sollte nur gelegentlich kurz geöffnet werden.«

Er steht ein paar Millimeter vor mir und grinst mich spitzbübisch an. Wie er mich ansieht. Ich bin mir sicher, er weiß, wie er auf mich wirkt. Der Duft seines Aftershaves kommt mir mit einem Windzug durch das geöffnete Fenster sanft entgegen. Ich schließe meine Augen, will diesen Geruch einfangen, in meiner Nase und meiner Erinnerung.

»Du musst loslassen, Süße!«

»Ja …«

Mehr Worte schaffen es nicht über meine Lippen. Ich spüre, wie er meine Hand in seine nimmt. Ich halte etwas umklammert und blicke irritiert auf unsere Hände. Oh! Immer noch umklammere ich die offene Kühlschranktür. Augenblicklich bin ich im Hier und Jetzt. Ich lasse erschrocken die Tür los und Jo schubst sie zu.

»Tut mir leid! Ich war irgendwie in Gedanken«, versuche ich mich stammelnd rauszureden.

Viel Hoffnung habe ich nicht. Er kennt mich zu gut. Ich spüre, wie ich vor Aufregung und Erregung zittere. Er hat es sicher bemerkt. Ich drehe mich um die eigene Achse und gehe zwei Schritte zu seinem Spülbecken. Er hat eine offene, moderne Küche. Rechts oben vom Sideboard hole ich mir ein Glas herunter. Mann, bin ich nervös! Er sagt nichts. Aber ich spüre ihn. Barfuß höre ich ihn über die Parkettdielen zu mir gehen. Jeder Schritt fest und sicher. Und ich spüre seine Hand auf meiner Schulter, bevor er sie berührt. Instinktiv drehe ich mich zu ihm um. Ich habe keine Wahl und ich will auch keine haben. Er ist mir so nah, dass ich seinen Herzschlag hören kann. Oder ist es meiner? Er kommt noch näher und drückt seinen Körper eng an meinen. Ich spüre seine Hüften, die meine suchen. Er hebt mich mit einem Satz auf die Küchenarbeitsfläche. Zieht mir gekonnt meine Hose und dann meinen Slip herunter. Ich höre mich stöhnen. Alles an mir will ihn. Ich möchte ihn weiter ansehen, doch meine Augen schließen sich instinktiv. Wir driften davon. Höher und höher. Bis der Rausch uns gleichzeitig im freien Fall loslässt.

Ich bin mir sicher, dass Sophia weiß, wie es mir geht, denn ich spüre, wie ihr besorgter Blick auf mir ruht.

»Optisch passen die beiden zusammen wie die Faust aufs Auge. Gerade so, als wären sie einer Werbung für Unterwäsche entsprungen. Ihr wisst schon, die, die man jetzt überall auf den Plakaten sieht, in Schwarz-Weiß.«

Das zwischen Jo und mir ist nie mehr als eine Affäre gewesen. Freundschaft mit Extras. Wäh, wie ich diesen Spruch hasse! Mir ist schlecht. Ich spüre Sophias Hand auf meinem Oberschenkel. Wahrscheinlich möchte sie mich damit beruhigen, was ihr aber nicht gelingt. In mir drin herrscht gerade das maximale Chaos. Am liebsten würde ich mir die Ohren zuhalten, auf der anderen Seite hänge ich an Sabines Lippen und möchte jede Einzelheit wissen. So muss es sich anfühlen, wenn man einen Tornado in seiner vollen Schönheit bewundern will und wie angewurzelt stehen bleibt, obwohl man besser daran täte, wegzulaufen, um sich in Sicherheit zu bringen und nicht verletzt zu werden. Sabines Worte *sind* der Tornado. Der Inhalt ihrer Geschichte ist der Sturm, der mich alles kosten könnte. Mein rechtes Knie fängt an, nervös zu wippen. Sophia versucht mit ihrer Hand Druck dagegen auszuüben, um mich daran zu erinnern, dass sie da ist. Dass alles gut ist. Aber das ist es nicht.

»Anscheinend ist es was Ernstes. Er hat erzählt, sie hätten nicht viel Zeit, sie müssten zum Essen zu seinen Eltern.«

Mir stockt der Atem. Zu seinen Eltern? Ich kenne die beiden viele Jahre. Konservativ, wirklich freundliche, nette Leute. Ich bin mir sicher, dass sie mich mögen. Zumindest als Jos langjährige gute Freundin. Ich weiß noch nicht einmal, wie dieses Mädchen aussieht, nur dass sie wunderschön ist. Was auch immer das heißt. Ich sehe die beiden vor meinem geistigen Auge. Am Tisch dieser super Eltern. Super Jo mit super Frau bei super Eltern. Wie konnte ich nur eine Minute glauben, dass ich dort sonntags sitzen könnte. Ich? Ein paar Zentimeter zu klein, ein paar Pfund zu schwer und gar nicht typisch konservativ. Das liegt nicht mal an meiner Kleiderwahl oder meinem Charakter. Es ist mein natürliches Erscheinungsbild. *Exotisch,* hat mal jemand zu mir gesagt. Ich konnte mich nicht entscheiden, ob das ein Kompliment oder ein Schimpfwort sein sollte. Nicht *hübsch,* nicht *süß,* nicht *weiblich. Exotisch.*

»Na, ihr kennt ja Jo. Nach Hause zu seinen Eltern nimmt er keine mit, wenn er es nicht ernst meint.«

Ich halte es nicht mehr aus. Ich versuche mich zusammenzureißen, um nicht zu schnell aufzuspringen.

»Muss mal schnell aufs Klo«, nuschle ich und gehe so schnell ich kann, ohne zu rennen, ins Gasthaus zu den Toiletten.

Meine Gedanken fahren Karussell. Bilder verschiedener Szenen schießen mir durch den Kopf. Unser erster Kuss, im Regen, beim Konzert. Jede Sekunde, jeden Moment kann ich hervorrufen. Kein Detail werde ich vergessen können. Es ist, als wäre es gestern gewesen. Fast so nah wie unser letztes Mal vor zwei Wochen. Dann die andere Seite. Die Gefühle und die Gedanken kriechen wie nervige Insekten durch mein Bewusstsein. Der Tag, an dem er mir sagte, dass er mich nur als Freundin, als *sehr gute* Freundin sieht. Die vielen Dates, bei denen er mich versetzt hat. Seine letzte Freundin. Und jetzt das Bild von seiner Neuen und ihm. Die Vorstellung von ihm mit ihr hat sich sofort in meinem Kopf eingenistet. Sie ist groß, schlank, hell, klassisch, und natürlich ist sie wahnsinnig sportlich. *Tief einatmen,* rede ich mir ein. Ich lasse eiskaltes Wasser über meine Unterarme laufen und bin einfach froh, hier alleine zu sein. In diesem Moment öffnet sich die Tür. Ich fahre erschrocken zusammen.

»Ach, du bist es!«

Sophia kommt auf mich zu, nimmt mich in den Arm und streicht zärtlich über mein Haar.

»Hey, jetzt warte doch erst mal ab. Du kennst doch Sabine. Die neigt doch von Natur aus dazu, alles zu dramatisieren.«

»Aber er hat sie zu seinen Eltern mitgenommen!«

»Ach, komm, vielleicht wollten sie ja nur schnell was holen. Wer weiß?«

Nun wundere ich mich doch sehr. Sophia hat mir immer zugeredet, andere Männer zu daten. Von Jo wegzukommen. Mal versuchte sie es diplomatisch auszudrücken, andere Male endete die ewig gleiche Diskussion im Streit. Ich bin mir nicht sicher, ob sie mich nur für den Moment beruhigen möchte und ich dann später ein »Ich hab dir doch schon immer gesagt, vergiss den Typ endlich!« höre. Für sie ist es ja auch nicht einfach. Jo gehört zu Sophias engsten Freunden. Wir alle sind schon seit

Jahren eine Clique. Ob ich will oder nicht. So schnell komme ich aus der Sache nicht raus. Wenn ich ihn verliere, verliere ich am Ende noch alle anderen. Und der ganze verrückte Haufen ist mir doch so sehr ans Herz gewachsen. Das kann ich mir unmöglich vorstellen.

»Ist er da?«, frage ich zaghaft.

»Also, gerade war er es noch nicht. Geht es dir besser? Ich habe Sabine erzählt, dass du wahrscheinlich was Falsches gegessen oder den Milchshake vorhin nicht vertragen hast. Kannst dir ja vorstellen, dass von Sabine erst mal ein Vortrag über verarbeitete Lebensmittel kam.«

Das kann ich mir gut vorstellen. Ich spüre, wie mein Atem gleichmäßiger wird. Gedanklich halte ich mich an Sophs Rat fest. Abwarten. Das kann ich mittlerweile gut.

Bevor wir den Biergarten betreten, drückt Sophia meine Hand. Und da sehe ich ihn. Alles an ihm ist perfekt. Er versucht entnervt, sein Fahrradschloss zuzumachen. Seit Wochen funktioniert es nicht mehr richtig, und ich hatte mir vorgenommen, ihm zu seinem Geburtstag in ein paar Wochen ein neues zu schenken, sollte er es bis dahin nicht auf die Reihe bekommen haben, sich selbst eines zu besorgen. Jo hat mich und Sophia noch nicht entdeckt. Ich liebe diese Momente, in denen ich ihn in Ruhe betrachten kann. Jetzt kennen wir uns so lange und trotzdem habe ich immer das Gefühl, etwas Neues an ihm zu entdecken. Alles an ihm ist aufregend. An manchen Abenden fällt es mir regelrecht schwer, die Finger von ihm zu lassen. Vor allem, wenn wir alle ausgelassen feiern. Vielleicht ist es gerade das, was die Beziehung zwischen uns ausmacht. Ich verdränge den Gedanken, aber eigentlich möchte ich viel mehr. Sonntags zum Mittagessen zu seinen Eltern gehen, zum Beispiel. Der Gedanke versetzt mir einen Stich. Und dann! Unsere Blicke treffen sich. Ich habe den Bruchteil einer Sekunde Angst. Angst, dass sich zwischen uns alles verändert hat. Dass ich auf den Stufen der ihm wichtigen Menschen ganz weit nach unten gerutscht sein könnte. Doch in diesem Moment, als unsere Augen sich treffen, bin ich mir sicher. Nichts. Es hat sich nichts verändert. Seine Augen funkeln mich an. Als ob er mich für einen klitzekleinen Augenblick in seine Seele blicken ließe, und ich lasse ihn in meine sehen. Sofort bekomme ich am ganzen Körper Gänsehaut. Ganz langsam verschwindet alles um mich herum im Nichts. Es ist still. Sophia spricht mich an, aber ich höre ihre Stimme wie in weiter Ferne, wie das Rauschen eines Radiosenders bei schlechtem Empfang. Gefühlte Ewigkeiten vergehen, bis ich ihre Stimme klar und deutlich vernehme und der Augenblick vorbeizieht.

»Alles in Ordnung?«, fragt sie mich besorgt.

Sophia sieht mich an und ich weiß, sie kennt mich mittlerweile sehr gut und ahnt, was in mir vorgeht.

»Ja, alles gut!«

Ich kann nur grinsen.

Sie erwidert mein Lächeln, verdreht die Augen, ist aber anscheinend froh, dass es zu keiner Katastrophe kommt. Ein paar Minuten später, am Tisch bei meinen Freunden, ist es, als wäre ich zurückversetzt und wüsste nichts von einer Neuen an seiner Seite. Jo bestellt sich eine Cola light. Alkohol ist für ihn unter der Woche tabu. Sein Körper ist ihm wichtig. Er versucht immer in Topform zu bleiben. Ich bin mir nicht sicher, ob es ihm dabei um den gesundheitlichen Aspekt geht. Es scheint mir, als ginge es ihm vielmehr um die Kontrolle. Er ist darauf bedacht, immer das Richtige zu tun. Einmal erzählte er mir, dass seine Eltern ihm mehr als deutlich gesagt haben, was in ihren Augen aus ihm werden soll. Sein Vater möchte, dass er eines Tages die Firma übernimmt. Er ist auf dem besten Weg dorthin. Mittlerweile ist er Abteilungsleiter. Das musste er sich hart erarbeiten, denn gerade weil sein Vater der Geschäftsführer ist, wird von ihm doppelt so viel Leistung erwartet. Das sehen auch seine Mitarbeiter, weshalb er ihre volle Akzeptanz genießt. Ich weiß, dass Jo sich fügt. Denn dieses eine Mal, es muss vor circa drei Jahren gewesen sein, erzählte er mir, was er wirklich möchte. Am liebsten würde er um die Welt reisen. Damals sah ich ihn verwundert an. Jo ist nicht der Typ, der einfach so etwas von sich preisgibt. Ich weiß noch wie heute, wie stolz ich war, weil er gerade mir seinen innigsten Wunsch anvertraut hatte. Ich glaube, diese Nacht war es, in der ich mich in ihn verliebte. Die vorherige Schwärmerei wurde an diesem Abend von tiefer Zuneigung abgelöst. Das Thema Weltreise kam nie wieder zur Sprache. Ich mied es. Es stand auf keinem Blatt Papier, aber ich malte mir oft eine gemeinsame Zukunft mit Jo aus, und Oma Awenasa und auch mein geliebtes Zuhause für so lange Zeit zu verlassen, war und ist unvorstellbar für mich.

»Leute, ich muss euch was sagen.«

Etwas in Jos Stimme lässt mich aufhorchen. Ich kann es nicht deuten. Seit er da ist, hat er mich kaum beachtet. Aber das kenne ich ja. Wir wollten unsere besondere Beziehung nie mit in unseren Freundeskreis nehmen. Auch wenn von Anfang an jeder der Meinung war, wir würden so gut zusammenpassen, haben alle nach ein paar Jahren – und einigen von Jos Freundinnen später – aufgegeben, darauf zu wetten. Mich versuchen sie hin und wieder zu verkuppeln, aber ich blieb bis heute das ewige Singlemädchen. Alle sehen ihn gespannt an. Selbst Tobias guckt wach in seine Richtung. Und Sabine, na ja, sie wippt nervös auf ihrem Platz hin und her. Neuigkeiten sind ihr Lebenselixier. Jo will anscheinend sichergehen, dass er die volle Aufmerksamkeit aller hat. Jeden sieht er verschwörerisch an, wobei ich mir einbilde, dass sein Blick an mir vorbeihuscht. Ich weiß nicht, was er vorhat und in welche Richtung das geht, aber ich befürchte Unheilvolles.

»Ich habe eine Frau kennengelernt, Anna.«

Anna. Sofort schießt mir ein altes Lied durch den Kopf: *A-N-N-A, von hinten wie von vorne.* Ein Ohrwurm, den ich geliebt habe. Wegen des tollen Songs beneidete ich heimlich jedes Mädchen mit diesem Namen. Anna also. Kurz denke ich, das war es. Dass er von ihr erzählen will, bevor die Gerüchteküche zu brodeln beginnt. Doch was er dann sagt, lässt mich erstarren.

»Wir werden in drei Monaten länger verreisen. Wir planen eine Weltreise.«

Es klingelt in meinen Ohren. Ich kann nicht fassen, was hier geschieht. Starr sitze ich auf der Bierbank und kann mich in meinem Schockzustand nicht vom Platz bewegen. All meine Energie verwende ich darauf, ruhig zu atmen, mir nichts anmerken zu lassen. Da spüre ich wieder Sophias Hand auf meinem Oberschenkel. Nein, ich will mich nicht beruhigen lassen. Ich kann nicht. Unsanft schiebe ich ihre Hand von meinem Bein und kann endlich aufstehen.

»Der Milchshake …«, stottere ich, drehe mich um und laufe zu meinem Fahrrad, das nur zwei Fahrräder entfernt von Jos steht.

So schnell es geht, trete ich in die Pedale, fahre die Pegnitz entlang. Der Wind weht mir durchs Haar, und Tränen, die mir über die Wangen laufen, werden von ihm sofort getrocknet. Ich kann an nichts denken. An nichts außer an dieses Scheißlied.

Kapitel 2

Kreis der Träumer

Ich weiß nicht mehr, wie ich nach Hause gekommen bin, ich erinnere mich nur noch an den Wind und an dieses Lied. Bei meiner Anlage suche ich mir irgendeine CD aus, völlig egal, was, Hauptsache, die Musik übertönt den Ohrwurm in meinem Kopf. Ich drehe die Anlage so laut auf, dass sich die Musik gerade noch erträglich anhört und die Boxen nicht ihren Geist aufgeben. Draußen dämmert es mittlerweile, aber ich lasse das Licht aus, schnappe mir stattdessen meine Lieblingswolldecke und setze mich in die orientalische Kissenecke auf dem Balkon. Ich versuche, nicht darüber nachzudenken, was passiert ist, ich ertrage es einfach nicht. Auf meinem Handy sehe ich Nachrichten von Jo. Eigentlich möchte ich es nicht, möchte überhaupt nichts von ihm hören … Ich öffne sie trotzdem.

»Hey, alles klar bei dir???«

Pah! Versteht der denn überhaupt was? Die nächste Nachricht lässt mich gleich noch ein weiteres Mal an diesem Tag sterben.

»Sorry, wollt mit dir persönlich über Anna quatschen. Ist klar, dass wir uns nicht mehr treffen können, oder? Ich würde mich einfach melden, falls das mit Anna nicht funktioniert.

Kennst mich ja … Also, gute Besserung und pass auf dich auf. Jo.«

Meine Gefühle lassen sich nun nicht mehr aufhalten. Kauernd sitze ich in meiner Ecke und weine, weine, weine. Ich kann einfach nicht anders, auch wenn ich mir dabei so dumm vorkomme. Dachte ich etwa nach all der Zeit, ich sei etwas Besonderes für ihn? Ich bin sauer auf mich selbst. Wie kann man denn nur so naiv sein? Ich ziehe die Knie eng an meine Brust und lege meinen schweren Kopf auf ihnen ab. Er droht fast zu zerbersten, Gedanken und Fragen quälen mein Gehirn wie noch nie. Dann lege ich mich in meinen bunten Kissenhaufen und versuche den Kopf freizubekommen.

Es ist stockdunkel, ich muss wohl eingeschlafen sein. Eingehüllt in meine Decke liege ich auf dem großen Kissen und schaue an die Balkondecke. Die kleinen, bunten Solarlampions leuchten mit den Sternen am Himmelszelt um die Wette. Wenigstens für diesen einen Augenblick kann ich den Schmerz vergessen. Ich fühle mich wie betäubt. Mein Kopf dröhnt bei jedem Schritt auf dem Weg in das kleine Wohnzimmer, das mir in der Dunkelheit fremd erscheint. Erst als das Licht der Stehlampe den Raum flutet, sehe ich all die Möbelstücke, und der Spuk des Unbekannten ist vorbei. Ich kann nicht anders und muss unwillkürlich grinsen, als mein Blick auf dem alten gelben Stuhl haften bleibt. Wer hätte das gedacht, dass es nach all den Jahren seine Bestimmung werden würde, ein kleiner Möchtegern-Kleiderschrank zu sein. Die Kleidung, die noch zu frisch zum Waschen ist, aber auch nicht mehr in den Kleiderschrank gehört, findet auf ihm ihren Platz. Der Stuhl hat eine große gepolsterte Sitzfläche und ist mit dunklem gelbem Samt überzogen. Sophia ist damals dabei gewesen, als ich dieses Stück entdeckt habe.

»Zu dir passt er ja, aber für mich wäre das eher Brennholz«, war ihr trockener Kommentar zu meinem Fundstück gewesen.

Ich liebe Sophia, auch wenn sie mich mit ihrer chronisch nervösen Art oft aufregt. Ständig ist sie in Bewegung und hat immer etwas zu tun. Trotzdem glaube ich, dass es gerade die Gegensätze sind, die unsere Freundschaft besonders wertvoll machen. Sie holt mich aus meinen Tagträumen und zieht mich mit in die Welt da draußen und ich kann ihr im Gegenzug Ruhe und eine Rückzugsmöglichkeit geben. Da merke ich, dass ich mir gerade zum allerersten Mal Gedanken über das *Warum* unserer Freundschaft mache. Ein Blick auf meine Uhr, die eigentlich gar keine richtige Uhr ist, sondern nur aus einem Uhrwerk, Zeigern und aufgeklebten Schmetterlingen besteht, zeigt mir genau 22 Uhr an. Ich überlege kurz, denke mir dann aber, dass ich sie um diese Zeit ruhig noch anrufen kann, schließlich ist Soph wie ich ein Nachtmensch. Wahrscheinlich sitzt sie gerade über einer ihrer Kurzgeschichten oder einem ihrer Gedichte, an denen sie immer schreibt, wenn sie nach einem langen Tag zur Ruhe kommt. Ich will jetzt ihre Stimme hören und wie sie die ganze Sache mit *ihm* und seiner Weltreise sieht. Nicht mal in Gedanken kann ich seinen Namen aussprechen. Auf dem Display sehe ich ihre Nummer, anscheinend hat sie auch schon versucht, bei mir durchzurufen.

»Hey, Maya! Wie geht es dir? Ich habe die ganze Zeit versucht, dich zu erreichen.«

»Danke, beschissen. Aber es musste wohl so kommen.« Der bittere Unterton in meiner Antwort lässt sich leider nicht vermeiden. Tausend Gedanken schwirren auf einmal in meinem Kopf umher, ich bin nur nicht fähig, sie zu sortieren.

»Bevor du heute Nacht nicht schlafen kannst: Willst du wissen, was im Biergarten noch gelaufen ist?«

»Nein danke, das spielt ja keine Rolle. Jo hat mir eine Nachricht geschrieben – es ist vorbei.«

Sophia schweigt einen Moment. »Maya, das tut mir so leid. Ich weiß ja, wie sehr du gehofft hast. Soll ich vielleicht vorbeikommen?«

»Nein, das ist nicht nötig. Er hat mir gute Besserung gewünscht. *Gute Besserung!* Ich meine, ich kann ihm nicht mal etwas vorwerfen. Es war ja nie von mehr die Rede. Freundschaft mit Extras, nicht mehr.«

»Ich hab ihm die Geschichte vom Milchshake erzählt. Wahrscheinlich deshalb seine Genesungswünsche. Maya, bist du sicher, dass ich nicht kommen soll?«

Ich schluchze leise vor mich hin, und der Versuch, mit fester Stimme zu antworten, scheitert kläglich. »Nein. Ich glaub, ich brauche jetzt etwas Zeit für mich.«

Mir ist schwindlig. Ich schubse die Klamotten auf meinem Möchtegern-Kleiderschrank zur Seite und sinke auf den Brennholzstuhl.

»Warum muss nur alles so kompliziert sein? Weißt du, ich war mir so sicher, dass er etwas für mich empfindet. Du kennst mich doch, ich hab ja eigentlich eine ganz gute Menschenkenntnis.«

Vorsichtig antwortet mir Sophia. »Ja, das hast du. Aber vielleicht ist es einfach etwas anderes, wenn es um deine eigenen Gefühle geht. Vielleicht lässt du dich in dieser Sache zu sehr von deinem Herzen leiten.«

Das muss ich erst einen Moment sacken lassen. Ist es vielleicht wirklich möglich, dass mir meine Gefühle nur einen bösen Streich gespielt haben?

»Sophia, meinst du, es ist was Ernstes zwischen den beiden?«

Sie seufzt. »Das weiß ich auch nicht, Maya. Da müssen wir wohl abwarten. Ich meine, du weißt ja, wie er ist. Wie oft war er denn schon schockverliebt? Für maximal drei Monate … Wir werden sehen. Die Frage ist, was es für einen Unterschied macht. Wenn es nichts Ernstes ist, was bedeutet das für dich? Wenn du ehrlich bist, ändert es rein gar nichts!«

Ich schweige. Sie hat recht.

»Du solltest ein bisschen Abstand gewinnen, vielleicht mal was anderes sehen. Hast du noch mal über das Angebot deiner Oma nachgedacht? Vielleicht wäre die Reise ja eine ganz gute Möglichkeit, dich auf andere Gedanken zu bringen. Zumindest hört es sich nach einem Abenteuer an. Und wann hattest du das letzte Mal schon ein wirklich aufregendes Erlebnis?«

Ich atme hörbar aus. »Ob du es glaubst oder nicht: Zum ersten Mal in meinem Leben will ich tatsächlich einfach nur weg. Und zwar würde ich mich am liebsten in Luft auflösen.«

»Maya, es wird höchste Zeit, dass du auch mal was für dich tust. Ich möchte ja schließlich, dass es dir gut geht, verstehst du? Denk doch einfach noch mal drüber nach. Also, über Amerika. Es ist ja nicht so, dass du für immer und ewig weg wärst. Es wäre einfach ein längerer Urlaub, nichts weiter. Sieh es doch einfach mal so.«

»Na gut, ich überleg es mir.«

»Gut, meine Süße, ich werde jetzt schlafen gehen, ich hab morgen Vormittag einen Termin. Und du meldest dich bei mir, wenn was sein sollte oder du doch möchtest, dass ich komme, ja?«

»Ist klar, Chefin!«

»So ist's recht. Gute Nacht, schlaf schön!«

»Du auch!«

Das war ja so was von klar, dass ich nicht schlafen kann. Ich stelle mich auf eine lange Nacht der Grübelei ein. Es gibt niemanden, den ich noch anrufen kann, und da ich keinen Fernseher besitze, kann ich mich auch damit nicht ablenken. Aufs Lesen werde ich mich auch nicht mehr konzentrieren können. Ich überlege eine Weile, was ich mit meiner Zeit anstellen könnte, und beschließe letztlich, mir ein Glas Wein einzuschenken und mich mit einem Kreuzworträtsel auf den Balkon zu setzen. Ich schnappe mir die Nachttischlampe, die neben meinem Bett auf dem Boden steht, sowie die Wolldecke vom gelben Stuhl. Den Kleiderhaufen neben dem Stuhl ignoriere ich dabei geflissentlich. Es ist eine laue Sommernacht, und die kühle Brise, die hin und wieder weht, erfrischt meine Gedanken und bringt gleichzeitig den herrlichen Duft der Blumen vom Nachbarbalkon mit. Mein Balkon ist ja auch wild bepflanzt, aber eher mit Nützlichem. Mit Erdbeeren, die man in der Sonne sitzend genüsslich naschen kann, weil sie in Hängetöpfen von der Decke baumeln und einem fast automatisch in den Mund wandern. Dann mit Tomatentöpfen, die aber leider unheimlich viel Platz einnehmen, und mit allerlei Kräutern. Es fasziniert mich jedes Jahr aufs Neue, wenn ich eine der leckeren reifen Früchte oder etwas Gemüse pflücke. Monate zuvor hatte man noch ein paar kleine Körner in den Händen, und jetzt füllt das Ergebnis dieser kleinen Samen meinen Magen.

Kreuzworträtsel löse ich schon seit vielen Jahren gerne. Es beruhigt mich einfach, und mittlerweile kann ich die meisten Lücken schnell füllen, weil die entsprechenden Begriffe immer wieder vorkommen. Es ist fast, als befände sich mein Gehirn in einer Parallelwelt: Der eine Teil meines Bewusstseins sucht emsig Wort um Wort, während sich der andere Teil um die Alltagsangelegenheiten kümmert. Oft entfalten sich so ganz tolle neue Ideen, zum Beispiel, wie ich meinen Balkon oder meine Wohnung umgestalten könnte. Das liebe ich. Wahrscheinlich ist mein Umdekorierungszwang nur der Ausgleich zu meinem ansonsten monotonen Leben. Meine kleine Welt in meinen eigenen vier Wänden zu verändern, reicht mir vollkommen.

Andere mögen das eigenartig finden, sie reisen andauernd umher oder wollen ständig etwas Neues erleben. Ich dagegen bin viel lieber zu Hause in meinem gewohnten Umfeld und will da gar nicht weg. Urlaubsreisen bedeuten für mich nur Stress. Bis ich mich irgendwo anders eingerichtet habe, um mich wohlzufühlen, ist die Urlaubszeit auch schon wieder zu Ende. Hotelzimmer hasse ich. Sie sehen alle irgendwie gleich aus. Gleich lieblos. Und für etwas extravagantere Zimmer reicht das Geld, das ich im Blumenladen verdiene, nicht. Aber das macht mir nichts aus, und bisher habe ich all das nie infrage gestellt. Doch mit dem heutigen Tag hat sich das gründlich verändert. Wenn Jo weg ist, was wird dann aus mir? Was gibt es dann noch, worauf ich hoffen und wovon ich träumen kann? Klar, er kommt ja wieder. Aber ich weiß, wie groß sein Wunsch ist, um die Welt zu reisen, und wenn er das mit dieser Anna umsetzt, dann kann nicht einmal ich mehr ignorieren, dass mein ganzes Hoffen keinen Sinn mehr hat.

Zum ersten Mal überhaupt ziehe ich Omas Bitte auch nur annähernd in Betracht. Hier zurückzubleiben, während er mit einer anderen um die Welt reist, fühlt sich wahnsinnig erniedrigend an. Und was ist mit meinem Leben? Vielleicht muss ich die Welt innerhalb meiner vier Wände ja tatsächlich einmal verlassen, um zu sehen, was das Leben da draußen sonst noch so zu bieten hat? Oma Awenasa hat mich nicht nur einmal grübelnd angesehen und gefragt, woher ich eigentlich meine sesshafte und eintönige Art zu leben habe. Ich verstehe ihre Frage durchaus, schließlich sind nicht nur Oma und meine Schwester Kimi das absolute Gegenteil von mir, auch meine Eltern hatten einen völlig anderen Charakter als ich. Besonders viel weiß ich dazu nicht, aber ein paar Szenen mit ihnen haben sich mir doch ins Gedächtnis eingebrannt. Wobei ich mir nicht ganz sicher bin, ob die seitdem verstrichene Zeit, gepaart mit ein bisschen Fantasie, nicht eine verschobene Version der Wahrheit hervorbringt. Das, woran ich mich aus meinem Leben als Kind noch erinnere, war alles andere als eintönig.

Ich erinnere mich an das Lachen meiner Eltern, an zwei verliebt strahlende Gesichter. Wenn meine Eltern sich ansahen, konnte nichts und niemand auch nur die geringsten Zweifel säen. Sie gehörten einfach zusammen. Ich erinnere mich an liebevolle Umarmungen. Wenn ich neben den beiden stand, reichte ich ihnen kaum bis zum Brustkorb – der Höhe, in denen ihre Herzen füreinander schlugen. Dann breiteten sie ihre Arme aus und nahmen mich in den Kreis dieser unglaublichen Liebe auf.

Meine Schwester und ich waren die glücklichsten Kinder, die man sich vorstellen konnte. Ich weiß noch, wie Mama völlig überdreht in diesem schönsten Kleid, das ich bis dahin je gesehen hatte, vor unseren Bettchen stand und uns einen Gutenachtkuss gab. Sie war aufgekratzt, was man daran merkte, dass sie mit den Fingern immer über den kleinen abstehenden Leberfleck über ihrem Schlüsselbein fuhr. Papa hatte einen Auftritt. Er sang die Hauptrolle in einer Oper. Papa hatte eine großartige Stimme, die je nach Stück Gänsehaut entfachte oder zu Tränen rührte. Mama war immer mächtig stolz auf ihn und unterstützte ihn, wo immer es ging.

»Schlaf gut, meine Süße.«

Sie bückte sich zu mir herab und schloss die Augen, während sie ihre rot bemalten Lippen spitzte. Der Duft ihres Lieblingsparfüms kam mir entgegen. Süß und fruchtig, es erinnerte mich an Himbeere. Ich gab ihr den erwarteten Kuss. Sie strich mir mit dem Handrücken zart über die Wange, bevor sie mit meiner Schwester das gleiche Ritual vollzog. Aus dem Treppenhaus hörte ich Papa noch mit tiefer Stimme »Gute Nacht und ärgert Oma nicht« rufen. Es war der letzte Kuss von ihr und das Letzte, was ich von ihm hörte. Wir sahen sie nie wieder. Sie starben auf dem Weg in die Oper bei einem Autounfall.

Ich spüre, wie mir bei dieser Erinnerung Tränen der Trauer über die Wangen rinnen. Wie immer, wenn ich an diesen Moment denke. Obwohl es so wehtut, hole ich diese Erinnerung immer wieder hervor, zu groß ist die Angst, meine Eltern zu vergessen. Heute wünschte ich mir, ich wäre wie sie. Sie müssen sehr mutig gewesen sein, immerhin kamen sie mit zwei kleinen Kindern hierher, um ihr Glück zu finden. Dagegen komme ich mir richtig kindisch vor. Weine hier wie ein Teenager um einen Typen, der mir mehr als einmal ganz deutlich gezeigt hat, dass er mich nicht will. Und ich bin nicht mal fähig, eine Entscheidung über eine Urlaubsreise zu treffen. Ich schüttle den Kopf über mich selbst und nehme einen tiefen Schluck aus meinem Weinglas. Heute werde ich zwar keine Entscheidung mehr treffen können, aber ich schwöre mir, bald eine zu fällen. Das schulde ich meinen Eltern und mir selbst. Sie hätten sicher nicht gewollt, dass ich dieses graue und farblose Leben führe, und eigentlich will ich es ja auch nicht.

Der Blumenladen ist innerhalb kürzester Zeit zu meinem zweiten Zuhause geworden. Wie viele Bewerbungsgespräche hatte ich wohl, bevor ich endlich hier, bei Herrn Ziegler, dem Besitzer des Ladens und meinem jetzigen Chef, ankam? Unzählige waren es. Doch in diesem Laden war alles anders. Ein Büro gab es gar nicht, nur einen kleinen Computer direkt neben der Kasse. Zuerst hatte ich Herrn Ziegler gar nicht als Geschäftsführer wahrgenommen, ich dachte, er sei ein Kunde. Insofern nickte ich ihm nur kurz zu, als ich in den Laden kam und staunend ein wenig umherging. Man spürte sofort, wie viel Liebe in der Dekoration und der Anordnung der Pflanzen steckte. Jede Ecke erzählte auf ihre Art eine eigene Geschichte. Rechts, gleich neben der Tür, fühlte man sich sofort in einen Urwald versetzt. Alles wirkte wild, aber auf eine geplante Art und Weise, nichts war dem Zufall überlassen. Es war kurz vor dem Muttertag und ich weiß noch, wie abstoßend ich die kommerzielle Herangehensweise der meisten Geschäfte fand. Schrecklich kitschig. Doch hier war alles völlig anders, überhaupt nicht aufdringlich. Die fertigen Blumengestecke kamen einem nicht gleich so aufdringlich entgegen, jedes war individuell und zart verarbeitet. Eines stach mir gleich besonders ins Auge. Es war in wunderschönen Blautönen gehalten, Misteln umwoben hübsche Gerbera – auf diese Kombination wäre ich nie gekommen. Es war sicher nicht perfekt, aber gerade das machte es ja so einzigartig. Die Natur wächst ja auch, wie sie will, und der Florist beugte sich hier wohl dem Willen der Pflanzen. Genau das versuchte ich dem Typen zu erklären, dem ich vorhin zugenickt hatte. Er fragte mich, ob ich etwa in Gedanken sei, weil ich scheinbar nur das Gesteck anstarrte. Und nachdem ich ihm meine Interpretation mitgeteilt hatte, reagierte er nur mit einem: »Schön, wann können Sie anfangen?« Tja, und mit der Zeit entstand zu Herrn Ziegler eine Art Freundschaft. Er interessiert sich für mein Leben und akzeptiert meine Eigenheiten, und ich komme wiederum mit seinen gut zurecht.

»Oh, Mayara, Sie sehen ja schrecklich aus!« Seine Nickelbrille rutscht auf seiner Nase hinab und er sieht mich skeptisch von oben bis unten an. »Was ist denn passiert? Möchten Sie darüber sprechen?«

Ich bringe kein Wort heraus und schüttle nur langsam den Kopf.

Nachdenklich sieht er mich an. »Wissen Sie was? Ich werde heute die Gestecke selbst übernehmen und Sie kümmern sich um das Kassieren und die Aufräumarbeiten. Und morgen geht es Ihnen bestimmt schon wieder besser, hm?«

»Danke, Herr Ziegler. Es tut mir wirklich leid. Ja, morgen bin ich wieder fit, versprochen!«

»Ja, ja, schon gut!«, antwortet er grummelnd und ist schon wieder in seine Blumen vertieft.

Ich bin erleichtert. In der Tat könnte ich heute niemanden beraten, geschweige denn irgendetwas Kreatives zaubern. Heute Morgen war ich froh, überhaupt etwas einigermaßen Ansehnliches aus dem Kleiderschrank ziehen und den Weg in die Arbeit finden zu können. Noch so eine Nacht kann ich mir nicht leisten. Ich liebe alles an meinem Job, die Arbeit mit den Pflanzen und Herrn Ziegler, den nettesten Chef überhaupt. Er ist eine Art Ersatzvater für mich geworden. Sofort plagt mich ihm gegenüber das schlechte Gewissen. Ich werde mich bald entscheiden müssen und mir ist klar, dass ich dazu mit Oma Awenasa sprechen muss. Sie schuldet mir schließlich noch ein paar Antworten, bevor ich so mir nichts, dir nichts in die Staaten fliegen kann. Einen anderen Gedanken schiebe ich zurück. Jo. Aber es hilft nichts, ich muss noch einmal mit ihm über alles sprechen. Auch wenn ich innerlich dagegen ankämpfe, so weiß ich doch, dass Abstand zu ihm derzeit die einzige Möglichkeit für mich ist.

»Hey, Omawasa, wie geht es dir?«

»Mayara, musst du mich immer so nennen?«

»Na, du weißt doch – nur um dich zu ärgern«, necke ich sie. Ich habe mir fest vorgenommen, den heutigen Besuch gelassen anzugehen.

Ich folge ihr ins Wohnzimmer, wo sie sich in ihren Schaukelstuhl am Fenster setzt. Als ich sie da so sitzen sehe, kommt sie mir plötzlich ziemlich verändert vor. Irgendwie fremd. So blass und grau. Habe ich etwa verpasst, dass sie so alt geworden ist?

»Geht es dir nicht gut?«, frage ich geradeheraus. Das ist die einzige Möglichkeit, eine klare Antwort von ihr zu bekommen.

Von ihrem einst schwarzen, glatten und glänzenden Haar ist kaum noch etwas geblieben. Grau und fad hängt es auf ihre Schultern herab. Früher hat sie es noch regelmäßig gefärbt und ich kann mich gar nicht erinnern, wann sie damit eigentlich aufgehört hat. Sie senkt den Blick und ich werde augenblicklich hellhörig. Oma ist sonst immer schlagfertig – außer sie möchte über etwas nicht sprechen.

»Hast du über unser letztes Gespräch nachgedacht?«

Gott sei Dank, sie ist zurück. Direkt wie immer.

»Ja, das habe ich. Ehrlich gesagt verstehe ich nur Bahnhof. Warum genau soll ich da eigentlich hin? Und warum fliegst du nicht mit? Das wäre doch viel einfacher, immerhin ist es dein Zuhause und du kennst dich da aus.«

»Ach, Mayara, warum kannst du nicht einfach einmal das tun, was man dir sagt, ohne immer gleich alles zu hinterfragen?«

»Das liegt vielleicht daran, dass ich mittlerweile erwachsen bin, Oma. Ich habe schließlich Verantwortung. Einen Job, in dem ich nicht einfach mal so Urlaub nehmen kann. Du weißt ja, dass Herr Ziegler und ich alleine sind. Seitdem die 450-Euro-Kraft weg ist, ist niemand mehr nachgekommen.«

»Ach, du weißt doch genauso gut wie ich, dass das alles nur faule Ausreden sind. Herr Ziegler würde alles für dich tun, und dass ihr keine neue Aushilfe findet, ist allein eure eigene Schuld.« Ihre Stimme ist laut und genervt.

Verwundert sehe ich sie an. »Was? Warum das denn?«

»Na, in euren kleinen Kreis der verschrobenen Träumer kommt ja keiner rein. Lieber arbeitet ihr euch auf, bevor zwischen 8 und 17 Uhr jemand eure heile Welt der Pflanzen durcheinanderbringen könnte.«

Ertappt. Ich lache laut auf. Sie hat eindeutig recht. Es ist ja nicht so, dass sich niemand beworben hätte. Aber jedes Mal reichte ein einziger kleiner Blick zwischen Herrn Ziegler und mir, um festzustellen, dass die Bewerberin überhaupt nicht in den Laden passte. Das ist eine der Eigenschaften, die ich an Oma so bewundere, sie sieht die Dinge immer genau so, wie sie tatsächlich sind. Schonungslos. Mann, bin ich froh, dass sie mich nie mit Jo zusammen erlebt hat. Sie hätte sofort gewusst, was los ist.

Oma steht auf und kommt auf mich zu. Sie stellt sich vor mich und legt ihre rote Schürze ab, die wie angewachsen an ihr hängt, seit ich denken kann. Umso mehr wundert es mich jetzt, dass sie die Schürze hier mitten im Wohnzimmer ablegt. Und nicht nur das, jetzt fängt sie auch noch an, ihre Bluse zu öffnen. Ich bin irritiert. »Sag mal, was hast du denn vor?«

Sie sieht mich direkt an. Ihre Augen verbieten mir weiterzusprechen, also schweige ich. Und dann sehe ich es, ein kleines Pflaster unter ihrem linken Schlüsselbein. Darunter befindet sich etwas Erhabenes. Mir stockt der Atem. Sie zieht das Pflaster ab und darunter kommt eine kleine rötliche Stelle zum Vorschein. Und unter der Haut etwas, das ich nicht ausmachen kann. Ich brauche einen Moment, ehe ich mich wieder fangen kann.

»Was ist das?«

»Das nennt man einen Port.« Sie setzt sich wieder.

»Einen Port? Und warum hast du das, für was soll das Ding gut sein?«

»Darüber läuft seit einigen Wochen meine Chemotherapie.«

Sie sagt es völlig ruhig und es dauert einen Augenblick, bis ich realisiere, was sie mir da offenbart hat. Ich schnelle von meinem Stuhl hoch.

»Was? Seit wann? Warum hast du mir nichts gesagt?«

»Maya, beruhig dich. Ich verspreche dir, ich werde dir alles in Ruhe erzählen.« Sie dreht mir den Rücken zu, klebt das Pflaster wieder über die Stelle und zieht sich an. Als sie mich dann ansieht, ist ihr Blick wieder klar. »Komm, lass uns spazieren gehen.«

Ich bin völlig durch den Wind und wie vor den Kopf gestoßen. Oma hat Krebs. Auf der Suche nach den richtigen Worten druckse ich ein wenig herum und weiß nicht so recht, wo ich anfangen soll. Sie läuft neben mir her und schweigt.

»Seit wann weißt du davon?«

»Seit etwa einem halben Jahr.«

»Und warum hast du nichts gesagt, ich meine …«

Sie unterbricht mich. »Ich wollte nicht, dass du und Kimi euch Sorgen macht. Ich bin für euch beide verantwortlich und deiner Mutter schuldig, für euch da zu sein. Ich weiß, ihr habt nur mich. Das ist der Grund, warum ich möchte, dass du in dein Herkunftsland fährst und deine Wurzeln findest. Mir ist erst mit der Diagnose und dem letzten halben Jahr so richtig bewusst geworden, dass alles für euch fort ist, wenn ich einmal nicht mehr da bin.«

»Oma, was redest du denn da? Wie kannst du jetzt an die doofe Reise denken? Ich will hier für dich da sein und kann unmöglich irgendwo anders hin. Ich verstehe dich einfach nicht!«

»Gerade deshalb, Mayara, gerade deshalb!«

Ohne miteinander zu sprechen, spazieren wir durch den mit bunten Blumen bepflanzten Stadtpark. Alles hier sprüht nur so vor Leben. Der Spätsommer zeigt sich in seiner vollen Blüte, Kinder hüpfen unbekümmert umher, ihre Mütter unterhalten sich entspannt und ausgelassen, vor der Eisbude stehen Menschenschlangen. Es ist so skurril, dass meine Oma ausgerechnet hier, an diesem Ort völliger Lebendigkeit, eine Diagnose mit sich trägt, die ihr den Tod bringen will.

»Wie ist die Prognose?«

»Die letzten Blutwerte waren gut, aber sagen kann man da noch nichts.«

»Du bist eine Kämpferin, Oma, du schaffst das!«

Das glaube ich wirklich. Ich kenne keinen Menschen, der so stark ist wie sie.

Ein Lächeln huscht über ihre Lippen. »Ja, das bin ich tatsächlich. Und weißt du, was? Du bist es auch!«

»Ich? Na ja, ich weiß nicht so recht.«

»Doch, doch, du weißt es nur noch nicht, und ich möchte unbedingt, dass du es herausfindest. Ich bin zäh wie Leder, du kannst also unbesorgt gehen.«

»Auf gar keinen Fall!«, protestiere ich abermals.

Wir setzen uns auf eine Bank direkt am See. Die Sonne lässt das Wasser wie verzaubert glitzern. Ich sehe, wie sie sich Mühe gibt, gelassen und normal zu wirken, aber ihre Augen zeigen mir deutlich, wie anstrengend dieser kurze Spaziergang für sie ist. Nirgendwo werde ich hingehen, basta.

»Mayara, ich meine es ernst. Ich möchte, dass du diese Reise antrittst.«

Ohne es zu wollen, wird meine Stimme lauter. Wie kann sie nur von mir erwarten, dass ich in so einer Situation von hier weggehe.

»Nein, verdammt noch mal! Es ist mir völlig egal, wer mal irgendwann irgendwo in Amerika war oder ist. Wie du selbst gesagt hast, ich habe nur noch Kimi und dich, und auf gar keinen Fall werde ich dich verlassen. Nicht jetzt!«

Sofort tut es mir schon wieder leid, ihr gegenüber meine Stimme erhoben zu haben. Sie will ja nur das Beste für mich, das weiß ich. Aber ich könnte es mir niemals verzeihen, sollte irgendetwas mit ihr sein und ich wäre nicht hier. Sie ist ja auch immer für mich da gewesen.

Oma nimmt meine Hände in ihre. Die Berührung ist mir fremd und fühlt sich seltsam an. Unsere Beziehung ist innig, aber selten körperlich. Ich überlege, wann ich jemals ihre Hand gehalten habe. Ich erinnere mich nicht.

Sie sieht mich tieftraurig an. »Mayara, es ist alles, was ich vom Leben noch will. Dass du in deiner … unserer Heimat nach Antworten suchst und sie findest. Hörst du? Es ist mein letzter Wunsch!«

Ich schlucke. An dieser Stelle hat sie mich. *Ihr letzter Wunsch.* Was soll ich dazu noch sagen? Aber ich bin immer noch nicht bereit, ihr mein Versprechen zu geben.

»Oma, bitte verlang das nicht von mir. Vielleicht will ja Kimi fliegen. Ist es denn für sie nicht so wichtig?«

»Ach, Kimi hat ihr Leben, ihre Bestimmung gefunden. Sie und Christoph sind sehr glücklich miteinander. Um Kimi mache ich mir keine Gedanken.«

»Oma, ich bin auch glücklich! Klar, ich bin anders, als ihr beiden es seid. Aber ich bin glücklich, wirklich!«

Ich spüre, wie sich meine Augen mit Tränen füllen. Oma legt ihren Arm um meine Schultern und ich lehne meinen Kopf an ihren.

»Mayara, du weißt genauso gut wie ich, dass das nicht wahr ist. Ich verspreche dir, du wirst hier sein, wenn etwas mit mir sein sollte, ich spüre das. Und in der Zwischenzeit wird Kimi für mich hier sein.«

Ich schluchze und bin einfach nur noch durcheinander. Ich kann mit ihrem ständigen Gerede von Bestimmung und Fügung und dem ganzen Kram überhaupt nichts anfangen. Warum kann sie nicht einfach akzeptieren, dass ich nicht so bin wie sie? Auch wenn sie sicher weiß, dass ich mir tief in meinem Inneren genau das wünsche, Oma Awa konnte man halt noch nie etwas vormachen.

»Oma, bitte lass mir noch etwas Zeit. Ich möchte zumindest vorher mit deinem Arzt sprechen. Ich will auf jeden Fall hören, was er zu deinem Gesundheitszustand sagt.«

Sie grummelt lachend in sich hinein. »Kannst du deiner alten Oma nicht mehr glauben?«

Die Art, wie sie das sagt, lässt mich lächeln. Ich wische meine Wangen mit dem Handrücken trocken und lächle sie an.

»Quatsch, klar glaube ich dir. Aber trotzdem!«

»Ja, ja, ist schon gut. Wir vereinbaren einen Termin, in Ordnung?«

Ich nicke. »Und falls ich mich dann doch entscheide rüberzufliegen, muss ich hier noch einiges klären.« Sofort schießt mir Jo in den Sinn. »Die Arbeit zum Beispiel. Ich muss dann wirklich unbedingt mit Herrn Ziegler sprechen.«

Ich sehe Oma an, dass sie mir meine Worte nicht abnimmt, und wende meinen Blick aus ihrem Sichtfeld. Ich möchte sie auf gar keinen Fall auch noch zusätzlich mit meinen Problemchen belasten.

Sie räuspert sich. »Okay, Mayara, so machen wir es. Und jetzt lass uns nach Hause gehen. Ich bin müde.«

Kapitel 3

Das bayerische Indianermädchen

»Und, Maya, wie war Ihr Wochenende?«

Es ist schön, hier im Laden zu sein, dem momentan einzigen beständigen Ort in meinem Leben. Hier weiß ich, was auf mich zukommt, hier bin ich emotional in Sicherheit.

»Seltsam, Herr Ziegler.«

Trotz unserer Verbundenheit zueinander haben wir uns bisher nie das Du angeboten. Für mich ist das auch völlig in Ordnung so. Herr Ziegler ist über sechzig Jahre alt und ich genieße seine konservative Art in dieser Welt voller Trubel und Unverbindlichkeit. Bei ihm weiß ich immer genau, woran ich bin.

Wie so oft versucht er, sein krauses graues Haar mit der Hand in Form zu bringen, und sieht mich verwirrt an. »Wieso seltsam? Kommen Sie, lassen Sie uns einen Kaffee trinken. Ist ja gerade nichts los.«

Erleichtert stimme ich zu. Vielleicht hat er ja einen weisen Rat für mich, in der Vergangenheit konnte ich jedenfalls schon oft von seiner Erfahrung profitieren. Er weiß am Rande von Jo und ist ähnlicher Meinung wie Sophia, sagt aber, dass erst mein Herz bereit sein muss, nicht mehr für ihn zu schlagen, bevor auch mein Verstand sich von ihm distanzieren kann. Bedächtig holt er zwei unterschiedlich aussehende Tassen aus dem Schrank unserer kleinen Küchenzeile und setzt in einem kleinen Kochtopf Wasser auf. Immer wieder sehe ich ihm fasziniert zu, wie er den Kaffee zubereitet. Arbeiterkaffee nennt er ihn. Warum, das weiß ich bis heute nicht genau. Er zieht einen Filter aus der Verpackung, streicht den Falz des Beutels akkurat glatt und stellt ihn dann in eine der Tassen. Ohne einen Löffel, ausschließlich nach Gefühl, gibt er eine kleine Menge Kaffee, ausreichend für zwei Tassen, hinein. Ich weiß jeden Schritt, der als Nächstes kommt, aber wenn ich ihm dabei zusehe, ist es jedes Mal wie beim ersten Mal. Er nimmt den kochend heißen Wassertopf von der Platte und gießt den Filter halb voll. Sofort verströmt das heiße Wasser in Kombination mit dem Pulver des Kaffees einen betörenden Duft. Ich bin mir sicher, dass der Kaffee nirgendwo besser schmeckt als bei ihm. Als beide Tassen mit der heißen schwarzen Flüssigkeit gefüllt sind, holt er aus dem unteren Schrank noch eine Dose mit Butterkeksen hervor. Man sieht ihm an, dass ihn das Kreuz schmerzt, aber ich weiß, dass ich besser daran tue, ihn nicht darauf anzusprechen.

»So, jetzt legen Sie mal los, meine Liebe!«

Die Atmosphäre ist heimelig und entspannt. Ich fühle mich wohl und seine ruhige Ausstrahlung lässt meine wilden Gedanken für einen Moment ruhen.

»Hm, wo soll ich bloß anfangen?«

»Na, am besten am Anfang.«

Ich muss unwillkürlich lachen.

»Herr Ziegler, Ihr Humor ist wie immer äußerst erhellend.«

Er grinst und ich weiß genau, dass er seinen Spruch innerlich immer noch feiert. Ich liebe seine eigenartige, aber durch und durch freundliche Art einfach.

»Ist es vielleicht wegen dieses Herrn? Johann?«

Ich spüre, wie meine Wangen heiß werden. Mit Sicherheit bin ich knallrot angelaufen.

»Ja, er hat auch was mit der ganzen Sache zu tun. Aber eigentlich geht es um meine Oma. Sie hat mir gestern erzählt, dass sie Krebs hat.«

Sein Gesicht wird ernst. »Oh, das tut mir schrecklich leid, Mayara. Ich weiß, wie schwer das ist, ich habe Ihnen ja bereits erzählt, dass meine Frau ebenfalls diese schreckliche Diagnose hatte. Es war ein harter Kampf für uns beide … den wir leider verloren haben.«

»Ja«, flüstere ich kaum hörbar, »auf jeden Fall kann ich deshalb unmöglich weg!«

»Weg? Wieso weg, wo sollten Sie denn hingehen?«

»Meine Oma hat mir gegenüber ihren letzten Wunsch geäußert. Sie möchte, dass ich meine Wurzeln in Amerika finde.«

»Hm, ich verstehe, dass Ihnen das schwerfällt. Sie sind sehr verantwortungsbewusst und möchten sie nicht allein lassen. Ich kann mir zwar nicht vorstellen, weshalb das ihr letzter Wunsch sein sollte, aber ich finde, Sie sollten ihn akzeptieren.«

Ich spüre, dass mir seine Antwort überhaupt nicht gefällt, dass ich fast so etwas wie enttäuscht bin.

»Sie wissen ja, dass Sie von meiner Seite aus ruhig gehen dürfen. Es ist ja nicht für immer und ich komme in der Zwischenzeit schon auch mal allein zurecht.«

Ich nicke langsam. »Ja, das weiß ich.«

»Das ist aber nicht Ihr wirkliches Problem, oder?«

Ich gebe ihm keine Antwort, aber mein Herz schlägt auf einmal um etliche Takte schneller.

»Ich nehme an, dass wir jetzt beim Thema Johann sind?«

Ich nicke kaum merklich und nehme einen Schluck von meinem Kaffee, um die Trockenheit in meinem Mund zu vertreiben. »Ja, er hat eine Neue. Und diesmal könnte es sein, dass es ernst ist.«

»Und Sie möchten nicht gehen, bevor sie sich dessen sicher sind, habe ich recht?«

Wieder nicke ich.

»Mayara, es wird ein für alle Mal Zeit, dass Sie Klarheit über diese Geschichte bekommen. Das Leben ist einfach zu kurz für so etwas, und sollte er nicht Ihre wahre Liebe sein, dann wartet die ganz bestimmt irgendwo da draußen auf Sie. Sie verzögern momentan nur das, was für Sie bestimmt ist, aber auf Dauer lässt sich das Schicksal nicht betrügen.«

Genau in dem Moment, in dem ich ihm darauf antworten möchte, erklingt der vertraute Ton des Glockenspiels, das über der Ladentür hängt. Herr Ziegler legt eine Hand sanft auf meine.

»Sie finden eine Lösung, da bin ich mir sicher. Kopf hoch! Sagen Sie mir einfach eine Woche vor Ihrer Abreise Bescheid, ja?«

Mit diesem Satz steht er auf und läuft der Kundin entgegen.

»Lassen Sie mich raten: Sie möchten ein Hochzeitsgesteck bestellen.«

Die junge Frau sieht sich sichtlich nervös im Laden um und antwortet mit deutlicher Verwunderung in der Stimme: »Ähm, ja, woher wissen Sie das?«

»Na, die Liebe spricht doch Bände aus Ihrem entzückenden Gesicht!«

Er lacht die Kundin freudestrahlend an, zwinkert mir noch kurz zu und überlässt mich dann mir selbst. Genau so sollte es sein. Genau so! Die Liebe will ja schließlich gelebt werden, und zwar mit allen Sinnen. Sie hat es wirklich nicht verdient, versteckt zu werden. Und wenn ich die junge Frau beobachte, wird mir erst so richtig klar, dass Jo und ich das genaue Gegenteil dessen verkörpern, was echte Liebe ausmacht. Also, gleich nach der Arbeit werde ich zu ihm fahren. Es ist höchste Zeit für ein offenes Gespräch!

Normalerweise genieße ich es, mit meinem Fahrrad Franz – so nenne ich es – durch die Stadt zu düsen. Die Bilder vor meinen Augen beschäftigen dann mein Gehirn so sehr, dass ich gar keine Zeit mehr habe, über meine Sorgen nachzudenken. Manche Szenen der Menschen um mich herum fixieren sich dann vor meinem geistigen Auge und bleiben einfach hängen. Dann frage ich mich zum Beispiel, warum das Mädchen in der Eisdiele gerade diesen seltsamen, verschwörerischen Blick draufhatte. War sie vielleicht kurz davor, ihrem Gegenüber ein Geheimnis zu erzählen? Natürlich werde ich die Antwort nie erfahren, aber für meine Fantasie und die Gedanken in meinem Kopf ist es das ideale Futter. Sophia hat mir erzählt, dass es bei ihr ganz ähnlich ist und sie diese abschweifenden Gedanken oft als Grundlage für ihre Geschichten oder Gedichte nimmt. Meine Bilder verblassen spätestens dann wieder, wenn ich am Zielort ankomme, und rückwirkend frage ich mich so manches Mal, wie ich eigentlich von A nach B gekommen bin.

Doch diesmal war es komplett anders. Auf dem Weg hierher war es mir absolut unmöglich, auch nur die kleinste Kleinigkeit aus meiner Umgebung wahrzunehmen. Völlig aus der Puste stehe ich nun vor der mir nur allzu bekannten Haustür. Unentschlossen fahre ich mit dem Zeigefinger über das Klingelschild mit dem Namen Heldrich und bin mordsnervös. Im Geiste versuche ich, ein Wort an das nächste zu hängen, aber es möchte einfach kein vernünftiger Satz daraus entstehen. »Jo, äh Johann …« Ich denke, seinen vollen Namen auszusprechen, hat mehr Gewicht. Also, noch mal von vorn. »Johann, meinst du … glaubst du …«

Ach Mist! Das hat doch alles keinen Sinn. Vielleicht ist ja die ganze Sache eine Schnapsidee? Am besten fahre ich schnell wieder weg, bevor mich hier jemand entdeckt. Ich hadere mit mir. Und was ist mit Oma? Wie soll ich mich ohne die Antworten, die ich so dringend brauche, entscheiden? Ach, scheiß drauf, ich muss es jetzt einfach wissen. Ich nehme all meinen Mut zusammen und drücke die Klingel. Zwei Mal, wie immer. Es dauert nicht lange und ich vernehme den summenden Ton des Türöffners. Mit einem Schwung öffne ich die Tür und falle beinahe in den Eingangsbereich des schönen Altbaus. Die Hoftür auf der anderen Seite ist geöffnet und ein Luftstoß lässt mein glattes Haar im Wind fliegen. Es ist nur ein ganz kleiner Moment, aber die kühle Luft entspannt mich. Wie üblich nehme ich auf dem Weg in das dritte Stockwerk zwei Stufen auf einmal und frage mich wie jedes Mal, wie man Treppen so unpraktisch bauen kann. Um jede Treppe einzeln zu nehmen, sind die Abstände zwischen den Stufen deutlich zu gering, und wenn man zwei Stufen auf einmal nimmt, ist es dafür schon wieder zu anstrengend. Selbst der Treppenaufgang zu Jo ist also schon schwierig – was für eine Ironie. Für die letzte Etage nehme ich dann doch jede Stufe einzeln, um etwas zu verschnaufen, bis ich oben bin. Erneut versuche ich, meine Gedanken zu sortieren und einen sinnvollen Satz zu formulieren. Oben angekommen, steht die Tür schon einen Spalt offen, was mich doch ziemlich verwundert, denn Jo macht sonst die Türe nie vorher auf.

Gerade will ich die Wohnung betreten, da ruft es mir entgegen: »Hey, Schatz, hast du an die Milch gedacht? Hoffentlich die mit eineinhalb Prozent Fett, du weißt ja, die Vollmilch mag ich nicht besonders!«

Das war ganz eindeutig nicht Jos Stimme. Das war überhaupt keine Männerstimme. Ich stehe da wie angewurzelt. Wie soll ich denn jetzt reagieren?

Da kommt es schon wieder: »Schatz?«

Und jetzt kommt die Besitzerin der Stimme auf die Tür zu und öffnet sie ganz. *Das muss Anna sein,* schießt es mir sofort durch den Kopf und eine leichte Panik überfällt mich. Am liebsten würde ich so schnell es geht wieder verschwinden, aber meine Beine wollen diesem Wunsch einfach nicht Folge leisten, sondern bleiben einfach stehen.

»Oh, entschuldigen Sie bitte. Ich dachte, Sie wären mein Freund. Wie kann ich Ihnen helfen?«

Sie sieht mich sehr freundlich an. Sofort fallen mir die vielen Sommersprossen auf, die bei jedem Wort, das sie spricht, um ihre Nase herumtanzen. Verdammt, die sieht ja wirklich nett aus.

»Äh, ja … Ich bin Mayara, ich wollte eigentlich zu Jo.«

Ich habe den Satz noch gar nicht ganz zu Ende gesprochen, da drehe ich mich schon um und will wieder gehen.

»Hey, warten Sie, kommen Sie doch rein. Er wird gleich hier sein, ich mache uns inzwischen einen Kaffee.«

Durch die Art, wie sie spricht, gibt sie mir das Gefühl, dass sie sich wirklich über meine Gesellschaft freuen würde. Trotzdem will ich es nicht, aber da höre ich mich auch schon sagen: »Ja, gern, warum nicht?«

»Es ist schön, dich … Ich darf doch Du sagen?« Sie wartet mein kaum merkliches Nicken gar nicht erst nicht ab, bevor sie weiterspricht. »Also, es ist schön, dich kennenzulernen. Jo hat schon viel von dir erzählt. Es ist fast so, als würde ich dich bereits kennen.«

Ich bin sprachlos. Ich kann gar nicht anders, als sie mit großen Augen anzusehen. Als ich merke, dass sie eine Antwort erwartet, presse ich nur ein fragendes »Okay?« heraus.

Sie lacht mit ihrer lieblichen und glockenhellen Stimme. »Ja, er sagte, dass du eher der schüchterne Typ bist. Das bayerische Indianermädchen.«

Waaas? Ich glaube, ich höre nicht richtig. So stellt er mich also seiner neuen Freundin vor? *Das bayerische Indianermädchen.* Es fällt mir schwer, ihr noch weiter zuzuhören, nur ganz langsam gelingt es mir. Aber immerhin scheint sie über mich und – viel wichtiger – über Jo und mich nicht viel mehr zu wissen.

»Na ja, eigentlich habe ich nicht recht viel mit meinen Vorfahren zu tun. Also, im Grunde gar nichts. Insofern würde ich mich nicht unbedingt als Indianermädchen bezeichnen.«

»Milch und Zucker?«, fragt sie, als sie die Tasse vor mir auf dem Tisch abstellt. Es ist ausgerechnet Jos Lieblingstasse, die Weiße mit den roten Punkten. Aber das weiß sie wohl noch nicht, sonst würde sie die Tasse bestimmt nicht mir anbieten. Ein wenig fühle ich mich in diesem Moment ihr gegenüber erhaben.

»Nein, danke. Von dir hat er bis gestern noch gar nichts erzählt.«

Sie setzt sich, wirft mit einem Schwung ihr rot gelocktes Haar hinter die Schulter, überschlägt ihre Beine und setzt die Kaffeetasse auf ihrem Knie ab. »Ja, ich weiß. Er sagte, er will diesmal alles richtig machen und mich erst seinen Freunden vorstellen, wenn es sicher ist.«

»Und wann ist es sicher?«, frage ich und bemühe mich, sie nicht direkt anzusehen. Stattdessen puste ich in meine Kaffeetasse, obwohl der Kaffee schon gar nicht mehr so heiß ist. Sie scheint es nicht zu bemerken.

»Von meiner Seite aus war es das ziemlich schnell. Wir haben uns vor drei Monaten kennengelernt. Wie es bei ihm ist, weiß ich nicht genau.«

Vor drei Monaten – das ist heftig. Das heißt, bei unserem letzten Treffen waren sie schon zusammen. Mir wird augenblicklich schlecht.

»Alles in Ordnung mit dir?« Anna sieht mich besorgt an.

Ich stelle die Tasse auf den Tisch und eile zur Tür. »Es tut mir leid, mir fällt gerade ein … also, ähm, ich muss dringend weg«, stottere ich unbeholfen.

»Okay, alles klar.« Sie sieht mich immer noch leicht verwirrt an.

Ich quäle ein Lächeln hervor. »Bis bald mal!«, presse ich gerade noch so raus.

»Ja, würde mich sehr freuen. Jos Freunde sind auch meine Freunde!«

Der Todesstoß.

»Soll ich Jo was ausrichten?«

»Nicht nötig, danke!«

Und schon laufe ich die Treppen wieder hinunter und springe auf Franz.

Anna ist ganz anders, als ich sie mir vorgestellt hatte. Ich habe gehofft, dass sie das dumme, naive Ding ist, das man eben eine Zeit lang mitnimmt. Ich weiß, dass Jo von solchen Mädchen schon einige hatte, die ihn dann aber immer sehr schnell gelangweilt haben. Doch sie ist anders. Sie strahlt Freundlichkeit aus und scheint wirklich nett zu sein. Außerdem ist sie außergewöhnlich schön. Und nicht zuletzt hat sie diese wahnsinnig offene und bezaubernd unaufdringliche Art, auf einen zuzugehen. Allein schon der Gedanke macht mich ganz nervös. Diesmal ist es wirklich anders, er könnte es tatsächlich ernst meinen. Immerhin hat er ihr nichts von mir und ihm erzählt, dessen bin ich mir sicher. *Seit drei Monaten.* Ich verdränge, darüber nachzudenken, dass er auch mir nichts von ihr erzählt hat. Instinktiv möchte ich jetzt Sophia anrufen, aber ich habe große Bedenken, dass sie mir dann noch mal in aller Deutlichkeit das sagt, was inzwischen sogar ich ohnehin schon weiß. Ich höre förmlich ihre Stimme: »Mensch, Maya, was muss denn noch alles passieren, bis du diesen Typen endlich ins Nirwana schickst?« Ich schäme mich vor mir selbst, weil ich tief in meinem Inneren weiß, was zu tun ist, es aber trotzdem nicht tue. Aber ich weiß auch, dass ich Oma immer noch nicht sagen kann, ob ich denn nun fliegen werde oder nicht. Anscheinend reicht das alles, was passiert ist, noch nicht aus, zumindest in meinen Augen. Sophia würde dagegen wohl sagen: »Der Bogen ist jetzt wirklich mehr als überspannt.«

Ach Mist! Mein glattes Haar rutscht aus jeder Haarnadel heraus. Ich habe meinen Laptop offen und versuche mich gerade an einer Frisur, die auf einem Youtube-Kanal erklärt wird. Mit Leichtigkeit zwirbelt das Mädchen in dem Video gekonnt jede Strähne um ihre Finger, um sie dann in große Wellen am Hinterkopf zusammenzulegen. Gefühlt eine Tube Haargel später sieht meine Frisur alles andere als verspielt romantisch aus, vielmehr fettig und wild zerzaust. Ich werfe die Bürste auf den Boden und möchte schreien vor Wut. Bitter denke ich mir, dass das davon kommt, wenn man ohne Mutter aufgewachsen ist, die einem solche Kniffe beibringt.

Oma Awa war ein Profi darin, wenn es darum ging, unser Haar zu Zöpfen zu flechten, aber mit fünfundzwanzig bin ich dafür wohl endgültig zu alt. Mama hat immer wunderschön ausgesehen. Stundenlang hätte ich neben ihr sitzen können, um sie dabei zu beobachten, wie sie sich Schritt für Schritt in eine Diva verwandelte. Es war faszinierend. Auch wenn ich sie so, wie sie war, so ganz ohne Schmuck und Schminke, am schönsten fand. Ständig wollte ich sie auf die Wangen küssen. Ihre Haut war zart und rosig, und ich liebte es, ihre feinen Härchen an meiner Nasenspitze zu spüren. Geduldig ließ sie es jedes Mal über sich ergehen, auch wenn Oma öfter schimpfte, sie solle uns nicht so verhätscheln. Gewöhnlich antwortete sie dann: »Glaubt Oma kein Wort, mit mir hat sie es damals genauso gemacht.« Sie sagte das immer genau so laut, dass Oma es gerade noch hören konnte, und sah sie dann mit einem liebevollen Blick an. Oma seufzte daraufhin immer nur leise in sich hinein und machte sich wieder an die Hausarbeit. Sie fand ja immer etwas zu tun.

Ich schiebe die Erinnerung beiseite, um mich wieder meiner Mission Styling zu widmen. Immer noch wütend stapfe ich in mein Bad und hänge den Kopf über die Badewanne, um mir das klebrige Gel aus dem Haar zu waschen. Ein paar Minuten später stehe ich dann vor dem Spiegel, auf dem Kopf einen Turban, der zur Seite zu kippen droht, während mir kleine Tropfen Wasser von den Haarspitzen auf die Schultern fallen. Obwohl ich nur mein Haar ausgewaschen habe, ist der Spiegel beschlagen. Ich habe das kleinste Bad, das ich bis zu meinem Einzug hier je gesehen habe. Von der Badewanne zur Tür ist es gerade mal ein Schritt, nur ein halber ist es bis zum Waschbecken, über dem der runde Spiegel mit dem bronzenen Rahmen hängt. Auch so ein Teil, das ich auf dem Flohmarkt entdeckt habe. Die rosa Blumengirlande aus Plastik, die um den schönen Spiegel hängt, passt eigentlich so gar nicht dazu, aber mein Neffe Tommy wollte unbedingt, dass sie da hängt. Er hat mir die Girlande beim letzten Mal, als die Familie zu Besuch aus Berlin hier war, geschenkt. Tommy ist nicht mein leiblicher Neffe, meine Schwester hat bisher keine eigenen Kinder bekommen. Mein Schwager Christoph brachte ihn in die Ehe mit. Tommy ist so ein lieber, charmanter Junge, man kann gar nicht anders, als ihn ins Herz zu schließen. Manchmal beneide ich meine Schwester. Sie hat ihr Glück gefunden und in Christoph einen liebevollen Ehemann, der sie auf Händen trägt. Ich weiß, dass sie trotzdem unglücklich ist. Sie hätte so gern eigene Kinder gehabt, aber fünf Jahre lang und bei zwei Versuchen mit künstlicher Befruchtung sollte es wohl einfach nicht sein. Ich komme mir ziemlich dämlich vor, wenn ich an sie denke. Was tue ich hier eigentlich? Während andere Menschen echte Probleme haben, ist mein größtes meine Frisur. Aber es hilft ja nichts, ich will nur noch fertig werden. Ich creme mein Gesicht, das ein wenig zu rund wirkt, mit einer Tagescreme ein. So, und jetzt schminken, oh weh. Ich beschließe, am besten mit dem anzufangen, was man am schlechtesten versauen kann, und beginne, die Wimpern zu tuschen. Ich habe einen dichten schwarzen

Wimpernkranz und definierte Augenbrauen, die man kaum zupfen muss. Sie haben einen schönen natürlichen Schwung, links etwas mehr als rechts. Ich mag meine Augen, dafür könnten meine Lippen ruhig etwas voller sein. Sie sind nämlich eher schmal und passen nicht so recht in mein breites Gesicht. So, die Tusche sitzt und ich bin zumindest damit fertig. Also pausiere ich bei meiner Schminkaktion und nehme einstweilen das schwere Handtuch vom Kopf. Strähnig fällt mir das Haar auf die Schultern. Mit Föhn und Rundbürste bearbeite ich Strähne für Strähne und bin am Ende recht zufrieden. Ich rede mir selbst gut zu: Mayara, sieh es endlich ein, du bist halt nicht der Typ für große Veränderungen. Also lass es einfach. Gesagt, getan, schlüpfe ich in meine Lieblingsjeans und mein Lieblingsshirt. Es ist grau und in dicken schwarzen Lettern steht »I LOVE ART« darauf, ein großes rotes Herz untermalt den Spruch. Mit Kunst habe ich zwar eigentlich nicht viel am Hut, aber es ist weich und passt sich meinem Körper perfekt an. Nun noch ein, zwei Sprüher meines – und auch Jos – Lieblingsparfüms und schon schnappe ich mir eine Strickjacke und meine Tasche und mache mich auf den Weg in den Park. Trotz allem fühle ich mich wohl und kampfbereit – so einfach werde ich ihn nicht aufgeben!

Tja, und so schnell kann die Stimmung kippen. Langsam merke ich, wie mir jegliche Kampfeslust wieder vergeht. Gerade eben bin ich noch siegessicher aus dem Haus gegangen, und nun verlässt mich mein ganzer Mut. Ich laufe auf die Gruppe junger Leute zu, die meine Freunde sind, und sofort ist Jo in meinem Blickfeld. Breitbeinig sitzt er auf einer mir fremden Wolldecke, Anna zwischen seinen Beinen platziert, ihr Kopf an seine Brust gelehnt. Am liebsten würde ich sterben, schließlich ist das *mein* Platz, aber das ist natürlich nur ein Wunschgedanke. Okay, Maya, jetzt reiß dich zusammen. Ich will Jo auf gar keinen Fall eine Szene machen, zumal ihm offenbar kein bisschen bewusst ist, wie es mir bei der ganzen Sache geht. Aber warum wundert mich das eigentlich?

Als ich ankomme, ist es auch Anna, die als Erste aufspringt und mich überschwänglich begrüßt. »Hallo, Mayara! Ja, da sieht man mal, manchmal begegnet man sich schneller wieder, als man denkt!«

Sie strahlt ehrliche Freude aus. Sosehr ich es auch möchte, ich kann auf Anna kein bisschen sauer sein, ein wenig tut sie mir sogar leid. Also versuche ich, ein Lächeln zustande zu bringen, so freundlich es geht. Aus dem Augenwinkel kann ich sehen, dass Sophia mich geschockt beobachtet. Die Situation ist für jemanden, der weiß, was im Hintergrund läuft, natürlich mehr als suspekt. Jo sieht mich verstohlen an, bis er mir ein freundliches »Hey« entgegenruft. Aufstehen, um mich zu umarmen, kann er gerade nicht, denn Anna sitzt schon wieder zwischen seinen Beinen. Ich erlaube mir ein Wortspiel, hebe übertrieben feierlich die Hand und rufe ihm ein »Howgh« entgegen, die Begrüßung der Indianer.

Anna ist aus dem Häuschen. »Wie du gesagt hast: Sie sieht aus wie eine richtige Indianerin!«

Jo sieht beschämt zu Boden, und ich glaube zu sehen, dass er rot anläuft.

Sabine und Tobi gucken mich verwirrt an, bevor sie laut loslachen. »Howgh, der war gut«, quietscht Sabine und begrüßt mich ebenfalls in Indianermanier.

Nur Sophia sieht mich kritisch an und ich kann ihren Blick nur gequält erwidern.

Wie ich es schaffe, nicht völlig durchzudrehen, während ich Jo und Anna dabei zusehen muss, wie sie kuschelnd und turtelnd ihre neue Liebe zelebrieren, kann ich mir selbst nicht erklären. Doch anscheinend merkt man mir gar nicht an, wie es in mir drinnen aussieht, selbst Sophia ist ganz entspannt in ein Gespräch über das nächste Festival in der Stadt vertieft. Ich unterhalte mich mit Sabine oder vielmehr sie sich mit mir, indem sie mir den neuesten Tratsch erzählt. Immer wieder habe ich das Gefühl, dass mich Jo mit seinen Blicken taxiert. Aber ich lasse mir nichts anmerken, vermeide jeglichen Augenkontakt mit ihm, so gut es eben geht, und lasse mich erst recht zu keinem Gespräch hinreißen. Offenbar haben sie alle Anna schon ins Herz geschlossen. Sie studiert Design, will aber ein Semester pausieren. Sie ist der Meinung, das werde ihre Kreativität wiedererwecken, die momentan vor lauter Stress wie ausgelöscht ist. Tobias ist begeistert, endlich mal jemand, der ihn verstehen kann. Er behauptet, dass er sein Studium damals aus demselben Grund abgebrochen hat, um mit einem neuen zu beginnen. Das ist mir jetzt zwar völlig neu, doch ich sage lieber nichts dazu. Es ist unheimlich schwer, nicht an Annas Lippen zu hängen. Ihre Stimme klingt wie Musik und wird von ihrem herzlichen Lachen – das sie in verschwenderischem Ausmaß benutzt – noch untermalt. Das rote Haar trägt sie wild und ungebändigt. Selbst mit meiner Föhnfrisur sieht meines dagegen nur platt aus. Sie hat die hellste Haut, die ich je gesehen habe. Das dunkelgrüne Sommerkleid passt perfekt zu ihrem Aussehen, man könnte fast meinen, es sei eigens für sie entworfen worden. Sie ist einfach eine Augenweide. Und dazu auch noch so nett und freundlich. Verdammt noch mal, ich habe das Gefühl, ich muss hier für einen Moment weg. Etwa fünfzig Meter weiter ist ja der kleine Biergarten mit angrenzendem Kiosk.

»Hey, Sabine, ich geh mir ein Eis holen. Kommst du mit?«

»Ja klar, gute Idee! Eine Abkühlung ist bei *den* Temperaturen immer gut. Hey, will noch jemand ein Eis?«, fragt sie in die Runde.

Kurz darauf nimmt sie die Bestellungen entgegen und wir machen uns auf den Weg.

»Sie ist ziemlich nett, findest du nicht?«

»Wer?«, frage ich irritiert.

»Na, Anna! Und schön ist sie. Ich beneide sie richtig um ihre langen Beine.«

Oh Mann, die sind mir noch gar nicht aufgefallen. Der Gedanke an Anna und Jo zusammen versetzt mir einen Stich.

»Ja, total nett.« Ich glaube, das war jetzt nicht so wirklich überzeugend, aber es fällt ihr zum Glück nicht weiter auf.

»Ach, Maya, gehst du heute Abend auch noch mit ins Kino und eventuell danach noch weg?«

»Ins Kino? Wer geht denn?«

»Ja … Tobi, ich, Jo, Anna, Sophia und Matthias. Ähm, also eigentlich alle.«

Ich glaub es nicht – Sophia geht mit ins Kino? Mit den beiden?

»Bist du sicher, dass Sophia auch mitgeht?«

»Ja, warum? Weißt du da was anderes?«

»Nö, sie hat nur gar nichts erwähnt.«

»Ja, das haben wir auch vorhin erst ausgemacht.«

»Ach so. Hmmm … ich glaube nicht. Morgen ist ja Samstag, mein Arbeitssamstag.«

Sie lacht laut auf. »Na, das hat dich ja bisher auch nicht davon abgehalten!«

»Na ja, wir werden halt alle nicht jünger«, versuche ich abzulenken.

Wow, dass sich Sophia so leicht von den beiden einlullen lässt, hätte ich nicht gedacht. Das fühlt sich wie ein kleiner Verrat an. Ich hätte an ihrer Stelle erst einmal ausgelotet, wie es mir mit der ganzen Situation geht, zumindest mal das Gespräch gesucht. Ich meine, wir sind ja mehr als nur Freundinnen, vielmehr so eine Art Seelenverwandte. Dachte ich bisher zumindest, schießt es mir verbittert durch meine Gedanken. Aber vielleicht sehe ich die ganze Sache ja auch zu verbissen. Ach, ich weiß überhaupt nicht mehr, was ich denken soll. Eine Mischung aus Wut, Enttäuschung und Verzweiflung macht sich in mir breit. Man sollte nichts von den Menschen erwarten, das erspart so einige Sorgen. Wenn ich so recht darüber nachdenke, ist Oma Awa die Einzige, die mich noch nie enttäuscht hat. Was sie sagt, ist dann immer auch so. Und wenn sie sich nicht sicher ist, dann sagt sie auch nichts. So manches Mal hat mich früher zwar genau das rasend gemacht, aber mittlerweile genieße ich diese Konsequenz, schließlich kann ich mich darauf verlassen, dass bei ihr alles seine Richtigkeit hat. Wenn ich an Oma denke, macht es mich ziemlich traurig, ich will sie auf keinen Fall verlieren. Was bleibt mir schon, wenn sie einmal nicht mehr da ist? Nicht nur Jo, alle meine Freunde scheinen mir gerade durch die Finger zu rinnen.

»Huhu, Träumerchen!« Matthias holt mich unvermittelt aus meinen Gedanken.

»Oh, hast du was gesagt?«

Er lacht. »Ja, Sabine hat erzählt, du willst heute Abend nicht mit, weil du morgen arbeiten musst?«

»Ähm, ja, ich glaube, das wird mir zu viel.«

»Na, das sind ja ganz neue Töne!«

»Ja wirklich, Mayara, komm doch mit«, ruft Anna dazwischen.

Wie kommt sie eigentlich darauf, hier jetzt auch noch den Ton anzugeben? Aber ich schiebe den Gedanken sofort wieder zur Seite, weil ich tief in meinem Inneren ja weiß, dass sie damit sicher nichts Böses beabsichtigt.

»Tut mir leid, ich kann nicht. Es ist nicht nur wegen der Arbeit morgen, wisst ihr, ich habe eine längere Reise vor mir und muss deshalb noch so einiges erledigen.«

»Eine längere Reise? Davon hast du uns ja noch gar nichts erzählt«, erwidert Sabine nicht ohne eingeschnappten Unterton.

»Ja, tut mir leid.«

»Du hast dich also tatsächlich für die Reise nach Amerika entschieden?«, fragt mich Sophia völlig von der Rolle.

»Ja, ich habe mich für die Reise entschieden.« Ich höre selbst, dass ich mich dabei nicht gerade glücklich anhöre.

»Wie jetzt, Amerika?« Sabine kann es einfach nicht ertragen, wenn andere Menschen Dinge wissen, die sie noch nicht weiß.

Ich seufze. Jetzt muss ich wohl alles erzählen. »Ja genau, Amerika. Ich werde versuchen, etwas über meine Vorfahren herauszufinden. Meine Oma hat mich um diesen Gefallen gebeten, es ist ihr sehr wichtig. Sie hat Krebs, wisst ihr.«

Alle sehen mich betreten an. Jeder weiß, wie sehr ich an ihr hänge. Je mehr ich mit anderen über das Thema Krebs spreche, desto deutlicher wird mir bewusst, wie schlimm das ist. Bisher ist es nur ein Wort für mich gewesen. Klar wusste ich schon immer, dass Krebs eine schreckliche Krankheit ist, aber das war eben alles sehr weit weg, es hatte nie was mit mir zu tun. Aber tatsächlich ist diese Krankheit gar nicht so weit entfernt, fast jeder, den ich kenne, kennt wiederum jemanden, der daran erkrankt ist oder war, das wurde mir spätestens nach dem Gespräch mit Herrn Ziegler bewusst.

Als Erste kommt Sabine auf mich zu und umarmt mich. »Das tut mir so leid, meine Süße! Wenn du etwas brauchst, dann lass es mich bitte einfach wissen.«

»Danke, Sabine.«

Jetzt tun es ihr alle anderen nach. Als Jo vor mir steht, kann ich es einfach nicht mehr aufhalten und die Tränen laufen mir über die Wangen. Ich senke den Blick, ich will nicht, dass er mich so sieht. Meine Oma ist eine Kämpferin. Ich glaube fest daran, dass sie den Krebs besiegen wird, sie ist zäh wie Leder. Aber unsere Liebe ist gestorben, meine Tränen gelten ihm. Das weiß er nur nicht und wahrscheinlich wird er es auch nie erfahren. Er nimmt mich fest in seine Arme und noch einmal genieße ich seine Nähe, nehme seinen ganz besonderen Duft in mich auf.

Ich höre ihn in mein Ohr flüstern: »Maya, das mit deiner Oma tut mir leid.« Offenbar fällt ihm noch etwas ein, denn bevor er sich von mir abwendet, spricht er noch leiser und in der Tonlage deutlich schärfer als gerade eben: »Was fällt dir eigentlich ein, unangemeldet bei mir zu erscheinen? Ich dachte, das zwischen uns ist ein für alle Mal geklärt! Freundschaft mit Extras, mehr wird es zwischen uns niemals geben. Ist das klar?«

Ich sehe ihn schockiert an und die Tränen laufen jetzt noch stärker als zuvor über mein Gesicht. Ich begreife überhaupt nicht mehr, was hier eigentlich geschieht. Als er sich von mir wegdreht, sieht er Anna an, die ihm einen mitleidigen Blick zuwirft, der mir gilt. Und keiner merkt, was hier vorgeht. Jeder denkt, es geht hier um Oma.

Kapitel 4

Morning Song

Ich glaube, ich habe gerade etwas gehört. Ich krabble von meinen Kissen und laufe zur Tür. Da, wieder das Klingeln. Ich wundere mich, wer das sein könnte, während ich die Gegensprechanlage betätige: »Hallo, wer ist da?«

»Ich bin's, Sophia«, tönt es mir in vertrautem Ton entgegen.

Ich freue mich, dass sie es ist, einen anderen Menschen könnte ich gerade nicht ertragen, glaube ich. Aber es wundert mich, dass sie hier ist, eigentlich wollte sie doch mit den anderen ins Kino. Kaum habe ich den Gedanken zu Ende gedacht, steht sie auch schon mit einer Flasche unseres Lieblingsweins in der Hand vor mir und strahlt mich an.

»Na, bist du noch sauer auf mich?«, fragt sie mich unverblümt.

»Ach nein, komm, lass gut sein.«

»Mayara, du siehst ja schrecklich aus! Was war denn los? Was hat denn Jo vorhin zu dir gesagt und woher kennst du eigentlich Anna?«

Da fällt mir ein, dass ich ihr von der Begegnung mit Anna noch gar nichts erzählt hatte. »Ach, stimmt, das weißt du ja noch gar nicht.«

»Nee, das weiß ich nicht. Aber das wird sich gleich ändern, hoffe ich.«

»Ja, klar, geh schon mal auf den Balkon. Ich hole eben noch zwei Gläser für den Wein.«

Sophia sieht mich besorgt an. »Wenn du willst, kann ich auch die Gläser holen.«

Ich winke ab. »Geht schon, Sophia, das krieg ich gerade noch hin, wirklich!«

Als ich Sophia die ganze Geschichte erzählt habe, ist sie empört.

»Das hat er wirklich gesagt? Na, der hat Nerven. Hält sich alle Türen und Möglichkeiten offen, um dich dann eiskalt abzuservieren und sein Spiel mit Anna weiterzuführen. Was für ein arrogantes Arschloch!« Sophia nimmt einen tiefen Schluck aus ihrem Weinglas, während sie immer noch entrüstet den Kopf schüttelt. »Und wie hat er dich bitte noch mal genannt, bayerisches Indianermädchen? Wie kommt er denn auf den Scheiß? Oh Mann, deshalb dein komisches ›Howgh‹ vorhin.«

Sophia ist normalerweise immer darauf bedacht, den guten Ton zu wahren. Aber wenn sie erst einmal richtig wütend ist, vergisst sie dieses Vorhaben und aus der Poetin wird eine Bauarbeiterin. Und wenn ich ehrlich bin, ist es genau das, was ich im Moment gerade brauche. Ich habe überhaupt keine Lust, den Sinn aus der ganzen Sache herauszudiskutieren, heute will ich ihn einfach nur abgrundtief hassen. Am liebsten würde ich all meine Gefühle ihm gegenüber hinausbrüllen, aber seit heute Nachmittag bin ich wie betäubt und stehe völlig neben mir.

»Man könnte fast den Eindruck gewinnen, die Sache mit deiner Oma ist ihm scheißegal! Das kann doch nicht wahr sein!«

Und gerade dieser Gedanke schmerzt mich tatsächlich ziemlich, denn er weiß ganz genau, wie sehr ich an Oma Awenasa hänge. Wie kann er nur so herzlos sein?

»Ach Sophia, bitte lass uns das Thema wechseln. Ich kann überhaupt noch nicht klar darüber nachdenken, es tut einfach so weh.«

Sophia nimmt mich in den Arm. Ich bin ihr dankbar, dass sie meinen Wunsch akzeptiert. Wir sitzen also nur so da und schauen in den Himmel, während wir den Wein trinken.

»Und was hat dein Chef dazu gesagt, dass du für einige Zeit weg sein wirst?«

»Er befürwortet es. Er meinte, es wäre völlig okay und ich solle ihm nur eine Woche vorher Bescheid geben.«

»Ach, du hast echt den besten Chef, den man sich nur vorstellen kann.«

»Ja, das stimmt. Ich habe vor, so bald wie möglich zu fliegen, jetzt erst recht. Morgen will ich noch einmal mit Oma sprechen und dann den Flug buchen. Auf keinen Fall will ich hier sein, wenn er mit ihr wegfliegt, das ertrage ich einfach nicht.«

Ich merke, wie meine Augen wieder feucht werden. Ich will es nicht, ich will, dass die Tränen endlich versiegen. Mittlerweile ist es so, dass ich einfach nur noch einen Neuanfang möchte. Ich hoffe, dass ich in den Staaten Antworten für mein Leben finden werde. Klarheit darüber, wie ich in Zukunft weitermachen will. In einer Zukunft, in der es einen Jo nicht mehr geben wird. Ein kleiner Teil in mir fängt an, sich an den Gedanken zu gewöhnen und sich darauf zu freuen. Herr Ziegler hat recht: Es hat ohnehin keinen Sinn, das Schicksal austricksen zu wollen, das funktioniert einfach nicht.

»Mayara, du schaffst das! Ich glaube fest an dich.«

»Das glaube ich mittlerweile auch. Ich bin nur froh, dass ich endlich eine Entscheidung getroffen habe. Es ist wie ein kleiner Sieg, die Sache heute hat mich letztlich nur bestätigt.«

Sophia hebt ihr Glas in meine Richtung. »Komm, lass uns darauf trinken – auf den Sieg! Auf die Geheimnisse, die es zu lösen gibt, und auf die Freiheit!«

Ein kleines Lächeln kommt über meine Lippen. »Ja, darauf trinken wir!«

Wie immer sitzt sie zur Mittagszeit in ihrem Schaukelstuhl. Sie sieht mich an, als versuche sie gerade ein Buch zu entziffern, obwohl sie gerade erst lesen gelernt hat.

Ich grinse sie an und erlöse sie von ihrer Qual. »Ja, Oma, ich fliege!«

Sofort erhellt sich ihr Gesicht und ihre Züge werden deutlich weicher.

»Aber nur, wenn Kimi in der Zeit kommen kann, während ich weg bin.«

»Ja, natürlich, wir können sie später gleich anrufen und uns noch mal vergewissern. Aber das kriegt sie bestimmt hin.«

»Na ja, so einfach ist es sicher nicht. Auch wenn sie nur ein paar Stunden die Woche arbeitet, muss schließlich ihr Chef einverstanden sein.«

Auf einmal fällt mir ihr verschwörerischer Blick auf. Das gibt es doch gar nicht! »Sag bloß, du hast es mit Kimi schon abgeklärt?«

Jetzt grinst Oma übers ganze Gesicht. »Ich wusste, du würdest Ja sagen!«

Ich möchte so gerne sauer auf sie sein, aber es geht einfach nicht. Typisch Oma eben. »Ach, und dürfte ich zumindest erfahren, wann ich verreisen werde?«

»Äh, in zehn Tagen«, antwortet Oma nun etwas kleinlauter.

In zehn Tagen also.

»Mit deinem Chef, Herrn Ziegler, musst du es natürlich selbst noch klären, aber dafür sind die Tickets schon gebucht. Zumindest für den Hinflug. Ich weiß ja nicht, wie lange du brauchen wirst.«

»Ihr habt die Tickets schon gebucht?«

Sie ignoriert die Frage einfach. »Du wirst ganz tolles Wetter haben. Es ist eine schöne Jahreszeit in North Carolina. Sagt dir Indian Summer was?«

»Klar sagt mir Indian Summer was, aber du lenkst vom Thema ab!«

Sie seufzt. »Je schneller du wieder bei mir bist, desto mehr hab ich noch von dir. Ich weiß, dass ich stark bin, aber wann meine Lebenszeit zu Ende ist, das steht nicht unter meinem Einfluss. Deshalb war es mir ja so wichtig, möglichst schnell zu buchen und alles in trockene Tücher zu bringen.«

Wie sollte ich ihr böse sein? Ich gehe zu ihr hin und umarme sie, knie mich vor sie auf den Boden und lege meinen Kopf auf ihren Schoß. Das habe ich als Kind oft gemacht, wenn sie in diesem Stuhl saß. Und wie damals streicht sie mir übers Haar und singt leise ein Lied, dessen Sprache ich nicht verstehe. Es ist wunderschön. Ich genieße die Zweisamkeit und drifte mit ihren Worten in eine Welt, die ich niemals kannte und die sich doch wie zu Hause anfühlt. Ich kann gar nicht beschreiben, was es ist, ich weiß nur, dass der Singsang mich beruhigt und auf eine magische Weise berührt. Es ist immer der gleiche Text und die Art, wie sie ihn leise singt, fast summt, lässt mich die Welt um mich herum vergessen. Als sie das Lied leise beendet, öffne ich langsam die Augen. Es dauert ein wenig, bis meine Zunge mir gehorcht und das fragt, was mein Gehirn wissen will. »Oma Awenasa, was ist das für ein Lied?«

Verwundert sieht sie mich an. »Das wolltest du noch nie wissen. Wie kommst du denn jetzt darauf?«

Manchmal bereue ich meine Engstirnigkeit. Ich kann gar nicht zählen, wie oft Oma versucht hat, mir die Mythen und Geheimnisse ihres Volkes näherzubringen. Und mich hat das nie interessiert. Wenn ich versuche, mich zurückzuerinnern, habe ich mit dem Tod meiner Eltern aufgehört, an Wunder zu glauben. Jeder ist für sein Schicksal selbst verantwortlich, daran halte ich mich seit Jahren fest. Erst diese neue Hoffnungslosigkeit, die ich seit Kurzem empfinde, lässt einen kleinen Teil in mir zu hoffen wagen, dass doch noch alles gut wird, wenn man nur ganz fest daran glaubt. In Omas Gegenwart fällt mir das zumindest leichter als irgendwo anders.

»Es wird Zeit zu erfahren, wer ich bin und wovon ich abstamme. So sagtest du es doch.«

»Ja, das ist richtig.«

Sie lächelt mich geheimnisvoll an. Sofort fühle ich mich wie das kleine Mädchen, das ich einst war, mit so vielen Fragen im Gepäck, so vielem, das ich wissen möchte.

»Die Sprache ist die der Cherokee. Du hast bestimmt mitbekommen, dass sich der kurze Text im Lied ständig wiederholt, oder?«

Ich nicke zustimmend. Gerade das war das Faszinierende an diesem Lied. Es ist immer der gleiche Text, aber die Art, wie sie ihn singt, erzählt eine viel längere Geschichte.

»Es ist ein bekannter Song, wie gesagt in der Cherokee-Sprache. Er heißt übersetzt ›Morning Song‹.«

Diesmal spricht sie den Text Wort für Wort, sodass ich jedes einzelne davon verstehe. Ich hänge an ihren Lippen. Es ist, als verstünde mein Herz, was sie mir mit den Worten sagen will.

»Der Text wird vier Mal gesungen, oder bis du eben schläfst«, grinst sie mich an.

Sie hat das Lied über Jahre hinweg so oft für mich gesungen. Warum habe ich es trotzdem nie gehört? Nie wirklich gehört.

»Übersetzt heißt es so viel wie:

Ich stamme ab vom großen Geist, so ist es
Ich stamme ab vom großen Geist, so ist es
Ich stamme ab vom großen Geist
Ich stamme ab vom großen Geist
So ist es, so ist es, so ist es, so ist es
Großer Geist, großer Geist, großer Geist«

Ich bin mehr als erstaunt. Im Deutschen scheinen die Worte hart und ohne jeglichen Zauber im Gegensatz zu der klangvollen Sprache der Cherokee. Ich spüre, wie die Neugier mich immer weiter dazu drängt, mehr zu erfahren. Mehr über meine Wurzeln und über mich selbst.

»Mayara, ich habe noch etwas für dich. Ich bin gleich wieder da.«

Langsam und schwerfällig versucht sie, sich aus ihrem Schaukelstuhl zu erheben. Es kostet sie sichtlich Kraft, also unterstütze ich sie. Sie nimmt die Hilfe an. Auch das ist etwas Neues, an das ich mich erst einmal gewöhnen muss. Als sie ins Wohnzimmer zurückkommt, sehe ich, dass sie etwas in der Hand trägt. Einen kleinen Beutel. Er ist aus Leder, ein Band durchzieht seinen oberen Rand und dient dazu, ihn zu verschließen. Oma steht vor mir und gibt mir einen kleinen Zettel. In ihrer Handschrift lese ich eine Adresse in den Staaten.

»Oma, wer ist Henrie McKenzie? Ich habe noch nie von ihm gehört.«

»Jemand, den ich sehr gut kenne. Er kann dir Antworten geben. Zuallererst solltest du zu ihm gehen.«

Ich nicke nur. Ich denke, das war es, aber sie holt noch etwas aus dem Beutel heraus. Es schimmert matt und ist rund. Ich gehe noch näher hin und sehe Oma fragend an. »Was ist das?«

»Das ist ein Goldnugget. Ein Familienerbstück. Nimm es mit und lass es für dich herausfinden, was es zu wissen gibt.«

Ehrfürchtig halte ich das Nugget in meinen Händen. Ich wende es hin und her. Schnell hat es meine Körpertemperatur angenommen. Es ist, als hätte ich sofort eine Art Beziehung zu dem Stein aufgebaut. Als ob er ein Talisman wäre. *Mein* Talisman. Trotzdem verstehe ich immer noch nicht, was ich damit in den USA machen soll.

»Oma, warum sprichst du immer in Rätseln mit mir? Was genau soll ich damit da drüben machen?«

Sie setzt sich wieder. Längeres Stehen scheint ihr schwerzufallen.

»Mayara, wenn ich dir meine Sicht der Dinge erzähle, dann ist es am Ende nur meine Wahrheit. Das, woran ich glaube. Das muss für dich aber nicht so sein und jeder, der diesen Stein besitzt, muss seine eigene Geschichte mit ihm erleben. Wenn du deine erlebt hast, erzähle ich dir gern meine. Aber jetzt bist du an der Reihe.«

Sie sieht verträumt in meine Richtung und ich kann ihren Blick nicht deuten. Den habe ich so noch nie an ihr gesehen. Ich sehe mir meinen neuen Talisman noch einmal an, bevor ich ihn zusammen mit der Adresse zurück in den Beutel lege. Ich habe keine Ahnung, was das, was ich mit mir herumtrage, wert ist, aber ich fühle mich gerade im Moment reicher denn je zuvor. Ich weiß nicht, ob es sich lohnen wird, und dass dieser Beutel mitsamt seinem Inhalt mich weiterbringen soll, kann ich mir im Moment auch nicht so recht vorstellen. Aber ich bin bereit, mich auf die Sache einzulassen. Alles ist besser, als hierzubleiben. Hier, in der Nähe von Jo. Meine Reise kann beginnen. Ich bin bereit.

Es ist soweit und ich kann nicht leugnen, dass ich nervös bin. Sehr nervös. Zum Glück ist Sophia bei mir, um mich zum Flughafen zu begleiten. Ich fliege ab München. Auf der Fahrt hatten wir unheimlich viel Spaß und haben versucht, nicht darüber nachzudenken, dass wir uns jetzt eine ganze Weile nicht sehen werden. Doch nun, kurz vor dem Abschied, bemerke ich eine Veränderung an ihr.

»Hey, Soph, was ist denn los? Warum bist du auf einmal so ruhig?« Ich mache mir Sorgen. Ein Blick in ihr Gesicht sagt mir deutlich, dass etwas nicht stimmt. »Komm, jetzt sag schon!

Allzu viel Zeit haben wir ja nicht mehr, ein Katz-und-Maus-Spiel ist da nicht mehr drin.«

»Ach Maya, ich habe ihm gesagt, dass das keine gute Idee ist. Bitte versprich mir, dass du ihn erst aufmachst, wenn du in der Luft bist.«

»Meine Süße, wovon sprichst du? Was soll ich erst in der Luft aufmachen?«

Ich sehe sie an und weiß nicht, was ich davon halten soll. Aus ihrer Tasche kramt sie einen Brief. Es ist ein gewöhnlicher weißer Umschlag, und es steht nichts drauf. Ich nehme den Brief entgegen.

»Von wem ist der?« Die Antwort kann ich deutlich in ihren Augen lesen. »Was? Ist der von Jo? Den kannst du ihm gleich wieder mitgeben, nach allem, was er getan hat. Auf leere Floskeln kann ich gut verzichten.«

»Hm, es tut mir ja leid, aber ich hab ihm versprochen, dass ich ihn dir gebe. Mach damit, was du willst, wenn ich weg bin. Schmeiß ihn in den Müll oder sonst was. Aber bitte erst, wenn ich weg bin. Versprichst du mir das einfach?«

»Okay, okay, dir zuliebe. Aber da kannst du Gift drauf nehmen, dass der direkt in der Tonne landet. Sag ihm das ruhig.«

Sie zuckt die Schultern zum Zeichen, dass ihr das recht ist. Ich stecke den Brief in mein Handgepäck und kann meine Gefühle nicht einsortieren. Die letzten Tage hat er sich nicht mehr bei mir gemeldet. Auch wenn ich es noch so wenig wollte, habe ich doch gefühlte tausend Mal auf mein Handy geschaut. Wahrscheinlich war es auch besser so. Mein Entschluss stand zwar fest, aber trotz der Wut in mir bin ich mir nicht sicher, ob ich mich nicht wieder auf ihn eingelassen hätte. Diesen Punkt an mir kann ich selbst nicht ausstehen, aber wenn es um ihn geht, war ich schon in der Vergangenheit mehr als nur einmal unberechenbar. Irgendwie hat er es immer wieder geschafft, mich um den Finger zu wickeln. Die Gefühle zu Jo haben mich schon so oft so viele Schritte zurückgeworfen, aber nun wird der Teil in mir, der nach vorn blicken möchte, immer lauter. Es gibt kein Zurück mehr.

»Ach, meine Süße, am liebsten würde ich dich im Handgepäck mit rübernehmen. Das kannst du mir glauben!«

»Haha, wenn das möglich wäre, du, da wäre ich sofort dabei. Aber leider könnten wir dann auch sicher sein, dass du ein bisschen Übergewicht im Handgepäck hättest.«

Langsam laufen wir in Richtung des Gates, von dem mein Flieger abgehen wird. Ich bin nervös. Ich weiß gar nicht mehr, wann ich das letzte Mal geflogen bin. Der letzte Aufruf von einer freundlich klingenden Mitarbeiterin des Bodenpersonals erklingt. Es ist soweit, und obwohl wir ausgemacht hatten, nicht zu weinen, kullern uns beiden dicke Abschiedstränen die Wangen hinab.

»Mayara, pass auf dich auf, da drüben. Und wehe, du kommst nicht zurück!«

»Du Spinnerin, warum sollte ich nicht zurückkommen? Pass du auf meine Pflänzchen auf und schreib mir E-Mails, so oft es geht, okay?«

»Na klar! Sobald du drüben bist, hast du die erste, versprochen!«

Wir drücken uns noch einmal ganz fest, ehe ich durch die Passkontrolle gehe. Ich drehe mich noch einmal kurz zu ihr um und laufe dann durch den Tunnelübergang hindurch in das Flugzeug.

Kaum sitze ich, da könnte ich mich schon wieder selbst prügeln, weil ich doch glatt den Brief von Jo in der Hand halte. Ich wende ihn hin und her. Halte ihn gegen das Licht. Kann aber nichts erkennen. Ich rieche sogar an ihm. Nichts. Der Umschlag ist und bleibt weiß und steril. Meine Hände fangen an zu schwitzen und hinterlassen Spuren, die sofort deutlich auf dem Umschlag zu sehen sind. Alles an mir würde am liebsten sofort den Umschlag öffnen, aber eine leise Stimme tief in mir fordert mich auf, es nicht zu tun: *»Hast du nicht alles in deiner Macht Stehende versucht, um mit ihm zusammen zu sein? Doch, das hast du! Und was hat er gemacht? Er hat dich gedemütigt, nachdem er dich in dem Glauben gelassen hatte, du seist ihm wichtig. Jetzt ist nicht Jo dran, jetzt ist Oma Awenasa dran. Lass dich nicht von deinem Vorhaben ablenken, es ist nicht richtig. Denk an das Versprechen, das du Oma gegeben hast. Wer weiß, was in dem Brief steht. Lass nicht zu, dass dich ein paar Worte wieder aus dem Konzept bringen. Denk an dein Versprechen.«* Endlich tue ich das einzig Richtige, das fühle ich genau. Ich vergrabe den lieblosen weißen Umschlag, der nach nichts riecht, ganz weit unten in meinem Handgepäck.

»Hi, mein Name ist Clifton. Ich dachte, ich stelle mich gleich mal vor, immerhin werden wir nun einige Stunden miteinander verbringen, bis wir ankommen.«

Ein Herr um die sechzig reicht mir seine Hand. Er wirkt freundlich.

»Gerne, mein Name ist Mayara und ich bin ziemlich nervös.«

»Ihr erster Flug?«

»Nein, das nicht, aber das letzte Mal war ich noch sehr klein.«

»Oh, keine Sorge, das ist halb so schlimm. Man kommt immer runter.«

Er lacht laut über seinen eigenen Witz und auch ich kann mir ein Schmunzeln nicht verkneifen. Da ist was dran.

»Besuchen Sie jemanden in den Staaten?«

So genau will und kann ich das gar nicht sagen, weshalb ich beschließe, einfach zu nicken und seine Frage zu bejahen.

»Und Sie? Sie haben einen amerikanischen Akzent. Sind Sie Amerikaner?«

»Ja, ich bin Amerikaner, aber meine Kinder leben hier. Als ich noch in Deutschland lebte, hatte ich die Möglichkeit, die Sprache schnell zu lernen.«

»Waren Sie beruflich hier?«

»Ja, ich war bei der Armee angestellt. Ein guter Weg, ein Stipendium für ein Studium zu bekommen, wenn man es sich sonst nicht leisten kann. Wenn da nicht die blöden Kriege wären!« Wieder lacht er laut und herzlich auf. »Zum Glück liegt das alles weit hinter mir. Mittlerweile bin ich Rentner. Da hat man auf einmal viel Zeit, über sein Leben und wie man es bisher gestaltet hat nachzudenken.« Auf einmal wirkt er sentimental und mit seinen Gedanken woanders. »Aber wissen Sie was, zum Glück haben wir alle immer eine nächste Chance! Ist das nicht großartig?«

»Ich hoffe, Sie haben recht. Das würde ich mir wirklich wünschen.«

»Na klar, sehen Sie mich doch an. Viele, viele Jahre war ich für meine Kinder nicht da. Ich war jung und feige. Was soll ich sagen? Ich will mein Verhalten gar nicht schönreden: Ich bereue es. Die Mutter meiner Kinder hat auch ohne mich alles richtig gemacht. Sie hat zwei hervorragende Menschen großgezogen, sie kann sehr stolz auf sich sein. Wie gesagt, als ich dann in Rente ging, hatte ich auf einmal ganz viel Zeit, aber keine Freunde. Die, die ich dafür gehalten hatte, stellten sich einfach als Kollegen heraus, mit denen ich plötzlich nichts mehr zu tun hatte. Und zu meiner Familie hatte ich aus anderen Gründen leider keinen Kontakt mehr.«

Der Mann tut mir leid. Das muss schrecklich sein, denke ich mir. So allein ohne jemanden, den man liebt und der einen zurückliebt.

»Und da bin ich in mich gegangen. Ich glaube, ich habe satte drei Monate gebraucht, den Gedanken so weit reifen zu lassen und mich zu trauen, meine Familie hier in Deutschland zu suchen. Sie glauben gar nicht, wie nervös ich war. Ich habe sie schnell gefunden, denn meine Exfrau hat nie wieder geheiratet und deshalb noch meinen Namen getragen. Glauben Sie mir, es war alles, alles andere als einfach, aber ich bin dieses Jahr das fünfte Mal bei ihnen gewesen und es ist wunderbar. Natürlich werde ich zu meinen Kindern nie eine klassische Vater-Kind-Beziehung haben, aber sie sind von meinem Blut und ich konnte ihnen viele Fragen beantworten. Es ist ein Wunder. Brian zum Beispiel fährt sich genauso durchs Haar, wie ich es immer tue. Er kann es gar nicht von mir abgeschaut haben, denn er hat es nie gesehen. Familie verbindet, ob man will oder nicht. Und da können wir nichts dagegen tun. Wir sollten diesen Segen annehmen. Selbst wenn es Verletzungen gibt. Es hat seinen Grund, weshalb wir verbunden sind. Daran glaube ich ganz fest und für mich hat sich der Glaube bestätigt.«

»Es ist wundervoll, Ihnen zuzuhören. Ich freue mich für Sie und Ihre Familie.«

»Danke, meine Liebe! Sehen Sie, Sie haben das Schlimmste überstanden und gar nicht bemerkt, dass wir uns schon in der Luft befinden.«

Wieder sein ansteckendes Lachen. Ich blicke aus dem Fenster und wünschte, ich könnte die Wolken berühren, die an mir vorbeiziehen. Sie sehen aus wie Zuckerwatte. Die Stadt unter uns ist kaum noch zu erkennen. Ich fliege. Ich kann es gar nicht glauben. Vor ein paar Wochen wäre das alles hier noch unvorstellbar gewesen. Und jetzt bin ich mitten in einem Abenteuer.

»Ich werde mir jetzt mal einen Film ansehen. Ich gehe zu Hause nicht ins Kino, das muss ich ausnutzen«, grinst mich Clifton an.

Was für ein faszinierender Mensch. Ich finde es tapfer von ihm und beneide ihn für seinen Mut, wenn auch spät, so doch an seinen Fehlern zu arbeiten. Es hat sich für ihn definitiv gelohnt. *Vergebung.* Momentan kann ich mir schwer vorstellen, wie das mit mir und Jo weitergehen soll. Ich weiß, dass unsere Art der Beziehung Narben hinterlassen hat, die früher oder später Vergebung fordern. Aber zum Glück ist das nicht heute.

Please fasten your seatbelts. Dank der Gesellschaft von Clifton ist der Flug im wahrsten Sinne des Wortes wie im Fluge vergangen. Unglaublich, dass wir jetzt schon landen werden. Ich merke, wie ich langsam wieder nervös werde. Ich bin froh darüber, dass ich ein paar Stunden geschlafen habe. Sobald ich unten bin, werde ich zuerst meine Koffer finden müssen und dann die Stelle, an der ich mein Mietauto bekomme. Zu Hause fahre ich alles mit dem Fahrrad, aber ich habe gelesen, dass man hier in den Staaten aufgeschmissen ist, wenn man kein Auto hat. In vielen Orten fahren die Busse nicht sonderlich oft und die Strecken sind ja alles andere als kurz. Anscheinend ist hier alles sehr viel weitläufiger. Also, Auto fahren. Automatik. Das erste Mal seit Jahren und dann auch noch in Amerika – das erste Abenteuer steht also kurz bevor. Ich stelle meinen Koffer ab, um Clifton zum Abschied zu drücken.

»Vielen Dank für die wundervollen Stunden. Ohne Sie hätte ich den Flug sicher nicht so gut überstanden.«

»Sehen Sie, war doch gar nicht so schwer, oder? Wie ich schon sagte, irgendwie kommt man immer runter. Mayara, ich wünsche Ihnen eine schöne Zeit hier in North Carolina. Vergessen Sie nicht, jeden Augenblick zu genießen.«

»Das werde ich. Danke! Ihnen auch noch eine gute Heimfahrt!«

Er lacht noch einmal herzlich und geht dann seinen Weg Richtung Ausgang. Ich versuche mich zu orientieren und finde schnell den Schalter der Mietwagenzentrale. Keine zehn Minuten später stehe ich vor meinem neuen Wegbegleiter, einem grauen Nissan. Ich öffne den Kofferraum und wuchte mein Gepäck in das Auto, atme tief durch und steige ein. Ich sehe mir das Armaturenbrett ganz genau an. Es ist ein schönes, sauberes Auto. »Hey, Ness, wenn du mich gut behandelst, versuche ich dich auch gut zu behandeln, okay?« Ich streiche mit der Hand über das Lenkrad und begutachte die Automatikschaltung. Okay. So schwer kann das nicht sein. D für Drive und P für Park, mehr werde ich nicht brauchen, denke ich optimistisch. Huch, ich erschrecke. Nachdem ich den Motor angelassen habe und von der Bremse gehe, rollt der Wagen sofort los. Etwas zu wuchtig … Voller Schreck steige ich wieder auf die Bremse. Uff, das war knapp. Fast wäre ich in das Auto, das ein paar Meter vor mir steht, reingefahren. Also noch mal von vorn. Jetzt brauche ich das R, ich muss ein wenig zurück. Langsam gehe ich von der Bremse und lasse das Auto nach hinten rollen, ohne das Gaspedal zu betätigen. Okay. *Next step*, denke ich mir. Auf D geschaltet rolle ich langsam nach vorn und fahre los. Mist, vielleicht hätte ich zuerst die Adresse in das Navigationssystem eingeben sollen. Oh Mann, wie soll ich hier mehrere Wochen überleben? Mir bricht der Schweiß aus. Ich halte noch mal an und gebe die Adresse in das integrierte Navigationssystem ein. So, jetzt aber. Reiß dich zusammen, Maya, rede ich mir selbst gut zu. Das Navi zeigt 2 Stunden 40 Minuten bis Wilmington an. Ich sollte mich langsam entspannen, wenn ich heil ankommen möchte. Also lasse ich das Auto langsam anrollen und fahre los, immer dem Befehl der netten Dame folgend, die über das Navigationsgerät zu mir spricht. Schnell komme ich aus dem Stadtverkehr raus und fahre stur die Interstate 40 entlang. Trotz der einfachen, immer geraden Strecke merke ich erst nach einer Stunde, dass die Anspannung langsam von mir abfällt. Meine

Schultern schmerzen und ich bin froh, wenn ich in circa zwei Stunden endlich angekommen bin.

Staunend stehe ich vor dem Haus, das ich die nächsten Wochen bewohnen werde. Es liegt mitten in der Natur, umgeben von bunt leuchtenden Laubbäumen. Niemals hätte ich mir vorstellen können, einmal so schön zu wohnen. Ich schieße richtige Dankeshymnen gen Himmel. Zum Glück hat mir Sophia noch die Seite im Netz gezeigt, auf der man für längere Zeit Privatwohnungen anmieten kann. Ich kam mir so was von vorgestern vor, als ich ihr erzählte, dass ich mir einfach nicht vorstellen konnte, so lange in einem Hotel zu wohnen.

Sie lachte mich tatsächlich aus. »Mannomann, Mayara, man merkt wirklich, dass du nie unterwegs bist. Mittlerweile gibt es doch so tolle Möglichkeiten.«

Ich sah sie mit großen Augen fragend an.

»Weißt du was, ich komme morgen bei dir vorbei und dann suchen wir für dich was Schönes aus, okay?«

Ich war so was von erleichtert. Am nächsten Tag saßen wir mit dem Laptop bewaffnet auf meinem kleinen Balkon und ich konnte gar nicht glauben, was für Schmuckstücke sie mir da zeigte.

»Ernsthaft? Für den Preis? Da muss doch irgendwas faul dran sein.«

Wieder lachte sie mich aus. »Entschuldige bitte, du bist echt süß! Nein, wirklich. Matthias und ich reisen nur noch so. Das ist echt genial. Vertrau mir!«

Also suchte ich mir mutig eine tolle Unterkunft aus, konnte jedoch bis gerade eben nicht glauben, dass das tatsächlich wahr sein könnte. Doch jetzt stehe ich hier und traue meinen Augen nicht. Ich habe eine eigene Veranda. Und nicht nur ein Zimmer, sondern ein richtiges Häuschen. Ich bin sprachlos.

»Gefällt es Ihnen?«, höre ich hinter mir eine Frauenstimme fragen.

Ich schließe den Mund, den ich immer noch vor Staunen offen halte. »Es ist … es ist einfach großartig. Sind Sie Mrs Burton?« Ich reiche ihr die Hand.

»Ja«, antwortet sie freundlich. Sie zeigt auf das benachbarte Haus in einigen Metern Entfernung. »Da drüben wohnen wir, falls Sie etwas brauchen. Und wenn Sie Fragen zur Umgebung haben, was man sich hier so alles ansehen kann, scheuen Sie sich nicht. Und wenn Sie keine Fragen haben, können Sie jederzeit trotzdem gerne auf ein Gläschen Wein vorbeikommen, Greg und ich würden uns freuen. Und bitte nennen Sie mich ruhig Margie.«

Ich bin überwältigt – ein so ein tolles Haus und dann auch noch so tolle Vermieter. Nach all den Anstrengungen der letzten Tage bin ich jetzt einfach nur glücklich!

Nachdem mir Margie das hübsche Häuschen gezeigt hat, beschließe ich, mir eine heiße Dusche zu gönnen. Das liebevoll eingerichtete Bad ist der pure Luxus im Vergleich zu meinem Quadratmeterräumchen zu Hause. Hier könnte ich Stunden verbringen. Ich sehe mir alles genau an, selbst die Seifenschale passt farblich perfekt zur lindgrünen marmorierten Wand. Eine weiße Vase, bestückt mit frischen Blumen, auf dem breiten Waschtisch rundet die Wohlfühloase ab. Die Dusche ist geräumig und bietet die Möglichkeit, wie unter einem Wasserfall zu duschen. Eine Möglichkeit, die ich gerne annehme. Das heiße Wasser fließt weich über meinen Körper. Ich schließe die Augen und merke jetzt erst so langsam, wie müde ich eigentlich bin. Ob das der berühmte Jetlag ist? Egal, ich kann immer noch nicht glauben, dass ich ein so schönes Zuhause auf Zeit habe. Die großen, flauschigen Handtücher, mit denen ich Körper und Haar einwickle, duften herrlich frisch gewaschen. Das Schlafzimmer mit dem Kingsize-Bett grenzt direkt an das Bad. Der Tag neigt sich langsam dem Ende entgegen. Ich lasse die Rollos aus Bambus herunter und ziehe die dicken Vorhänge zu. Eigentlich wollte ich noch meine E-Mails checken, schiele aber stattdessen verhängnisvollerweise auf das große, einladende Bett mit den vielen hübschen Kissen darauf. *Nur ein paar Minuten,* denke ich und lasse mich auf die weiche Matratze fallen. Alle viere strecke ich von mir und merke, wie meine Augenlider immer schwerer werden. *Nur ein paar Minuten.*

»Vergib mir, Mayara!«

Ich sehe ihn verwundert an. »Was machst du denn hier?«

Neben mir sitzt Jo und wir fliegen.

»Warum denn das jetzt auf einmal?«

»Darf man denn nicht alles haben wollen?«

Ich spüre eine Riesenwut in mir und will ihm meine Meinung sagen.

»Darf ich Ihnen noch was anbieten? Tomatensaft oder vielleicht eine Cola?«

Ich blicke an Jo vorbei zur Stewardess.

»Ist das dein Ernst? Du nimmst Anna mit? Auf meine Reise? Und lässt sie auch noch hier arbeiten?« Ich kann es einfach nicht glauben.

Wir fliegen tief durch Wälder und Steinformationen in abstrakten Formen. Ich blicke aus dem Fenster und sehe wie mit Adleraugen eine Gruppe Indianer. Ihre bunten Kleider tanzen mit ihnen wehend im Wind. Ich sehe genauer hin. Oma Awenasa! Ich beobachte, wie sie ihren Mund bewegt, und ich verstehe jedes ihrer Worte, obwohl sie so weit entfernt von mir ist. Sie singt den Morning Song, das höre ich ganz genau. Dann sieht sie mich an.

»Mayara, du bist stark! Glaube an dich!«

Erschrocken drehe ich mich um, will Jo zeigen, was ich sehe. Aber er sitzt nicht mehr neben mir. Clifton lacht herzlich aus vollem Herzen. Ich kann nicht anders, ich lache mit, bis ich Bauchschmerzen habe. Er hört schlagartig auf zu lachen und sieht mich an.

»Runter kommt man immer, Mayara, vergiss die Vergebung nicht!«

Ich drehe mich weg. Will Oma noch mal ansehen – nichts. Wir fliegen über Bäume, überall Bäume. Oma, wo bist du?

Mein Oberkörper schnellt in die Höhe, ein Handtuch fällt mir vom Kopf. Es ist dunkel. Ich kann mich nicht orientieren. Wo bin ich? Ich zittere, weiß aber noch nicht, warum. Mir ist kalt. Warum habe ich nichts an? Alles scheint fremd hier. Langsam kehrt meine Erinnerung zurück. Oh weh, ein Traum. Ich befinde mich in meinem schönen Ferienhaus. Ich lege mich wieder auf den Rücken und blicke an die Decke. Langsam kehrt meine Orientierung zurück. Ich atme tief ein und aus. Was für ein komischer Traum! Und dann muss ich lachen. Mann, Mann, so ein Jetlag hat es wirklich in sich! Okay, jetzt ist es ja vorbei. Ich taste mich zum Ende meines Betts vor und laufe rechts rüber zum Schreibtisch an der Wand. Ich ziehe an dem Schnürchen der Tischlampe und ein warmes Licht flutet mein Schlafzimmer. Auf dem Schreibtisch klebt ein kleiner Zettel mit den WLAN-Zugangsdaten. Margie hat aber auch wirklich an alles gedacht. Entspannt öffne ich meinen Laptop. Ein Lächeln huscht über meine Lippen, als ich an die nette Vermieterin denke. Ich scrolle durch meine E-Mails, lösche als Erstes die Werbung und entdecke dann gleich eine Mail von Sophia. Sie hat mir tatsächlich sofort geschrieben, wie sie es gesagt hat. Schnell öffne ich den kleinen digitalen Umschlag. Es tut gut, von ihr zu lesen.

Hey, du Abenteurerin,

ich hoffe, du bist gut angekommen.

War das Fahren mit dem Automatikauto so schlimm, wie du dachtest? Wie ist dein Apartment?

Ich traue mich fast gar nicht zu fragen, aber tu es jetzt einfach doch … Hast du Jos Brief geöffnet? Er hat mit keiner Silbe was von seinem Inhalt erzählt. Und ich bin ja gar nicht neugierig …

Ansonsten gibt es nach so kurzer Zeit hier natürlich noch nicht viel Neues zu erzählen. Aber weißt du, was komisch ist? Ich vermisse dich jetzt schon.

Süße, genieß die Zeit neben dem ganzen Auskundschaften. Wann warst du schon das letzte Mal in Urlaub? Also genieße es!!!!!!

Hab dich lieb

Sophia <3 <3 <3

Ich lese ihre Worte gleich noch einmal, bevor ich auf antworten tippe.

Huhu, meine Liebe!!!

Ich bin gut angekommen und hatte das Glück, den Flug neben einem lustigen Herrn verbringen zu dürfen. Er war ungefähr so alt wie Herr Ziegler und wie er auch ein bisschen strange. Aber anders. Auf jeden Fall ging die Zeit sehr schnell vorbei und ich habe wirklich viel gelacht.

Wahnsinn, wie weitläufig hier alles ist. Zum Glück hab ich Ness (so hab ich mein Auto auf Zeit genannt). Es war trotz meiner bisherigen Unkenntnis über Automatikautos sehr geduldig mit mir. Zumindest ist keiner umgekommen, he he.

Du fragst nach meinem Apartment. Sophia, ich weiß gar nicht, was ich sagen soll. Es ist ein richtiges Häuschen mitten im Grünen, stell dir vor! Und ich habe eine eigene Veranda. Es ist echt so schön! Morgen schick ich dir Bilder.

Und die Vermieterin ist supernett. Eine typische Amerikanerin, sie trägt diese Bermudashorts und weiße Turnschuhe. Weißt du, so wie die Touris, die man bei uns immer sieht …

Morgen ziehe ich los. Ich bin schon richtig aufgeregt.

Ach, wegen dem Brief … Ob du es glaubst oder nicht, ich hab ihn nicht geöffnet. Okay, ich geb's zu, ich war schon kurz davor. Aber ich finde, jetzt geht mein »Auftrag« hier vor :D

Halt mich auf dem Laufenden, mein Schatz!

*Hab dich auch lieb :-**

Deine Mayara

Kapitel 5

Henrie McKenzie

Mein Ziel liegt nur circa fünfundzwanzig Minuten von meinem Haus entfernt. Heute, am Morgen nach meiner Ankunft, fühle ich mich schon wesentlich angekommener. Die netten Vermieter haben mir im Kühlschrank auch ein wenig Proviant zur Verfügung gestellt. In meiner kleinen Küche brate ich mir ein paar Eier und habe nach deren Verzehr das Gefühl, noch nie in meinem Leben ein so leckeres Frühstück verspeist zu haben. So, nun bin ich aber gespannt, was der Tag heute so bringen wird. Da ich nur die Adresse habe und keine Telefonnummer dazu, habe ich beschlossen, einfach hinzufahren. Ich wüsste ohnehin nicht, was ich am Telefon sagen sollte. Das Fahren klappt mit meinem kleinen Auto heute auch schon viel besser. Laubbäume säumen den Straßenrand und die Blätter der Bäume verfärben sich hier und da in den schönsten Herbstfarben. Die Häuser sind klein und schnuckelig. Obwohl das Meer etwas entfernt liegt, rieche ich Salz in der Luft. Berauscht von der Freiheit, die ich spüre, öffne ich beide Fenster und suche einen Musiksender, der zu meiner Stimmung passt. Ein Countrysender begleitet mich mit hübschen Lovesongs auf dem Weg zu der Adresse, die ich ins Navi eingegeben habe. Ich fühle mich leicht und beflügelt und nehme mir vor, später noch zum Strand zu schauen. Wann habe ich eigentlich zum letzten Mal das Meer gesehen? Das muss ewig her sein. Trotz der Aufregung vor dem, was mich gleich erwartet, fühlt es sich irgendwie wie Urlaub an – der erste Urlaub, den ich genießen kann. Das Wetter ist herrlich. Die Sonne leuchtet in einem warmen Orange und es ist nicht zu heiß. Die Weite dieses Landes hat es mir jetzt schon angetan, ich fühle mich frei und kann durchatmen. Hier ist einfach so viel Platz. So fahre ich eine Weile, bis ich in die Nähe meines Zielortes komme. Ich schalte das Radio aus und konzentriere mich, um nicht eine wichtige Einfahrt oder das Haus zu verpassen.

Henrie McKenzie heißt derjenige, den ich suche, und ich habe keine Ahnung, wer das sein könnte. Ein alter Freund von Oma Awenasa? Vielleicht sogar ein Verwandter? Ich werde langsam immer nervöser und fühle mich zunehmend unwohl. Am liebsten würde ich einfach wieder umkehren. »Sie haben Ihr Ziel erreicht«, lässt mich die Navi-Stimme wissen. Ich blicke mich verwundert um. Alles, was ich sehe, ist ein riesiges Gebäude. Ich fahre durch eine mächtig breite Einfahrt direkt darauf zu. Rechts und links von mir sehe ich eine gepflegte Parkanlage mit hübschen weißen Bänkchen hier und da. Was ist das denn hier? In diesem Gebäude kann ja unmöglich einer allein wohnen. Ich fahre langsam auf das Haus zu, dessen breite Stufen auf eine Veranda und gleichzeitig zum Eingang des Gebäudes führen. Wie bei vielen Häusern hier in der Gegend zieren verschnörkelte Säulen sowie große weiße Fensterläden den Eingangsbereich. Ich komme aus dem Staunen nicht mehr heraus. Ein paar Meter vor dem Eingang fahre ich auf einen kleinen Parkplatz, auf dem etwa zehn weitere Autos stehen. Meine Beine sind butterweich, als ich auf den Eingang zugehe. Auf einem Schild davor lese ich »Sunny Side Care Home«. Es braucht ein wenig, bis ich endlich begreife: ein Pflegeheim! Das hatte ich nun wirklich nicht erwartet. Immer noch starre ich das Schild an und versuche meine Gedanken zu sortieren. Okay. Gut. Ja, dann geh ich wohl am besten mal rein. Im Außenbereich ist kein Mensch zu sehen. Ich überlege, ob die Menschen, die hier wohnen, möglicherweise schon so etwas wie Mittagsruhe halten, auch wenn es dafür eigentlich noch zu früh ist. Na, egal, hoffentlich kann ich mit Henrie McKenzie sprechen. Es wird wohl seinen Grund haben, dass er hier im Pflegeheim liegt, denke ich besorgt. Ich öffne die Flügeltür. Der Eingangsbereich wirkt hell und freundlich, gemütliche Sitzecken an den Fenstern und hohe Pflanzen lassen den Raum wohnlich wirken. Suchend blicke ich mich um und am anderen Ende des Raumes fällt mir eine Theke auf. Davor sitzt eine ältere Dame, die mich neugierig ansieht, dahinter entdecke ich niemanden. Ich gehe direkt auf die Frau zu und habe den Eindruck, dass sich ihr Gesichtsausdruck erhellt.

»Hallo, können Sie mir vielleicht helfen?«

»Kommt darauf an, wobei«, sagt die Dame und sieht mich kritisch an. Ihre Haare sind dauergewellt und mit einem bläulichen Schimmer versetzt. »Aber wenn Ihnen überhaupt jemand helfen kann, dann ich. Ich glaube, ich bin diejenige, die hier schon am längsten gefangen ist.«

»Gefangen? Warum denn gefangen?«

»Pah! Lassen Sie sich mal nicht täuschen von dem schönen Ambiente hier. Das sieht nur nach außen aus wie 'ne Ferienanlage. Ich sage Ihnen eines: Hier ist es schlimmer als im Knast!«

Verschwörerisch hebt sie ihren Stock und fuchtelt damit vor meinem Gesicht hin und her. Ich weiß gar nicht, was ich darauf erwidern soll. Gut, dass sie schon weiterspricht.

»Jaaaaa«, seufzt sie gedehnt. »Aber das interessiert Sie sicher nicht. Für uns interessiert sich ohnehin kaum wer. Sie liefern uns hier ab, haben ein unheimlich tolles Gewissen wegen des

Ambientes und kommen dann noch ein, zwei Mal. Und dann kann man froh sein, wenn man wenigstens noch zu Thanksgiving abgeholt wird.« Sie winkt ab. »Ach, wissen Sie was? Selbst da bekommen siebzig Prozent nur noch eine Grußkarte von ihren angeblich Liebsten!«

Die Dame holt gerade Luft, um weiterzusprechen, da kommt eine jüngere Frau auf uns zu. An ihrem Kasack erkenne ich, dass es sich um eine Krankenschwester handelt. Sie lächelt mich freundlich an.

»Oh hallo, wir kennen uns ja noch gar nicht. Sind Sie eine Verwandte von Mrs Hamington?«

»Nein, wer sollte mich denn schon besuchen?«, antwortet die Dame sarkastisch, bevor ich zu Wort kommen kann.

Irritiert sieht mich die Krankenschwester an. »Hm, kann ich Ihnen irgendwie helfen?«

»Äh, ja. Mein Name ist Mayara Harris. Ich suche einen Mann namens Henrie McKenzie.«

Ihr Blick verfinstert sich und sie bittet mich, mit ins Büro zu kommen. Ich höre noch, wie Mrs Hamington abfällig sagt: »Und das sind die Schlimmsten! Lassen sich nie blicken, aber wenn es ums Erben geht, sind sie sofort zur Stelle!«

Erschrocken drehe ich mich zu ihr um. Die Krankenschwester tätschelt meine Schulter. »Hören Sie nicht auf sie. Sie hat heute einfach wieder mal einen schlechten Tag.«

Erben? Habe ich da richtig gehört? Ich bin nervös, weil ich schon ahne, was sie mir jetzt gleich bestätigen wird.

»Mr McKenzie ist vor einer Woche gestorben, es tut mir sehr leid.« Sie sieht mich betreten an und ich kriege kein Wort heraus. »Wir wussten nichts von Angehörigen. Zumindest von keinen, mit denen er noch Kontakt hatte.«

Ich überlege fieberhaft, was ich sagen soll. Und versuche zu pokern. »Ich komme aus Deutschland. Wir sind nicht im ersten Grad verwandt.«

Sie mustert mich einen Moment und lächelt. »Ich kann Ihnen sagen, Sie haben genau die gleichen Augen wie er. Der gleiche Schwung der Brauen. Man sieht, dass Sie verwandt sind.«

Das trifft mich wie ein Schlag! Was erzählt sie da? Es fällt mir schwer, die Fassung zu bewahren. »Danke«, presse ich heraus.

»Wir haben seine Sachen einer Organisation gegeben, die die Dinge nimmt, die sonst weggeschmissen werden. Sie sammeln sie für Obdachlose.«

Sie reißt ein rosa Post-it von dem vor ihr liegenden Block ab und beginnt etwas zu notieren. »Ich schreibe Ihnen die Adresse auf, vielleicht haben Sie ja Glück und finden noch was von ihm.«

Sie steht auf und ich tue es ihr gleich. Noch einmal stammle ich ein »Danke«, nehme den Zettel entgegen und verabschiede mich von der netten Krankenschwester.

»Es tut mir wirklich leid. Ich wünsche Ihnen viel Glück mit den Sachen.«

Ich fühle mich trotz der großen Halle eingeengt. Mrs Hamington sitzt noch immer in ihrem Stuhl und beobachtet mich argwöhnisch. Ich kann ihre Blicke spüren, sie bohren sich förmlich in meinen Rücken. Bloß schnell raus hier! Ich öffne die Schwenktür, mir ist schwindlig und ich kann keinen klaren Gedanken fassen. Das Auto schon fest im Blick, möchte ich möglichst schnell zu ihm laufen, aber meine Beine geben nach. Also setze ich mich erst einmal auf die großen Stufen der Veranda. Die Worte der Krankenschwester klingen noch in meinen Ohren nach: *Man sieht, dass Sie verwandt sind. Die gleichen Augen.*

Es ist unfassbar, eine Woche! Eine Woche bin ich zu spät. Und offenbar war er ein Verwandter von mir. Warum hat mir Oma Awenasa nichts davon gesagt? Ich erinnere mich an ihre Worte, sie sagte, es sei nur ihre Wahrheit. Aber was bitte soll es denn für verschiedene Wahrheiten geben, wenn es darum geht,

Verwandte zu haben? Obwohl ich Henrie McKenzie nicht kannte, fühle ich eine Art Trauer. Ich frage mich, ob er sich gefreut hätte, mich zu sehen. Es ist zum Verrücktwerden. Krampfhaft ringe ich um Fassung. Die Tränen rinnen meine Wangen hinunter und ich hole ein Taschentuch aus meiner Handtasche. Dabei fällt der rosa Zettel mit der Adresse, den mir die Krankenschwester gerade gegeben hat, heraus und weht fröhlich mit dem Wind an mir vorbei. Nein, nicht auch noch das! Ich springe auf und mein Blick verfängt sich sofort in warmen dunklen Augen, die mich belustigt ansehen. In der Hand hält er meinen rosa Zettel.

»Ich nehme an, das ist Ihrer? Muss ja wahnsinnig wichtig sein, wenn Sie deswegen gleich so außer sich sind.«

Was quatscht der Typ da? Ich strecke ihm meine Hand entgegen, um mir die Adresse zu holen. Er zieht den Zettel von mir weg und grinst mich schelmisch an.

»Lady, wie wäre es denn, wenn Sie heute Abend mit mir essen gehen und mir erzählen, warum diese Adresse so wichtig für Sie ist. Oder wohnt da Ihr Freund?«

Was? Das kann doch nicht sein Ernst sein. Ich bin zu solchen Scherzen gerade überhaupt nicht aufgelegt.

»Geben Sie mir bitte meinen Zettel wieder! Und nein, ich werde sicher nicht mit Ihnen essen gehen.«

Ich ergreife die Chance, mir den Zettel zurückzuholen, als der Typ damit beschäftigt ist, den Träger seiner grünen Arbeiterlatzhose zu richten, der gerade verrutscht ist. Schnell laufe ich an ihm vorbei zu meinem Auto und höre, wie er mir hinterherruft: »Dann morgen?« Ich schüttle den Kopf, ohne ihn anzusehen, und laufe mit schnellen Schritten zu Ness. Das hatte mir gerade noch gefehlt.

Ich denke an gar nichts, während ich wieder zurück zu meinem Häuschen fahre. Diesmal nehme ich nicht einmal die schöne Landschaft wahr, Leere ist alles, was ich verspüre. Ich kann mich gar nicht richtig erinnern, wie ich überhaupt zu meinem derzeitigen Zuhause zurückgekommen bin. Jetzt stehe ich im Schlafzimmer und weiß nicht so recht, was ich mit mir anfangen soll. Ist meine Aufgabe hier schon zu Ende? Wie soll ich ohne Henrie etwas herausfinden? Und wie soll es weitergehen? Ich bin völlig durcheinander. Schon wieder einmal. Aber ich kann jetzt unmöglich aufgeben. Soll ich etwa mit leeren Händen zu Oma zurückkehren? Da wäre sie sicher tieftraurig. Nein, schließlich habe ich es ihr versprochen! Andererseits vermisse ich gerade meine gewohnte Umgebung so sehr. Am liebsten wäre ich jetzt auf meinem Balkon und würde mit Sophia telefonieren, in der Vergangenheit haben wir ja gemeinsam viele Probleme lösen können. Nach gefühlt unzähligen Minuten und Freizeichen werfe ich das Telefon in meine Handtasche. War ja klar, dass sie es gerade jetzt nicht hört. Aber zumindest schreiben kann ich ihr, denke ich mir und setze mich an den Schreibtisch, um mich wenigstens in einer Mail auszuheulen und mir meinen Unmut von der Seele zu schreiben. Mein Blick fällt auf den kleinen Rucksack, der neben mir steht. Ich habe noch nicht einmal richtig ausgepackt und dann soll es auch schon wieder vorbei sein, frage ich mich verbittert. Ich umklammere den Rucksack und schaukle hin und her. Langsam öffne ich ihn und schon habe ich den Brief von Jo in der Hand. Meine Hände zittern. Ein Teil von mir sagt mir immer noch, ihn besser nicht zu öffnen, aber dieser Brief ist gerade die einzige Verbindung, die ich nach Hause habe. Die einzige Verbindung zu Jo. Während ich die Worte und Zeilen in mich aufsauge, kann mein Gehirn nicht fassen, was ich da lese. Träume ich jetzt? Ich lese es noch einmal.

Mayara,
ich weiß gar nicht, wie ich anfangen soll, ohne mich völlig zum Affen zu machen. Wahrscheinlich bist du schon lange fort und sauer auf mich. Zu Recht.

Es tut mir alles so leid und damit meine ich nicht nur, dass ich nicht den Mut hatte, mich von dir zu verabschieden. Versteh mich nicht falsch. Ich finde es gut, dass du das machst, und vor allem mutig. Ich wünschte nur, ich hätte die Gelegenheit gehabt, dir zu sagen, was mir endlich klar geworden ist: Mayara, ich liebe dich und ich wünschte, ich könnte einiges rückgängig machen, um dir das zu beweisen.

Ich weiß, dass es jetzt zu spät ist, aber ich musste dich einfach wissen lassen, wie ich für dich empfinde, bevor wir uns so lange nicht mehr sehen werden.

Es ist raus: Ich liebe dich!

Dein Johann

Was? So viele Jahre habe ich auf diese Worte gewartet und jetzt? Jetzt liebt er mich? Es fühlt sich alles so unwirklich an. Er liebt mich. Was ich lese und schwarz auf weiß vor mir liegen habe, kann ich nicht glauben. Ich lege den Brief behutsam auf den Schreibtisch. Ich brauche dringend frische Luft. In der Hollywoodschaukel sitzend sehe ich zu, wie die bunten Laubblätter im Wind tanzen. Die Gedanken in meinem Kopf überschlagen sich, und dann kann ich es nicht mehr zurückhalten. Mein Körper bebt und ich schluchze es hinaus. Alles, was ich immer wollte, scheint wahr geworden. Jo! Und jetzt, was denkst du, wie es weitergehen soll? Schreibst mir, dass du mich liebst, und fährst dann weg, auf Weltreise. Was willst du eigentlich von mir? Soll ich noch weitere Jahre auf dich warten? Unaufhaltsam fließen meine Tränen des Schmerzes, der Wut und der Liebe. Er liebt mich. Er liebt mich!

Kapitel 6

Im Gefühl

Der Wind weht mir zart, aber kühl durchs Haar. Ich ziehe meine dünne Strickjacke enger um die Brust. Alle Farben, die den Herbst ankündigen, sind bei untergehender Sonne noch viel wärmer. Die Orange- und Gelbtöne schimmern in ihrem Glanz. Der Wind fordert sie zum Tanz heraus und die Unbeständigen fallen schaukelnd auf die Erde und betten sich zu den anderen. Es beruhigt mich, auch wenn ich nur langsam ein paar klare Gedanken fassen kann. Nicht klar genug, um zu wissen, was ich als Nächstes tun soll. Mein Herz bebt sehnsuchtsvoll beim Gedanken an den Wind, die Musik und das Gefühl der grenzenlosen Freiheit, die ich empfand, als ich auf dem Weg in die Pflegeeinrichtung war. Auf der anderen Seite Jo, meine einzige Sehnsucht, die ich kenne, seitdem er in mein Leben getreten ist. Das, was ich die ganze Zeit, all die Jahre vermisste, scheint weit weg. Es ist, wie eine Geschichte zu lesen, um dann viel zu lange auf die Fortsetzung zu warten. Eine Zeit lang brennt man darauf zu erfahren, wie sie weitergeht, doch auf einmal ploppen von allen Seiten so viele neue Storys auf, die alle darauf warten, gelesen zu werden, um den Horizont weiter werden zu lassen. Ich möchte so gern Herrn Zieglers Rat befolgen und mich meinem Schicksal stellen, aber woher weiß ich, dass Jo nicht mein Schicksal ist?

Er macht mich wütend. Wie so oft wirft er mich aus dem Konzept. Ich bin mir nicht sicher, ob ihm bewusst ist, was er mit seinen Worten in mir anrichtet. Fröstelnd beschließe ich reinzugehen. Mein Laptop steht auf dem Tisch und fordert eine Entscheidung. Ich öffne ihn und tippe mit zitternden Fingern die Adresse meines E-Mail-Accounts ein. So viele Fragen kreisen in meinen Gedanken: Was ist mit Anna? Wie stellt er sich die Zukunft vor? Gut, er hat geschrieben, dass er mich liebt. Aber auch, dass es zu spät ist. Für ihn? Für mich? Ich wundere mich über meine Zweifel. Vielleicht kann ich es auch ohne ihn schaffen. Vielleicht muss ich einfach erst zu mir finden. Meine Gedanken auch einmal auf andere Dinge auszurichten, hat mir gutgetan. Es ist herrlich hier, und ich will mich auf die Geschichten konzentrieren, die vor mir liegen. Wenn ich ehrlich zu mir selbst bin, habe ich ihn weniger vermisst, als ich mir vor meiner Abreise hätte vorstellen können. Vielleicht, weil wir niemals zusammen waren, nicht wirklich. Ich habe angefangen, seine Entscheidung zu akzeptieren, mich sogar für ihn gefreut, dass er sich seinen Traum von der Weltreise erfüllen wird. Ja, der Schmerz war groß, aber ich habe es geschafft, uns getrennt zu sehen. Es wird mir immer klarer, es ist Zeit für *mich.* All die Jahre schlug mein Herz für ihn, und ich kann mich nicht daran erinnern, einmal nicht zuerst an ihn, sondern an mich gedacht zu haben. Das hat sich durch meinen gesamten Alltag gezogen: Würde ihm dieser Pullover gefallen? Findet er mein Haar schön, wenn ich es so trage? Vielleicht liegt es daran, dass ich mich nicht weiblich genug kleide?

So viele Selbstzweifel, die immer wieder auftauchten, kaum waren unsere Körper erkaltet von der Leidenschaft, die uns verband. Was gab es noch außer dieser Leidenschaft zwischen uns? Freundschaft? Das trifft es wohl am ehesten. Ich hole den kleinen Beutel von Oma Awenasa aus meiner Tasche. Wie hat sie gesagt? Ich muss meine Geschichte mit dem Stein selbst erleben? Ich öffne den weichen, abgewetzten Lederbeutel. Der runde Stein fühlt sich in meiner Hand vertraut an und erinnert mich an einen Handschmeichler, nur mit sehr viel mehr Charakter. Er ist wunderschön. *Meine Geschichte.* Ja, jetzt bin ich dran. Die Entscheidung ist gefallen: Jo wird warten müssen. Ich musste es auch. Log-out. Wie passend.

Die Suchmaschine leuchtet mir fröhlich entgegen. Passend zur herbstlichen Jahreszeit fallen bunte Blätter an der Suchleiste vorbei. Ich stehe kurz auf, strecke mich und lasse meine Finger knacken. Okay, nicht aufgeben. Ich glaube zwar nicht daran, dass ich von Henrie noch etwas finden könnte, aber vielleicht kann ich auf der Website der Stiftung ein paar Angaben in Erfahrung bringen, wie lange die Dinge aufbewahrt werden. Ich tippe mit dem Zeigefinger die einzelnen Buchstaben der Wörter *Homehelp Foundation* ein. Da stehen die Öffnungszeiten und das Konzept des Vereins, aber nichts darüber, wie lange die Sachen aufgehoben werden. Wahrscheinlich weil sie gar nichts aufheben.

Ich schüttle den Gedanken ab. Es ist mittlerweile 17 Uhr und die Stiftung hat nicht mehr geöffnet, also kann ich nicht anrufen und nachfragen. Es wird keine andere Möglichkeit geben, als morgen direkt hinzufahren. Ich seufze und spüre meinen flauen Magen, der aus Protest grummelt. Etwas Vernünftiges zu essen, ist gar keine schlechte Idee, also gehorche ich meinem rumorenden Bauch und gebe in die Suchmaschine *Restaurant Wilmington* ein. Weit oben lese ich *Seafood Restaurant To the Moon.* Ich klicke auf die Homepage und habe den Eindruck, dass das genau das Richtige ist. Mir läuft das Wasser im Mund zusammen, wenn ich die Bilder der leckeren Fischplatten ansehe. Auch die Preise sind moderat. Schnell suche ich noch nach dem Weg, und schon laufe ich los. Vielleicht erwische ich noch den Sonnenuntergang am Strand, denke ich mir, und in diesem Moment sehe ich ihn auch schon. Wie auf Bestellung küsst die gold-orangerote Sonne gerade das Meer, als ich am Strand ankomme. Der Anblick lässt mich staunen und ein tiefer Frieden erfüllt mich. Zuckerwattewolken sind in zartes Blau und Orange getönt. Ich bleibe auf dem Steg stehen, der zum Strand und zum Restaurant führt, und lasse diese Schönheit auf mich wirken. Die Wellen sind hoch und wild. Sie scheinen unbezwingbar.

Ein Gefühl von absoluter Zufriedenheit stellt sich in mir ein. Jede Welle wischt letzte Zweifel beiseite. Diese Freiheit, die ich spüre, feiert in mir ebenso wild wie die Natur, die sich vor mir offenbart. Ich bin ein Teil von ihr. Am liebsten würde ich laut lachen und losrennen. Tief atme ich die salzige Meeresluft in meine Lungen ein und entdecke voller Vorfreude das Restaurant im karibisch dekorierten Stil. Kleine Palmen stehen abgrenzend in Töpfen zwischen den Tischen. Bunte Lampions erhellen den Außenbereich in fröhlichen, bunten Tönen. Kaum sitze ich, strömt mir schon der Duft von frisch gegrilltem, leckerem Fisch entgegen. Ich überfliege die Karte und entscheide mich für eine bunt gemischte Fischplatte, wie praktisch, wenn man sich nicht entscheiden kann.

Die nette Kellnerin sieht mich freundlich, aber kritisch an. »Sind Sie sicher?«

Ich erwidere mit einem fragenden Blick und krauser Stirn: »Klar bin ich sicher.«

»Ich frage nur, weil die Portion recht groß ist.«

Sie schüttelt ihr wasserstoffblond gefärbtes Haar hinter die Schulter, aber der Wind weht es wieder nach vorn. Sie wirkt genervt und müde.

»Ja, ich nehme die Platte trotzdem«, antworte ich selbstbewusst.

»Okay«, sagt sie in gedehntem amerikanischem Englisch. Ich liebe es. »Ketchup? Und möchten Sie Icetea dazu? Der ist im Preis inbegriffen.«

Ich traue meinen Ohren nicht. Ketchup? Zum Fisch? Okay, spätestens jetzt weiß ich, dass ich in Amerika angekommen bin. Ich lache ihr entgegen, was sie dazu bringt, mich nervös anzusehen.

»Nein danke, kein Ketchup. Aber gerne einen großen Icetea und Pommes dazu.«

Sie runzelt die Stirn. »Lady, ein Refill ist ohnehin inklusive. Sobald das Glas leer ist, schenke ich gerne nach.«

Ich unterdrücke ein Lachen und bedanke mich. »Das ist großartig!« Ich habe festgestellt, dass man mit dem Wort »großartig« hier weit kommt. Alles ist immer »great« oder »woooow, great«, hin und wieder auch »amazing«.

Sie dreht sich um, und ich kann sehen, dass sie ihren Kopf schüttelt. Sie nuschelt noch etwas, das ich nicht verstehe.

Gedankenverloren blicke ich auf das Meer, das nur noch zu erahnen ist. Das Geräusch der sich immer wieder auftürmenden Wellen ist Musik in meinen Ohren. Der Moment ist perfekt. *Hier* ist es perfekt.

»Ihr Icetea, Lady.«

Ich blicke kaum auf, während ich mich bedanke, denn ich möchte mich weiter in den Wellen vor mir verlieren.

»Eine sehr gute Wahl, die Fischplatte«, erklärt der Kellner, der immer noch neben meinem Tisch steht. Soll ich jetzt schon Trinkgeld geben, oder was erwartet er? Komisch. Ich sehe ihm in die Augen und erinnere mich sofort an das warme Braun. Das gibt es doch nicht! Meine Haltung erstarrt.

»Was machen Sie denn hier?«

»Na ja, zu einem Date gehören doch immer zwei, oder nicht?« Wie selbstverständlich setzt er sich auf den Platz mir gegenüber.

Ich bin fassungslos. »Was für ein Date?«

»Na, dieses hier! Sie und ich.«

»Stalken Sie mich etwa?« Der Gedanke macht mich leicht nervös.

»Oh, jetzt bin ich aber enttäuscht! Was denken Sie denn von mir?«

Er winkt in das Restaurant und ich sehe durch die große Fensterscheibe drei Männer, die in der Ecke am Billardtisch stehen und uns belustigt ansehen. Mein Gegenüber winkt ihnen zu und die Männer widmen sich wieder ihrem Spiel.

»Sie sind natürlich eingeladen, das Essen geht auf mich.« Er grinst mich mit einem Fünf-Millionen-Dollar-Lächeln an, dem kaum zu widerstehen ist.

»Sie werden mir wohl keine andere Wahl lassen.« Er wirkt sympathisch, warum also nicht, denke ich mir.

»Und Sie werden es nicht bereuen, versprochen! Mein Name ist Benjamin, aber Ben reicht völlig.« Er gestikuliert übertrieben höflich, als er mir die Hand reicht.

Ich kann nicht anders und muss schmunzeln. »Ich bin Mayara, aber Maya reicht völlig.«

»Mayara, die Heldin! Das ist ein indianischer Name, nicht?«

Jetzt bin ich beeindruckt. Ich schlucke. »Ja, woher weißt du das?«

Er grinst. »Wenn man aus dieser Ecke kommt, interessiert man sich fast schon automatisch für die Kultur der Indianer. Na ja, ich vielleicht ein wenig mehr. Ich bin Lehrer und unterrichte unter anderem Geschichte. Mit meiner letzten Klasse war ich in einem Cherokee-Reservat, und die Dame, die uns herumführte, hieß auch Mayara. Sie erzählte uns, dass alle indianischen Namen eine besondere Bedeutung haben.«

»Das stimmt. Auch wenn die Bedeutung meines Namens nicht unbedingt etwas mit mir zu tun hat. Zumindest mache ich den ganzen Tag nichts Ungewöhnliches, geschweige denn lebe ich das Leben einer Heldin.«

Oh Mann, was rede ich denn da? Er hat etwas an sich, das mich unsicher werden lässt. Ich kann nicht genau ausmachen, was es ist, deshalb rede ich schnell weiter und lenke von mir ab. »Lehrer also. Verdienen die Lehrer hier so übel, dass sie Nebenjobs brauchen? Zum Beispiel als Gärtner in einem Pflegeheim?«

Er lacht. »Nein, so schlimm ist es auch wieder nicht. Meine Oma wohnte bis zu ihrem Tod vor einigen Jahren in diesem Pflegeheim. Wann immer es mir möglich ist, helfe ich ehrenamtlich. Die Schwestern und alle Helfer sind so großartig mit ihr umgegangen, und so kann ich wenigstens etwas davon wieder zurückgeben. In der Schule pausiere ich derzeit ein Semester. Von meiner Oma habe ich ein wenig geerbt und mich entschieden, mir eine Auszeit zu gönnen.«

Wie selbstlos, dass er ehrenamtlich im Pflegeheim arbeitet, denke ich. Das macht ihn neben seinem süßen Erscheinungsbild noch sympathischer. Man sieht, dass er viel in der Sonne ist. Seine Haut ist tief sonnengebräunt und die feinen Lachfältchen um seine Augen sind einige Töne heller. Er scheint ein glücklicher Mensch zu sein, zumindest wirkt er völlig ausgeglichen, was sofort Vertrauen erweckt.

»Und was machst du hier in North Carolina, in einem Altenheim? Ich wette, deine Geschichte ist um einiges spannender. Zumindest hattest du eine weitere Anreise.«

»Das stimmt.«

Ich bin mir nicht sicher, ob ich ihm erzählen soll, weshalb ich hier bin. Was genau sollte ich ihm auch sagen? Meine etwas eigensinnige Oma hat mir ein Nugget und eine Adresse gegeben. Jetzt soll ich damit meine Vorfahren und irgendeine

Wahrheit finden, die für jeden anders ist. Ich bin mir sicher, dass er dann schneller weg wäre, als es mir lieb ist. Es tut gut, sich mit ihm zu unterhalten. Ich genieße es. Also beschließe ich, nur einen kleinen Teil meiner Geschichte zu erzählen.

»Ich wollte jemanden besuchen. Leider ist er vor einer Woche verstorben.«

»Mr McKenzie?«, fragt er mich.

Jetzt bin ich endgültig von der Rolle. »Du kanntest ihn?«

»Ja, sicher. Es tut mir leid, er war ein toller Mensch. Und so lustig!«

Ich seufze. »Das alles werde ich nun nie erfahren.«

»Wie? Warum nicht?« Er sieht mich fragend an. »Oh, du kanntest ihn gar nicht?«

Wie soll ich ihm das erklären? »Nein, ich habe von meiner Oma erfahren, dass wir verwandt sind, und bin hierhergekommen, um ihn kennenzulernen. Weißt du, ich habe nicht viele Verwandte.«

»Und was hast du jetzt vor?«

Soll ich ihm noch mehr erzählen? Na ja, vielleicht kann er mir ja helfen. »Schwester Silvie hat mir eine Adresse gegeben. Da könnten sich noch ein paar Dinge von ihm befinden.«

»Ah, der Zettel mit der Adresse!« Er grinst bei der Erinnerung spitzbübisch und mir fallen zum ersten Mal seine Grübchen in beiden Wangen auf.

»Ja, genau.«

»Ist es die Homehelp-Stiftung?«

»Ja, ich glaube schon. Ich hab den Zettel in meinem Haus, aber das muss es gewesen sein.«

Ich werde augenblicklich euphorisch, traue mich aber nicht, ihn zu fragen, ob er mir helfen würde. Verdammt, warum muss ich immer so schüchtern sein? Ich ärgere mich wieder einmal über mich selbst.

»Was hältst du davon, wenn ich dich begleite? Also, wenn du möchtest.«

Kann er etwa Gedanken lesen? »Das würdest du wirklich tun? Das wäre ja klasse!«

Ich freue mich gerade wie ein kleines Kind über den ersten Schnee des Jahres. Am liebsten würde ich ihn sofort umarmen. Zum Glück kann ich mich gerade noch beherrschen.

»Möchtest du noch etwas trinken? Ich gehe ohnehin rein und verabschiede mich von meinen Jungs. Die müssen morgen arbeiten und werden dann losfahren. Ich würde mich freuen, wenn wir noch eine Weile hierbleiben und quatschen, okay?«

Er stellt die Frage zaghaft und ich merke, dass er hofft, dass ich zustimme. Er ist wirklich supernett und vielleicht kann er mir noch etwas über Mr McKenzie erzählen, anscheinend kannte er ihn ja. Ich freue mich gerade so sehr. Ein Hoffnungsschimmer am Horizont. »Gerne, ein Glas Weißwein wäre nett.«

»Kommt sofort, meine Heldin.«

Er strahlt und ich kann sein Lächeln nur erwidern.

»North Carolina ist wirklich schön. Ich bin echt überrascht. Und alle, die ich bisher getroffen habe, sind so freundlich.«

»Freut mich, dass es dir hier gefällt. Was machst du im wahren Leben, wenn du nicht gerade nach verlorenen Angehörigen suchst?«

Ich überlege, wie es sich möglichst interessant anhören könnte, wenn ich sage, dass ich am liebsten auf meinem Balkon abhänge oder im Blumenladen bin. Ganz schön unspektakulär. »Ich bin Floristin. Ich liebe Blumen und Pflanzen.« Wie doof hört sich das denn an? *Ich liebe Blumen und Pflanzen*. Gott, wie peinlich! »Tut mir leid, ich bin nicht besonders gut im Small Talk.« Ich blicke verschämt auf meine Hände, die in meinem Schoß liegen.

»Dann lassen wir doch einfach den Small Talk weg und sprechen gleich über die wichtigen Dinge im Leben.«

»Was verstehst du denn unter den wichtigen Dingen?«, frage ich ihn überrascht.

»Na ja, zum Beispiel über Träume, Hoffnungen, tolle Erlebnisse. So etwas in der Art. Weißt du, was ich meine?«

»Ja, schon … aber wir kennen uns doch kaum.«

Er lehnt sich lässig in den Korbstuhl zurück. »Also, dann könnte es schwierig werden. Wenn wir keinen Small Talk halten, aber auch nicht über die wichtigen Dinge sprechen … puhhh!«

Ich kann mich nicht mehr beherrschen und lache laut los.

»Was ist denn daran so komisch?« Seine Augen funkeln im Licht der Lampions.

»Du solltest nicht mehr lange darauf verzichten, zu arbeiten. Du bist wirklich ein authentischer Lehrer. Ich kam mir gerade vor wie eine Schülerin.«

Jetzt lacht er laut auf. »Mag sein, dass du recht hast. Das ist nicht das erste Mal, dass man mir sagt, ich würde voll in meiner Rolle als Lehrer aufgehen, weil ich sie offenbar auch mit aus dem Schulgebäude nehme. Weißt du was? Gib mir einfach ein Zeichen, wenn ich das nächste Mal wieder den Klugscheißer raushängen lasse.« Er springt mit einem Satz auf und reicht mir die Hand.

»Was ist los?«, frage ich ihn erstaunt.

»Ich denke, wir sollten nicht so viel reden.«

»Sondern? Was stellst du dir vor?«

»Na, junge Frau, woran denken Sie nur? Ich fordere die Heldin zu einer Runde Billard auf.«

»Billard? Ich kann aber gar nicht spielen.«

»Na, dann scheine ich ja klar im Vorteil zu sein. Wie wunderbar, ich liebe es zu gewinnen.«

Er lacht und zwinkert mich aufmunternd an. Ich reiche ihm die Hand. Ich glaube, ich habe noch nie einen Menschen mit solch charmanten Überredungskünsten kennengelernt.

Und zugegebenermaßen auch noch niemanden mit einem so überzeugenden und niedlichen Lächeln.

»So, ihr zwei Hübschen, ich mache den Laden dicht!«

»Was, jetzt schon?«

Die Stimmung ist ausgelassen und mir tut der Bauch vor lauter Lachen weh.

»Okay, okay, Jennifer, wir sind schon weg!«

Ben, der auf dem Rand des Billardtisches sitzt, kommt leicht ins Schwanken, als er versucht, sich cool wieder auf den Boden zu stellen.

»Oh, oh! Das waren wohl ein, zwei Bier zu viel für dich?« Ich kann mir nicht verkneifen, Ben aufzuziehen.

»Wie? Zu viel? Für mich? Niemals! Ich gebe ja sonst nicht so viel auf Gerüchte, aber das eine stimmt wohl: Ihr Deutschen vertragt ganz schön was!«

»Wenn du unter *ganz schön was* zwei Glas Wein verstehst, dann auf jeden Fall.« Ich lache.

»Komm, lass uns zahlen, Jennifer hat ihren Feierabend wirklich verdient.«

Gerade will ich meine Rechnung fordern, da funkt Ben auch schon dazwischen. »Liebe Maya, ich hab doch gesagt, du bist eingeladen.«

»Ben, das muss aber wirklich nicht sein.«

»Ich möchte es aber gerne.«

Der Ton, in dem er spricht, lässt keine Widerrede zu. Was für ein netter Typ, schießt es mir durch den Kopf. Als wir vor dem Restaurant stehen, sehen wir in den sternenklaren Himmel und suchen Sternbilder.

»Hast du das gesehen?«

»Eine Sternschnuppe!«, sagen wir wie aus einem Munde.

»Wo musst du jetzt hin?«

»Zuallererst muss ich die Lady sicher nach Hause bringen.«

Ich widerspreche ihm nicht. Eigentlich bin ich wirklich erleichtert, dass ich nicht allein nach Hause gehen muss. »Na, wenn es für dich kein Umweg ist?«

»Nein, und selbst wenn! Meinst du, ich würde dich in der Dunkelheit allein nach Hause gehen lassen? Ich weiß ja nicht, wie die Männer das da halten, wo du herkommst, aber bei uns ist das Nachhausebringen des Mädchens nach einem Date Ehrensache!«

Daran könnte ich mich gewöhnen, denke ich einen Moment. »Na, wenn das so ist, werde ich mich den kulturellen Gepflogenheiten natürlich nicht widersetzen.«

»Ist es nicht eine wunderschöne Nacht?«, flüstert Ben, während er in den Himmel blickt.

»Ja, und es ist immer noch erstaunlich warm. Es ist paradiesisch!«

Die Blätter rauschen im Wind und ich bin betäubt, nicht nur von den zwei Gläsern Wein. Die Luft ist herrlich frisch und die Sterne leuchten zu Tausenden am Horizont, während der riesige, runde Vollmond schwer am Himmel hängt. Ausgelassen schlendern wir zu meinem Haus und ich hake mich bei Ben unter.

»Ben, das war ein toller Abend. Ich danke dir.«

»Und es ist eine tolle Nacht. Und ich danke dir.«

Eigentlich finde ich es fast schade, dass wir schon vor meinem Haus stehen. Alles ist leicht und sorgenlos wie lange nicht mehr. Ich fühle mich wie ein siebzehnjähriges Mädchen, das langsam flügge wird. Bei diesem Gedanken muss ich in mich hineingrinsen – ich war das langweiligste siebzehnjährige Mädchen, das man sich vorstellen kann.

»Da sind wir.«

»Oh, das ist aber ein schönes Haus.«

Selbst in der Dunkelheit, nur vom Verandalicht und dem Mond beleuchtet, sieht das Häuschen traumhaft aus.

»Ach, wir haben noch gar nicht besprochen, wie wir es morgen machen. Wann darf ich dich denn abholen? Ist so um zehn in Ordnung?«

»Zehn ist super!«

»Also dann …«

Irgendwie niedlich. Er sieht so, wie er dasteht, eher wie ein nervöser Schüler vor dem ersten Referat aus, aber auf gar keinen Fall wie ein Lehrer.

»Also dann …«

Ich hebe meine Hand zaghaft zum Gruß und schlüpfe durch die Tür ins Haus. Wow, was für ein Tag!

Am nächsten Morgen bin ich nervös. Ob das wirklich so eine gute Idee ist, mit Ben zu der Stiftung zu fahren? Eigentlich kenne ich ihn kaum, aber ich habe das Gefühl, er hilft mir gerne und Hilfe kann ich wirklich gut gebrauchen. Zwar habe ich mich bisher ganz wacker geschlagen, aber natürlich kennt er sich hier einfach noch viel besser aus. Während ich vor dem Spiegel stehe, um meine Schminkkünste zu perfektionieren, also Mascara aufzulegen, muss ich schmunzeln. Okay, er ist richtig süß und unheimlich nett und superlustig. Bei dem Gedanken an unser Billardspiel, das ich nur gewinnen konnte, weil ihm am Ende die drei Bier doch zu Kopf gestiegen waren, muss ich unwillkürlich laut auflachen. Oh, Sch…! Das kommt davon, wenn man sich nicht konzentriert. Quer über meine Stirn läuft ein schwarzer Bürstenstrich mit meiner Wimperntusche. Während ich eines dieser viel zu dünnen Taschentücher aus der Spenderbox ziehe, klingelt es an der Tür. Was? Jetzt schon? Ich bin doch echt eine Trödeltante. Heftig rubble ich an meiner Stirn, um meine Kriegsbemalung zu entfernen. So ein Mist! Mit einer viel zu großen Menge Bodylotion und einer Handvoll Taschentücher versuche ich den Vorgang zu beschleunigen. Wieder klingelt es. Ich eile zur Tür und … aaahhh! … stoße mich zu allem

Überfluss auch noch an der Kante meines Bettes an. Nicht zum ersten Mal frage ich mich wütend, ob kleine Zehen eigens dazu da sind, gegen Gegenstände zu stoßen. Humpelnd laufe ich zur Tür und sehe Ben direkt in sein schönes Gesicht. Meine eine Hand rubbelt immer noch an der Stirn, während die andere den schmerzenden kleinen Zeh umklammert.

Ben sieht mich amüsiert an. »Äh, alles in Ordnung? Kann ich dir irgendwie helfen?«

Während ich registriere, was für ein Bild ich wohl gerade abgeben muss, lasse ich beschämt meinen Zeh los, blicke kurz auf den Boden und ringe nach den richtigen Worten, die mir aber gerade nicht einfallen wollen.

»Nimm doch gerne auf der Veranda Platz. Ich bin gleich da, ich brauche nur noch einen Moment.«

Schnell husche ich wieder ins Haus. Oh Mann, wie peinlich! So, tief durchatmen. Das fängt ja schon wieder gut an heute. Maya, konzentrier dich! Was wollte ich denn jetzt eigentlich? Ich bin völlig durcheinander. Ah ja, die Adresse und meine Handtasche. Beides finde ich auf dem Schreibtisch. Mein Laptop ist noch aufgeklappt. Ich schnappe mir den rosa Zettel und meine Tasche. Dabei fällt mein Blick auf den weißen Umschlag, den Brief von Jo. Nicht jetzt, denke ich mir, keine Zeit für dunkle Gedanken. Ich schmeiße den Brief in die Schreibtischschublade und schiebe sie zu.

»Hey!«

Ben steht von der Hollywoodschaukel auf und sieht mich offen und herzlich an. »Na, fertig?«

»Ja, fertig.«

Er schielt auf meine Stirn, die ich instinktiv berühre. Bestimmt ist sie immer noch knallrot.

»Frag lieber nicht.«

Er lacht. »Okay, dann frag ich lieber nicht. Und, bereit für das Abenteuer?«

»Ja, bereit. Hoffentlich haben sie noch was von Henrie.«

»Natürlich, immer positiv denken«, macht er mir Mut.

»Ist das dein Auto?«

Ich blicke auf einen schönen, eleganten SUV, der vor meinem Haus parkt. Schwarz glänzend steht er vor uns. Ich liebe diese großen Autos, die man auf Amerikas Straßen an jeder Ecke sieht.

»Ja, das ist meins. Bitte schön.«

Ben hält mir die Tür auf. Dass es so was noch gibt, schießt es mir durch den Kopf.

»Ich dachte, du magst vielleicht einen Kaffee, Donuts hab ich auch besorgt.« Er zeigt auf die Getränkehalter, in denen jeweils ein Becher Coffee to go steht.

»Das ist eine gute Idee, genau das, was ich brauche!«

Ich lehne mich entspannt in den Autositz und schlürfe meinen Kaffee. Klar, kein Vergleich zum Kaffee von Herrn Ziegler, aber heiß ist er alle Mal.

»Wie lange werden wir ungefähr brauchen?«, frage ich Ben.

»Circa eineinhalb Stunden, wenn alles gut läuft.«

An der Landschaft, die an uns vorüberzieht, kann ich mich gar nicht sattsehen. In bunten Farben huscht sie vorbei. Wir fahren ins Landesinnere. Über viele Landstriche hinweg sehen wir keinen einzigen Menschen weit und breit. Ich spüre, wie Ben mich von der Seite aus beobachtet. Fragend erwidere ich seinen Blick. Er lächelt.

»Du siehst schön aus, wenn du so verträumt in die Landschaft schaust.«

»Ja, ich liebe Auto fahren. Kennst du diese Daumenkinos?«

»Ja …?«

»So ähnlich ist das für mich. Nur nicht so anstrengend fürs Auge.«

»Na, den Vergleich habe ich noch nie gehört. Aber stimmt, jetzt, wo du es sagst … genau so ist es. Henrie hatte auch immer solche Vergleiche zu allem Möglichen parat. Immer fiel ihm irgendein passendes Gleichnis ein.«

»Tatsächlich? Wie lange kanntest du ihn denn?« Meine Neugier ist geweckt.

»Na ja, sooo gut kannte ich ihn auch wieder nicht. Aber hin und wieder habe ich mich schon mit ihm unterhalten und es war immer sehr erheiternd. Weißt du, aus irgendeinem Grund hatte er Streit mit seiner Familie.«

»Hm, weißt du, warum?«

Er zuckt bedauernd die Schultern. »Nein, tut mir leid. Er ist nie weiter darauf eingegangen. Er hat aber trotzdem nie negativ von seinen Verwandten gesprochen, er hat es eher wie eine Tatsache erzählt. Aber ich denke, auch wenn er es nicht gezeigt hat, so hat es ihn doch sicher traurig gemacht. Also, das ist jetzt natürlich nur meine Vermutung.«

Während Ben von Henrie erzählt, sieht er verträumt auf die Fahrbahn. Seine Worte wirken aufrichtig. Ich glaube, er mochte ihn wirklich gern. Er erzählt weiter.

»Am Ende saß er im Rollstuhl, aber selbst da hatte er immer ein Lächeln auf den Lippen. Besonders gefreut hat er sich immer, wenn Janet, die Friseurin kam. Wenn sie ihn frisierte, konnte man im ganzen Haus am fröhlichen Gelächter der beiden feststellen, dass sie da war, auch wenn man sie nicht gesehen hat. Sie haben sich so gut verstanden und konnten sich über die kleinsten Kleinigkeiten amüsieren. Janet ist eine andere, seit er weg ist. Er hat trotz seines hohen Alters darauf bestanden, seine Haare lang zu tragen. Nur die Spitzen hat er sich schneiden lassen. Es war ihm egal, dass sein langer grauer Zopf nur noch dünn über seinen Rücken herunterhing.« Ein Schmunzeln huscht ihm über das Gesicht. »Er fand immer einen Grund, warum er alle vier Wochen dringend einen Termin bei Janet brauchte. Und wenn es nur eine Haarkur war. Janet war sein Luxus, den er sich gönnte.«

So wie er von Henrie erzählt, scheint das ein richtig netter Kerl gewesen zu sein. Ich bedaure sehr, dass ich ihn nie kennenlernen konnte. Und ich kann Oma einfach nicht verstehen, warum sie mir nie etwas von ihm erzählt hat. Aber ich nehme mir vor, nicht voreilig darüber zu urteilen, sie wird schon ihren Grund gehabt haben. Vielleicht erfahre ich ja heute mehr.

Ben hält an der Straße und zeigt nach rechts auf eine Art Laden. »Da ist es!«

Ich schlucke. Von außen sieht es ziemlich unscheinbar aus. Aber zumindest ist nicht viel los, da habe ich die Hoffnung, dass ich vielleicht doch noch etwas finde. Sofort bin ich nervös. Wir betreten den Laden und ein muffiger Geruch schlägt mir entgegen. Obwohl die Sonne strahlt, ist es hier bedrückend dunkel. Der graue, abgenutzte Teppich steht vor Dreck. Ben scheint dasselbe zu denken wie ich, das sehe ich an dem schockierten Blick, den er mir zuwirft. Er nimmt meine Hand und drückt sie kurz. In diesem Moment kommt uns aus dem Hinterzimmer, das von einem Vorhang verdeckt ist, der ebenso grau ist wie der Teppich, ein älterer Mann leicht gebückt entgegen. Er grummelt etwas in einem Südstaatenkauderwelsch, das ich nicht verstehe.

»Entschuldigung, ich habe Sie eben nicht verstanden, könnten Sie es bitte wiederholen?«

Mit stierendem Blick fährt er mich ungehalten an: »Lady, ich habe nicht ewig Zeit! Also, was wollen Sie?«

Puh, wie freundlich. Am liebsten würde ich auf dem Absatz umkehren und diesen schrecklichen Laden augenblicklich wieder verlassen. Aber ich erinnere mich daran, weshalb wir hier sind, und antworte deshalb selbstbewusster, als ich es mir selbst hätte vorstellen können: »Ich bin eine Verwandte von Henrie McKenzie. Haben Sie hier noch etwas, das ihm gehört hat?«

Er nimmt seine schwarz gerahmte, fettbeschmierte Brille ab und lacht mich aus. Ich frage mich, ob er von allen guten Geistern verlassen ist. Sein Lachen ist laut und hämisch, bis es in ein Husten übergeht. Er setzt seine Brille wieder auf, holt aus seiner beigen Hose ein Stofftaschentuch heraus und spuckt lauthals hinein. Mir wird augenblicklich schlecht. Ich habe keine Ahnung, was ich von der ganzen Situation halten soll, und fühle mich hilflos. Ein Blick auf Ben zeigt mir, dass er sich anscheinend schneller gefasst hat.

»Die Lady hat Ihnen eine Frage gestellt!«

Einen Moment lang habe ich Angst, dass die Situation eskaliert und wir nie erfahren werden, was mit Henries Sachen passiert ist. Der Mann vor uns sieht Ben mit wütenden, funkelnden Augen an. Dann mich. Und wieder Ben.

Leise, aber deutlicher sagt er: »Sehen Sie auf einer dieser Kisten hier irgendwo Namen stehen?«

Ich blicke mich um. Offenbar wurde versucht, die Gegenstände in Kategorien einzuteilen. Rechts neben mir überall Schuhe, daneben Bücher. An provisorischen Kleiderstangen hängen Hosen und Hemden wild durcheinander. Meine Hoffnung auf Erfolg sinkt schlagartig. Ich versuche es anders.

»Die Sachen von meinem Verwandten müssen letzte Woche aus dem Sunny Side Care Home in Hamilton angekommen sein.«

»Na, damit kann ich schon mehr anfangen, Lady. Aber halten Sie mir Ihren Typen vom Hals!«

Ich gehe einen Schritt auf den grimmigen Mann zu und ignoriere Bens finsteren Gesichtsausdruck. »Das wäre wunderbar! Wissen Sie, ich habe ihn nie kennenlernen dürfen und auch so gut wie keine Verwandten mehr. Extra wegen ihm bin ich aus Deutschland hergereist. Leider ist er vor einer Woche verstorben.«

»Lady, schon gut, schon gut, hören Sie mir bitte mit der Tränendrüsennummer auf!«

Trotzdem wirkt er nun viel weicher, als er zu einem Schreibtisch in der Ecke des Raums geht. Ben sieht mich anerkennend an und zwinkert mir zu. Der Typ zieht einen verbeulten Ordner aus der Schreibtischtür und legt seine Brille wieder ab. Anscheinend ist er weitsichtig. Mit seinem knorrigen und von Gicht geplagten Zeigefinger fährt er über eine Tabelle.

»Hm, ja, ich erinnere mich. Könnte sein, dass Sie Glück haben. Ist noch nicht lange her …«

Er klappt den Ordner wieder zu und geht ins Nebenzimmer. Zurück kommt er mit zwei Kisten.

»Sie müssen alles mitnehmen. Die besten Sachen aussuchen und den Schrott dann hierlassen, das geht nicht.«

»Ja, kein Problem«, sage ich euphorisch und will die Kisten an mich nehmen.

»Pffff«, pfeift er durch seine Zahnlücken und geht mit den Kisten einen Schritt zurück. »Na, na, das kostet!«

»Was?«, mischt sich Ben wieder ein. »Das Zeug kriegen doch ansonsten Bedürftige umsonst!«

»Ich sagte Ihnen, Sie sollen Ihren Pitbull zurückhalten!«, fährt mich der Mann an und wendet sich dann Ben zu: »Außerdem sehen Sie mir nicht wie ein Bedürftiger aus. Hundert Dollar oder Sie gehen mit leeren Händen hier raus.«

Ben wird zunehmend sauer, seine gebräunte Haut geht langsam ins Rötliche über, und noch zwei Nuancen mehr an seinen Ohren. Ich trete zwischen die beiden, auf keinen Fall will ich kurz vor dem Ziel riskieren, ohne die Kartons aus diesem miefigen Laden zu gehen.

»Ja, Sir, kein Problem.«

Ich ziehe mein Portemonnaie aus der Tasche und lege ihm die Scheine auf den Schreibtisch. Ben nimmt ihm die Kartons ab und fluchtartig verlassen wir die Räume dieses seltsamen Herrn.

»Puh, was für ein komischer Typ!« Ben scheint ebenso schockiert über die Kartonaktion wie ich. »Unglaublich! Was war das denn? So ein Arsch! Na ja, auf jeden Fall sind die Kartons jetzt gut im Kofferraum verstaut.«

»Und was machen wir jetzt?«, frage ich Ben.

»Erst mal weg hier, ich glaube, ich brauch ein wenig Abstand zu diesem Laden.«

»Okay, da bin ich dabei!«

Wir steigen beide in sein Auto und schon grinst mich Ben wieder schelmisch an. Ich frage mich, was er vorhat.

»Ich hab da so eine Idee. Den Fund von Henries Sachen sollten wir erst mal gebührend feiern, findest du nicht?«

»Hm, klar! Und wie?«

»Lass dich überraschen!«

Er gibt etwas in sein Handy ein und fährt dann los.

»Ja, da bin ich gespannt.«

»Es wird aber eine Weile dauern, bis wir da sind. Magst du dazwischen irgendwo anhalten und eine Kleinigkeit essen?«

»Muss von mir aus nicht unbedingt sein, es geht eigentlich noch. Wie lange werden wir ungefähr brauchen?«

»Na ja, so um die zwei Stunden.«

»Was? So lange soll ich es noch aushalten, bis ich in die Kartons gucken kann?«

»Maya, du wusstest dein ganzes Leben lang nichts von Henrie, dann wirst du es jetzt auch noch ein bisschen aushalten. Komm schon, zwei Stunden. Also, geht das okay?«

Er sieht mich mit seinen warmen Augen bittend an. Wie könnte ich da widerstehen?

»Na gut, was sind auf diesen Straßen schon zwei Stunden.«

»Prima, das wird dir gefallen«, sagt er vielversprechend.

Langsam lässt die Anspannung nach. Ich fühle mich so erledigt, als hätte ich eine wichtige Prüfung hinter mich gebracht. Alles fällt von mir ab. Ich sacke noch tiefer in den bequemen Autositz und merke, wie meine Lider immer schwerer werden. Während Ben noch sagt, ich solle mich ruhig ausruhen, falle ich in einen leichten, sanften und traumlosen Schlaf.

Orientierungslos blicke ich um mich und registriere erst ganz langsam, dass ich in Bens SUV sitze. Hm, komisch, er ist nicht hier. Mal sehen, wo er sich versteckt, denke ich und beschließe auszusteigen. Der Sommer ist vorbei und doch stehe ich auf einer saftig grünen Wiese, vor mir ein bunt leuchtender Laubwald. Die Sonne strahlt mir warm ins Gesicht. Tief atme ich die frische Luft in meine Lungen ein, da fallen mir schlagartig Henries Kartons ein und ich laufe um das Auto, um zu sehen, ob sie noch im Kofferraum sind. Die abgedunkelte Scheibe lässt mich nichts erkennen, also steige ich hinten wieder ein, klettere auf die Rückbank und hänge mich über die Lehne, um nachzugucken. Nichts.

»Kann ich dir helfen?«

In dem Moment, als Ben mich durch die geöffnete Tür anspricht, fahre ich erschrocken hoch und haue mir den Kopf an der Decke an.

»Autsch, meine Birne!«, schimpfe ich auf Deutsch.

Ben versucht ein Lachen zu unterdrücken. »Ich hab kein Wort verstanden, aber ich kann mir gut vorstellen, was du da gerade geflucht hast.«

Ich fahre mir über die betroffene Stelle meines Kopfes, muss aber schon wieder grinsen. »Wo sind denn die Kisten?«

Er zeigt auf einen kleinen Trampelpfad, der in den Wald hineinführt. »Komm mit«, fordert er mich auf und läuft in Richtung des Weges.

Das Schläfchen hat gutgetan, denke ich, während ich Ben hinterhereile. Ich fühle mich taufrisch. Schnell habe ich ihn eingeholt.

»Oh Ben, das ist ja wunderschön hier. Ich kann mich an dieser bunten Vielfalt gar nicht sattsehen.«

»Ja, ich finde, das ist die mit Abstand schönste Jahreszeit hier in North Carolina. Wobei natürlich alle Jahreszeiten ihren Reiz haben.« Gemütlich laufen wir den sich windenden Weg durch den Wald. »Hier sind alle Jahreszeiten sehr intensiv: Schnee im Winter oben in den Bergen, duftender Frühling, sehr heiße Sommer und eben dieser wunderschöne Herbst bis in den November hinein. So richtig klirrend kalt wird es zum Glück nie.«

»Ja, in Deutschland kann es schon unangenehm werden im Winter. Und er dauert gefühlt ewig. Bei uns im Süden, ich komme ja aus Bayern, da kann es viele, viele Tage schneien oder regnen, aber auf einmal ist er dann da, der Frühling. Und dann ändert sich nicht nur das Wetter, alle Menschen sind dann auch plötzlich wie verändert. Die Gesichtszüge werden weicher und die Leute werden geduldiger. Na ja, vielleicht bilde ich mir das auch nur ein.«

»Du beobachtest deine Umgebung immer ziemlich genau, oder?«

Darüber habe ich ehrlich gesagt noch nie nachgedacht. Ich weiß ja nicht, wie andere Menschen die Welt sehen. Nur von Sophia weiß ich es, die mir in dieser Hinsicht sehr ähnlich ist.

»Hm, kann sein. Darüber habe ich mir noch gar keine Gedanken gemacht. Aber wenn dem so ist, hat es meiner Menschenkenntnis auf jeden Fall nicht viel genützt«, antworte ich sarkastisch.

Er bemerkt den Unterton sofort. »Wieso denkst du das?«

»Ach, das ist eine längere Geschichte. Vielleicht erzähle ich dir das alles mal bei Gelegenheit. Auf jeden Fall ist es so, dass ich momentan das Gefühl habe, selbst die nicht so richtig zu kennen, die mir am nächsten stehen. Außer meiner besten Freundin Sophia natürlich, auf die ich mich einfach immer verlassen kann.«

»Okay, ich komme sicher mal darauf zurück. Das würde mich nämlich wirklich interessieren, Mayara.«

Normalerweise nennen mich die meisten Maya. Wenn er meinen ganzen Namen sagt, hört es sich irgendwie fremd an. Aber auch schön.

»Wir werden sehen, Benjamin.«

Mein Herz macht einen kleinen Satz. Ich genieße sein ernsthaftes Interesse und bin wirklich gerührt. Er merkt sogar an der Art, wie ich spreche, dass etwas in mir vorgeht. So etwas habe ich noch nie erlebt, schon gar nicht bei Männern. Die quälende Oberflächlichkeit bei den Gesprächen war zumeist der Grund, weshalb meine Dateversuche spätestens beim zweiten Treffen scheiterten. Und wäre es nach mir gegangen, hätte es dieses zweite meist schon gar nicht mehr gegeben, allein Sophia hatte ich diese zweite Chance, wie sie es nannte, zu »verdanken«. Das Argument, dass man beim ersten Date halt immer ein wenig unsicher ist, klang irgendwie überzeugend. Sophia selbst ist quasi schon immer mit Matthias zusammen, ich glaube, seit sie sechzehn ist. Aber ihren ständigen Dating- und Männertipps nach zu urteilen, könnte man den Eindruck gewinnen, sie täte nichts anderes und stecke ständig in neuen Beziehungen. Aber bei Ben ist alles anders. Unser Date, das ja gar keines war, war zwanglos, locker und lustig. Nicht ein einziges Mal hatte ich den Eindruck, mich unwohl zu fühlen.

»Da ist es. Schnell, schließ die Augen«, holt Ben mich aus meinen Gedanken zurück.

»Na, da kannst du dir jetzt aber was drauf einbilden«, erkläre ich Ben, während er mir die Augen zuhält und mich in kleinen Schritten zum Ziel führt.

»Vertrau mir, Mayara!«

Etwa dreißig Schritte und eine Linkskurve später nimmt er seine Hände von meinen Augen.

»Darf ich sie öffnen?«, frage ich. Ich will ja schließlich keine Spielverderberin sein.

»Jawohl, das darfst du.«

Zwinkernd, um mich an das Licht zu gewöhnen, blicke ich um mich und glaube meinen Augen nicht trauen zu können. Wir stehen vor einem kleinen Sandstrand, der zu einem funkelnden, glitzernden See gehört, der uns fröhlich entgegenschimmert, bestrahlt von der Sonne und umrahmt von buntem Laubwald. Es sieht aus wie gemalt und ich fühle mich wie mitten in einem lebendig gewordenen Gemälde. Weit und breit ist keine Menschenseele zu sehen. Es raubt mir förmlich den Atem.

»Und, gefällt es dir?«

Ben sieht sichtlich nervös aus. Ich spüre, dass es ihm wirklich wichtig ist, dass es mir gefällt.

»Ben, es ist bezaubernd!«

Seine Augen glitzern wie das Wasser vor uns.

»Hast du Hunger?«

Er deutet mit dem Kopf hinter sich ans Ufer. Und wenn ich vorher schon dachte, dieser magische Platz sei einzigartig, so rührt mich das, was ich nun sehe, auf eine noch stärkere Art, die mir völlig unbekannt ist. Mein Blick wandert über eine liebevoll dekorierte Picknickdecke. Sie ist dunkelrot und grün kariert und passt perfekt zum Herbstlaub um uns herum. Außer einem staunenden »Wow« kann ich gerade nichts Weiteres mehr hervorbringen.

»Komm, lass uns hinsetzen und den Fund der Kisten feiern«, flüstert er.

Ich weiß gar nicht, wo ich zuerst hinsehen soll. Er hat einfach an alles gedacht. Es gibt frisches Obst, Weintrauben, herrlich saftige gelbe Birnen und glänzend rote Äpfel, so rot, wie ich sie noch nie zuvor gesehen habe. Außerdem Bagels und cremigen Frischkäse. Sogar an eine Flasche Sekt hat er gedacht – und natürlich an die zwei Kisten von Henrie, die neben der Decke stehen. Ich bin wirklich gerührt. So etwas hat noch nie jemand für mich getan und ich freue mich von ganzem Herzen.

»Das ist unbeschreiblich, Ben! Wann hast du das denn alles gemacht? Während ich geschlafen habe? Warst du zwischenzeitlich einkaufen?«

»Zum Teil. Die meisten Sachen hatte ich aber zu Hause schon eingepackt.«

»Was, du hast das geplant? Aber du wusstest doch noch gar nicht, ob es was zu feiern gibt.«

»Das nicht, aber ich hatte es einfach im Gefühl.«

Ich grinse ihn an. »Du bist echt ein außergewöhnlicher Mensch.«

»Oje, am besten gehe ich mal nach meinem Gefühl und werte ›außergewöhnlich‹ als Kompliment?«

Ich lache. »Das darfst du ruhig.«

»Willst du die Kartons gleich anschauen?«

Ich lasse meinen Blick über all das, was Ben hier gezaubert hat, wandern und sehe ihm tief in die Augen.

»Nein, lass uns zuerst feiern!«

Er erwidert meinen Blick und ich spüre einen leichten Schauer, der mich durchfährt.

»Du weißt doch noch gar nicht, was in den Kartons drin ist. Vielleicht gibt es ja gar keinen Grund zu feiern.«

»Oh doch! Das habe *ich* einfach im Gefühl.«

Kapitel 7

Familienbande

»Das war total lecker, vielen Dank noch mal, Ben.«

Ich bin immer noch hin und weg von der Überraschung mit dem Picknick. Der prickelnde Sekt lässt mich ausgelassen und redselig werden. Es ist so schön hier und ich fühle mich wohl.

»Bist du immer so ein Gentleman?«, frage ich Ben, während ich mir das letzte Stück Bagel in den Mund schiebe.

»Nur bei besonders süßen Ladys.«

Auf der Stelle durchfährt mich ein Hitzeschub. Ich? Süß? Am liebsten würde ich mich umdrehen und nachsehen, ob nicht eine Andere hinter mir steht, die er meinen könnte. Ich glotze ihn immer noch an, als er mit seinem Daumen über meine Oberlippe fährt. Er zwinkert und lächelt mich an. Mein Herz setzt einen Schlag aus. Anscheinend war ich nicht gerade eine Lady beim Essen, denn sein Daumen ist voller Frischkäse. Mann, wie peinlich. Nervös ziehe ich ein Taschentuch aus meiner Tasche.

»Ist schon weg«, grinst er, immer noch amüsiert. »Wollen wir in die Kisten schauen?«

Obwohl ich so lange an nichts anderes hatte denken können als daran, was sich wohl in den Kisten befindet, hätte ich sie jetzt beinahe vergessen, so ausgelassen war der Nachmittag bisher. Auf jeden Fall würde ich mich beim Durchforsten der Kisten wenigstens nicht bekleckern können, denke ich bei mir, immer noch peinlich berührt.

»Ja, total gerne.«

Wir räumen das Picknick zur Seite und Ben wuchtet den ersten großen Karton auf die Mitte der Decke. Langsam werde ich nervös. Er öffnet den Deckel des Kartons, und ich muss vom Sitzen in die Knie gehen, um hineinblicken zu können. Meine Hände zittern, als ich das erste Teil herausziehe. Als ob der Wind mir helfen möchte, den Gegenstand besser betrachten zu können, pustet er mein Haar hinter meine Schultern – ein magischer Moment an diesem bezaubernden Ort. Ich ziehe eine dunkelbraune Wildlederhose heraus. Sie wirkt alt, denn das Leder ist an den Knien dünn und abgetragen. Ansonsten kann ich nichts Besonderes an der Hose finden.

»Was hast du da?«, fragt Ben mich interessiert.

»Ach, nur eine Lederhose.«

Und schon fängt Ben das Lachen an.

»Was ist denn an einer Lederhose so witzig?«

»Na ja, Henrie hat sonst immer nur bequeme Jogginghosen getragen. Außer es wurde ein Fest im Pflegeheim gefeiert … oder Janet hat sich angekündigt.«

Ich schmunzle. »Kann es sein, dass Henrie ein klein wenig in seine Friseurin verliebt war?«

»Hm, ja, wäre durchaus möglich.«

Ich lege die Hose zur Seite und ziehe noch ein paar weitere Kleidungsstücke hervor. Anscheinend mochte er Grün- und Brauntöne gerne, sie dominieren den Inhalt der Kiste farblich. Viel mehr Farben gibt es nicht zu sehen, kein Rot oder Gelb, nichts Knalliges. Das habe ich also schon mal nicht von ihm. Auch wenn ich am liebsten Jeans und T-Shirts trage, sind meine Sachen doch immer außergewöhnlich. Wenn ich was Tolles finde, kaufe ich mir supergerne ausgefallene T-Shirts oder mal einen lustigen Schal auf dem Flohmarkt. Ich liebe es einfach, kleine Schätze zu finden, und die dürfen dann ruhig bunt sein. Nicht selten passen meine Anziehsachen gar nicht so richtig zusammen, ein Gefühl für das Zusammenspiel von Farben besitze ich nun mal nicht. Zumindest empfindet das mein Umfeld so. Einige Male war ich sehr froh, dass mich Herr Ziegler nicht postwendend nach Hause geschickt hat. Sein Blick tat es wohl so manches Mal, aber ich denke, er hat sich mittlerweile an meinen Stil gewöhnt. Am Ende dieser Gedanken habe ich die Kiste komplett ausgepackt. Neben den besagten grünbräunlichen Kleidungsstücken entdecke ich noch einige Bücher, eine Fliege und ein paar alte Schuhe.

»Hey, was ist das denn?«, fragt Ben hörbar erstaunt.

Er will gerade den zweiten Karton in die Mitte zwischen uns heben, als der ganze Inhalt durch den Boden vor seine Nase plumpst. Erschrocken fahre ich zurück. Und da sehe ich, dass er ein ledergebundenes Buch in der Hand hält. Ein kleines Schloss verwahrt die Worte darin wie in einem Gefängnis.

»Ist das ein Tagebuch?«, frage ich nervös.

»Ich glaube schon.«

Er reicht mir das Buch. Der Einband ist aus weichem Leder und erinnert mich an den Beutel, den ich zu Hause von Oma Awenasa bekommen habe. Ich halte die Luft an, während ich mit meinen Fingerspitzen über das Buch fahre. Sofort macht sich eine Gänsehaut auf meinen Armen bemerkbar. Ein Tagebuch. Was für ein Glück! Der Fund ist besser, als ich geahnt hatte.

»Ich bin ganz schön aufgeregt«, gestehe ich.

»Das merkt man dir an. Ist ja auch verständlich. Das steckt direkt an, jetzt bin ich auch ganz nervös. Geht das Schloss auf?«

Ich ziehe behutsam am Schloss und meine inneren Stoßgebete werden erhört, denn es öffnet sich. Gut, dass wir nicht erst einen Schlüssel suchen oder das Schloss aufbrechen müssen. Um die dünnen Blätter des Buches nicht zu beschmutzen, wische ich meine schwitzenden Hände an meiner Jeans ab. Gott, bin ich aufgeregt, als ich vorlese.

12.5.

Eigentlich weiß ich gar nicht, was sie alle haben. Zumindest Mrs Hamington. Sie ist die Antreiberin, die alle mit ihrer schlechten Stimmung ansteckt. Die anderen nicken meist nur zustimmend, während sie vor sich hin schimpft wie ein Rohrspatz. Dabei ist sie diejenige, die von uns allen noch am meisten Besuch bekommt. Ich kann ja verstehen, dass sie traurig ist. Ich bin es einfach nur schon gewohnt. Lange bevor ich hierherkam, hatte ich schon keinen Kontakt mehr zu meiner Familie. Wenn mich jemand fragen würde, könnte ich nicht einmal mehr genau sagen, weshalb. Na ja, trotz unserer Streitereien hatte ich immerhin noch hin und wieder Kontakt zu Awa. Weshalb sie so mir nichts, dir nichts verschwand, bleibt mir ein Rätsel. Ich meine, Sebastian war schon lange von uns gegangen und sie kam trotzdem wunderbar zurecht. Vielleicht war sie einfach nur einsam. Von mir hatte sie ja nicht so viel und von unseren Brüdern Phil und Bert wusste sie wohl genauso wenig wie ich. Sie wollen einfach nicht zur Vernunft kommen. Und das alles nur wegen dieser verdammten Steine! Auf diesen Dingern muss irgendein Fluch liegen, zumindest haben sie uns nichts als Unglück gebracht.

»Hast du das gehört?«

Ich lege das Buch in meinen Schoß und warte auf eine Antwort von Ben.

»Was denn für Steine? Weißt du, wovon er spricht?«

»Keine Ahnung. Ich hab dir ja erzählt, dass ich nicht allzu viel von meiner Familie weiß.«

»Hm, ja, das ist alles mehr als seltsam«, antwortet Ben nuschelnd, mehr zu sich selbst als zu mir sprechend. Konzentriert starrt er vor sich hin.

Die Situation ist mir unangenehm. Auch wenn das alles hier wunderschön ist und ich das Gefühl habe, Ben schon viel länger zu kennen, kann ich ihm noch nichts von dem Nugget erzählen. Hm, anscheinend gibt es mehrere. Onkel Henrie hat ganz klar in der Mehrzahl geschrieben. Das ist ja interessant. Wenn ich Ben so ansehe, wie er fieberhaft überlegt, was das alles zu bedeuten haben könnte, dann weiß ich, dass ich ihm bald mehr erzählen oder allein nach Antworten suchen muss. Ich weiß nicht, was ich tun soll, aber eines weiß ich ganz genau: Ohne Ben würde das alles nicht so viel Spaß machen. Er ist echt toll. Na ja, ich werde mir was einfallen lassen müssen. Da Ben immer noch seinen Überlegungen nachhängt, winke ich dicht vor seinen Augen herum, um ihn zurück ins Hier und Jetzt zu holen.

»Hu-hu! Bist du noch anwesend?«

»Ähm, ja, entschuldige bitte. Vielleicht finden wir noch was Interessantes im Tagebuch, wollen wir weiterlesen?«

»Yep, warte, ich schau, wo es weitergeht.«

Ich blättere wieder zu der Stelle, an der ich zu lesen aufgehört habe. Zwischen dem letzten Eintrag und dem neuen lagen drei Tage.

15. Mai

Es ist wunderschönes Frühlingswetter derzeit. Das merkt man nicht nur an der Natur, sondern auch an den Menschen. Alle sind viel ausgelassener und lachen mit der Sonne um die Wette. Ich liebe diese Jahreszeit. Auch wenn sie nicht zu meinem Leben passt. Frühling ist Neuanfang. Ein neues Leben und Jugendlichkeit. Ich befinde mich vielmehr im Herbst und ich spüre, dass es immer kälter wird. Ich bin mir nicht sicher, ob ich meinen nächsten Lebensfrühling noch erleben werde. Na ja, ich sollte nicht so finstere Gedanken haben. Das sagt Janet auch immer. Sie ist die einzige Blume in meinem Herbstgarten. Eine Frühlingsblume, die sich im falschen Beet befindet und komischerweise nicht verängstigt verblüht. Sie ist so herzlich. Ihr Lachen ist ansteckend und aufrichtig. Ich kann es immer kaum erwarten, wenn ich weiß, dass sie mich besuchen wird. Ich bin mir sicher, sie würde auch bei mir vorbeikommen, wenn ich keinen Friseur bräuchte, aber das möchte ich nicht. Ich weiß, dass sie es nicht einfach hat, auch wenn sie es nach außen hin niemals zeigen würde. Ihr Noch-Ehemann hat sie mit den zwei Kids alleine sitzen lassen. Unvorstellbar. Was hätte ich in meinen besten Jahren für so eine Frau, wie sie es ist, gegeben. Sie hat mir nie erzählt, warum er gegangen ist, und ich habe nie weiter nachgefragt. Auf jeden Fall sorge ich dafür, dass sie mit meinen paar Haaren immer etwas zu tun hat. Ein dickes Trinkgeld gebe ich ihr da gerne obendrauf. Es ist ein Segen, dass ich sie in meinem Leben haben darf, das ist mit keinem Geld der Welt zu bezahlen.

»Die beiden hat eine enge Beziehung verbunden, das liest man sofort raus.«

»Ja, genau wie ich es dir erzählt habe.« Ben lächelt.

»Hat er das nicht schön gesagt, sie sei seine Frühlingsblume?«

»Absolut. Wie gesagt, das musst du von ihm haben, also das ständige Vergleichen mit anderen Dingen, meist aus der Natur.«

Ich sehe ihn verblüfft an. Er scheint mich ja sehr genau zu beobachten.

»Musst du mich denn so durchanalysieren?«

»Unbedingt«, lacht er. Er rutscht näher an mich heran und betrachtet mich wie durch ein imaginäres Vergrößerungsglas. »Alles will ich über dich wissen, dich erforschen und verstehen bis ins kleinste Atom.«

Sein witziger Unterton lässt mich schmunzeln. »Hahaha, du Witzbold!«

Ich schubse ihn ein wenig und er lässt sich gespielt übertrieben ins Laub plumpsen.

»Nein, mal im Ernst: Das ist alles unheimlich süß und echt megainteressant, was er schreibt. Ich habe wirklich das Gefühl, ich lerne ihn gerade kennen. Denkst du, das wird uns weiterbringen?«

»Mayara, du bist echt ungeduldig. Jetzt warte doch erst mal ab, wir haben ja gerade erst ein paar Seiten gelesen. Kann gut sein, dass wir noch was finden. Und wenn nicht, hätten wir noch Janet, seine Friseurin, als Anhaltspunkt. Vielleicht weiß sie ja mehr und kann uns weiterhelfen?«

»Hm, du hast recht. Schreib das doch gleich auch noch auf dein Notizblatt mit den Erkenntnissen über mich auf: Mayara Harris ist sehr ungeduldig.«

Er lacht laut auf. »Als wäre ich da alleine nie draufgekommen.«

»Boah, du bist echt doof! So schlimm bin ich doch auch wieder nicht.«

Ich werfe ihm eine Handvoll Laub entgegen. Er geht in Deckung, als ginge es um Backsteine und somit um sein Leben.

»Weißt du was, am besten blättere ich zurück, vielleicht steht da ja, wie er überhaupt in die Einrichtung gekommen ist.«

»Gute Idee, Maya.«

Ben liegt auf dem Rücken und wirkt unheimlich entspannt. Mit einem Auge gegen die Sonne guckend blinzelt er mich an: »Was ist? Willst du jetzt mich analysieren oder dann doch lieber weiter vorlesen?«

Ich suche unbeholfen nach einer Antwort und fühle mich ertappt, weil er mich dabei erwischt hat, wie ich ihn beobachtet habe.

»Ähm, nein«, stammle ich. »Mann, du bist vielleicht von dir überzeugt. Willst du noch was hören oder soll ich leise weiterlesen?«

Er sieht mich amüsiert an. »Süß, wenn du die Beleidigte spielst.«

»Also?«

»Ja, ja, schon gut. Ich bin ganz Ohr, lies vor!«

3. Februar

Hier bin ich nun also, seit ein paar Tagen in diesem Heim: Sunny Side Care Home. »Endstation« haben sie es genannt. Es ist zwar nicht die übelste Endstation, aber sie ist es nun einfach. Das kann nicht mal ich mir schönreden. Und klar, sie sind alle sehr nett. Aber wahrscheinlich nur, weil sie ebenfalls wissen, dass es die Endstation für alle ist, die hier leben. Das wird wohl ihr Mitleid sein. Sie gehen jeden Abend oder nach der Nachtschicht morgens nach Hause. Ich bleibe hier. Ob es mir gefällt oder nicht. Ob es mir gefällt oder nicht, dass Mr Jefferson ständig furzt und nach zehn verfaulten Eiern stinkt. Ob es mir gefällt oder nicht, dass der Pfleger seine üble Laune an uns auslässt. Ob es mir gefällt oder nicht, dass ich heute nicht raus kann, weil keiner mitgeht. Weil es regnet und kalt ist. Sie alle gehen. Ich bleibe. Ob es mir gefällt oder nicht. Wie sagte mein Nachbar im Zimmer gegenüber so schön? »Je schneller du dich an den Gedanken gewöhnst, umso besser für dich. Desto schneller kannst du hier die Vorteile erkennen.« Vorteile. »Und die wären?«, habe ich ihn gefragt. »Och, das Essen ist ganz okay. Und du hast rund um die Uhr warmes Wasser!« Offenbar ging es dem armen Kauz vorher noch sehr viel schlechter, wenn er es als Luxus empfindet, rund um die Uhr warmes Wasser benutzen zu dürfen. Der Arme. Na ja, aus Essen habe ich mir nie viel gemacht. Tief in meinem Innersten weiß ich, dass er recht hat. Und ich werde aufhören, schlechte Laune zu haben, sobald ich hier etwas gefunden habe, für das es sich lohnt, gut gelaunt zu sein. Das habe ich ihm aber nicht verraten.

Heute kam ein Brief. Ich war ziemlich aufgeregt, weil ich sofort gesehen habe, dass er aus dem Reservat kam. Phil hat ihn aber nicht selbst geschrieben, sondern seine liebe Frau Susan. Er hat sie überhaupt nicht verdient, dieser Griesgram! Na ja, warum rege ich mich überhaupt darüber auf? Habe ich tatsächlich erwartet, dass er selbst mir mal auch nur eine Zeile schreibt? Auf jeden Fall stand da, dass sie einen Brief vom Krankenhaus bekommen haben, der eigentlich an mich gehen sollte. Die liebe Susan erkundigte sich noch nach meinem Gesundheitszustand. Das fand ich wirklich nett von ihr.

Wie auch immer, ich bin gespannt, wie ich es auch nur eine weitere Woche überleben soll in diesem komischen Laden hier.

»Wow! Das ist ja echt der Wahnsinn. Hast du das gehört? Anscheinend lebt einer von Oma Awenasas Brüdern noch im Reservat. Hältst du das für möglich?«

Ich klappe das Tagebuch zu, und Ben ist deutlich anzusehen, wie verblüfft er von der ganzen Geschichte ist.

»Ja, das ist wirklich beeindruckend. Wenn ich darüber nachdenke, wie oft ich mich mit ihm unterhalten habe, ohne die geringste Ahnung von all den Geschichten, die er zu erzählen hatte. Das tut mir im Nachhinein richtig leid. Auf jeden Fall könnte das mit dem Bruder gut sein, es leben ja noch einige Cherokee im Reservat. In Cherokee, dem gleichnamigen Ort.«

Ich kann meine Aufregung über diese Entdeckung kaum verbergen. Am liebsten würde ich sofort losziehen. Ein echtes Indianerreservat, wie spannend ist das denn?

»Ich bin einfach völlig durch den Wind und gleichzeitig so glücklich. Bisher habe ich immer gedacht, dass ich überhaupt keine Verwandten mehr habe. Und jetzt lese ich in Onkel Henries Tagebuch gleich von zwei weiteren Brüdern von ihm und Oma Awenasa. Und vielleicht haben die ja auch noch Kinder und Enkel, dann hätte ich ja so etwas wie Cousins oder Cousinen. Das hätte ich doch schon immer so gerne gehabt. Hach, wäre das schön! Weißt du, ich war so traurig, dass ich Henrie nicht mehr kennenlernen konnte, und versteh mich nicht falsch, das bin ich natürlich immer noch. Aber durch das Tagebuch hab ich jetzt echte Hinweise auf weitere Verwandte. Ist das nicht wunderbar, Ben?«

Ich merke, wie ich in einen Redeschwall übergehe und Ben mich nur noch fasziniert anblickt. Ich schweige augenblicklich.

»Ja, wirklich, das ist total schön. Ich freue mich so sehr für dich. Entschuldige bitte, ich wollte dich eben nicht so anstarren, aber du warst beim Erzählen gerade so schön in deinem Element. Es war einfach wunderbar, dir zuzuhören.«

Ich mustere ihn. »Du machst dich aber nicht etwa lustig über mich?«

»Nein, ich höre dir wirklich gerne zu.«

Und wieder macht er mich mit seinem Blick nervös. Was hat er nur an sich? Ich kenne ihn kaum, vertraue ihm aber schon so sehr. Es fühlt sich an, wie mit einem guten Freund Geschichten auszutauschen, aber eben mit einem ganz besonderen Gefühl. Ich traue mich nicht, weiter drüber nachzudenken, was ich ihm gegenüber empfinde. Ich möchte es gerade auch nicht. Ausnahmsweise einfach mal nicht spekulieren, sondern alles auf mich zukommen lassen. Momentan bin ich sehr glücklich, dass er hier ist und dass ich jemanden habe, mit dem ich all das teilen kann, was ich hier erlebe. Ich habe noch nie so viel Aufregendes erlebt wie in den letzten Tagen hier.

»Und, wie soll es denn nun weitergehen? Ich will ja nicht aufdringlich sein, aber …«

Was druckst er denn so komisch herum? Ich bin jetzt erst recht gespannt, worauf er hinauswill. Fragend sehe ich ihn an.

»Aber was? Und wieso solltest du aufdringlich sein? Komm jetzt, raus damit!«

»Also … ich würde mich freuen, wenn ich dich noch eine Weile auf deinem Abenteuer begleiten dürfte.«

Ich lache laut los und merke dann erst, wie verdutzt er mich ansieht.

»Oh, tut mir leid, ich wollte dich nicht auslachen. Es ist nur so, dass ich ohnehin fest davon ausgegangen bin, dass du weiterhin dabei bist. Oh mein Gott, wie egoistisch von mir! Hätte ja durchaus sein können, dass du neben meinem Quatsch hier auch noch ein anderes Leben hast.«

Jetzt ist er es, der in schallendes Gelächter ausbricht. »Also, ehrlich gesagt, für dein Abenteuer gäbe ich gerne mein Leben.«

»Okay, okay, mein Prinz Charming«, grinse ich. »Aber zu so einem Todesfall soll es doch lieber nicht kommen. Also, auf, auf zu neuen Abenteuern!«

Ausgelassen lege ich mich mit dem Rücken ins Laub und sehe in den Himmel. Die Wolken ziehen wie gemütlich trabende Schimmel über mir vorbei.

»Schau mal, die eine Wolke da oben, sieht die nicht aus wie ein Pferd?«

Ben legt sich neben mich und sucht das Pferd, auf das ich zeige.

»Ehrlich gesagt sehe ich da nur einen Hasen.«

»Einen Hasen? Wo denn?«

Er zeigt auf mein Pferd.

»Hahaha, nein, das ist mein Pferd!«

Wir schmunzeln beide und träumen mit Blick in den Himmel so vor uns hin. Selten habe ich mich in meinem Leben so sehr zur richtigen Zeit am richtigen Ort gefühlt. Genau da, wo ich im Moment sein soll. Ohne einen Auftrag. Ohne Sorgen. Einfach nur sein.

»Ich bin so gespannt, was es noch alles in dem Tagebuch zu lesen gibt. Und noch gespannter bin ich, was mein Großonkel uns erzählt.«

»Na ja, Henrie hat geschrieben, dass er eher griesgrämig sein soll …«

Ich habe das Gefühl, dass Ben das besonders vorsichtig formuliert hat. Vielleicht will er nur nicht, dass ich am Ende dieser Reise enttäuscht bin. Ich lächle, denn das wäre ja mehr als süß von ihm.

»Stimmt, das hat er geschrieben. Aber vielleicht ist er das ja nicht grundsätzlich, sondern war es nur zu Henrie, weil sie wegen irgendetwas im Clinch lagen. Ich hab mit der ganzen Sache hoffentlich nichts zu tun, oder?«

»Das hoffe ich auch für dich. Wir werden ja sehen. Aber sag mal, warum hat deine Oma dir eigentlich nie von ihren Brüdern erzählt?«

»Hm, so genau weiß ich das auch nicht. Gut, Henrie hat in seinem Tagebuch geschrieben, dass die Familie zerstritten ist. Aber wieso und weshalb? Keine Ahnung. Nun, sie wird schon ihre Gründe gehabt haben. Vielleicht erzählt sie es mir ja später noch.«

»Tja, so hat jeder seine Geheimnisse und Geschichten oder Erlebnisse. Das denke ich mir oft. Zu gern würde ich manchmal in die Gedanken der Menschen blicken, um zu wissen, woran sie so denken. Ich finde, wir sollten uns viel intensiver mit unseren Mitmenschen unterhalten.«

»Ja, da hast du recht und ich will am besten gleich in dem Reservat mit Omas Bruder anfangen. Was meinst du, wann wollen wir los? Morgen oder sogar heute noch?«

»Heute Nacht können wir nicht mehr bei ihm klingeln, aber hinfahren können wir trotzdem schon mal. Im Reservat gibt es ja Übernachtungsmöglichkeiten. Wir könnten dort in ein Motel gehen und morgen Vormittag gleich mal sehen, wo wir ihn finden können, was meinst du?«

»Hört sich super an. Und auf dem Weg kann ich aus Henries Tagebuch vorlesen, solange es noch hell ist. Also, nur wenn es dich interessiert natürlich«, schiebe ich zaghaft hinterher. Ich habe immer Angst, Ben mit der ganzen Sache zu langweilen, und das möchte ich auf gar keinen Fall.

»Klar möchte ich das! Hast du es schon vergessen? Ich bin Geschichtslehrer. Ich interessiere mich also grundsätzlich für alles Vergangene. Die Vergangenheit gestaltet schließlich die

Zukunft. Je mehr Zeit wir miteinander verbringen, desto mehr Vergangenheit produzieren wir …«

Er spricht nicht weiter, dennoch weiß ich, was er denkt. Je mehr Vergangenheit wir erschaffen, desto mehr gestalten wir unsere Zukunft. Ich antworte nicht, die Gegenwart muss jetzt erst einmal genug sein.

Schnell lenkt er vom Thema ab. »Aber wie gesagt, es sind halt noch gute drei Stunden.«

Ich bin so glücklich. Was sind schon drei Stunden gegen die vielen Stunden, die ich von Deutschland aus hierher gebraucht habe? Was sind schon drei Stunden gegen all die Jahre, in denen ich dachte, dass es außer Kimi und Oma Awenasa keine Familie in meinem Leben mehr gibt? Ein Wimpernschlag sind drei Stunden im Vergleich dazu, nichts weiter.

»Dann sollten wir aber lieber gleich los.«

»Klar. Also, wenn ich unterwegs irgendwo in einem Supermarkt was kaufen könnte, also Zahnbürste und so, dann können wir gerne direkt ins Reservat in das Motel fahren.«

Ich denke darüber nach, dass ich ihn nie gefragt habe, ob er eine Frau oder Freundin zu Hause hat, die auf ihn wartet. Ich lasse es lieber, auf keinen Fall möchte ich irgendetwas zu kompliziert machen, und schließlich ist er ein erwachsener Mann. Und wäre es so, dann würde er sich auch bestimmt nicht mit mir auf dieses Abenteuer einlassen.

»Ja, hört sich vernünftig an, Maya. So machen wir's.«

»Ich bin gespannt, wie es in dem Reservat sein wird.«

»Erwarte lieber nicht zu viel. Viel ist dort auf den Tourismus ausgelegt und nicht mehr so ursprünglich, wie man es erwarten würde. Aber davon sollte man sich nicht abschrecken lassen. Sobald man mit den Indianern ins Gespräch kommt, merkt man, wie wichtig es ihnen ist, über ihre Vergangenheit und das Leben ihrer Ahnen zu berichten. Das hat dann plötzlich gar nichts mehr mit all dem Kommerz zu tun, den das Reservat zunächst einmal ausstrahlt. Also, so habe ich es zumindest erlebt.«

»Okay, mit Kommerz habe ich jetzt eher nicht gerechnet.«

»Ja, doch, es gibt im Reservat sogar ein riesiges Kasino.«

»Was, ein Kasino? Das hört sich ja alles eher wie ein Freizeitpark an.«

»Deshalb meinte ich ja, sei nicht enttäuscht, wenn du was anderes siehst als das, was du erwartet hast.«

»Hmmm …«

Ich hänge meinen Gedanken nach. Verfolge die Wolken, die vom Wind am Horizont von rechts nach links gepustet werden, während am Boden buntes Laub zu seiner Melodie einen hübschen Tanz inszeniert. Meine Seele dreht sich mit den Blättern. Ich fühle mich frei.

»Wir sollten langsam losfahren, bevor es dunkel wird.«

»Okay, dann packen wir mal zusammen.«

Wir stehen uns gegenüber und räumen das Picknick auf, da habe ich auf einmal das Bedürfnis, Ben zu umarmen. Ich bin gerade so glücklich und habe ihm so viel zu verdanken. Also nehme ich all meinen Mut zusammen.

»Ben, darf ich dich umarmen?«

Verblüfft sieht er mich an, und am liebsten würde ich die Frage sofort wieder zurückziehen. Aber da nickt er und sieht mich immer noch mit großen Augen an. Ein wenig überschwänglich umschlinge ich seinen Oberkörper und drücke ihn an mich. Meinen Kopf an seine Brust gelehnt, höre ich sein Herz schlagen. Bilde ich mir das nur ein, oder schlägt es schneller, als es sollte? Ich bin mir nicht ganz sicher, als ich mich wieder von ihm löse.

»Darf ich mir darauf vielleicht was einbilden?«

»Äh … nö.«

Ich drehe mich von ihm weg, um die Decke auszuschütteln, und denke mir grinsend: na ja, vielleicht ein ganz klein bisschen.

Ich muss mich zusammenreißen. Die aufkeimenden Gefühle, die sich wie sanfte Schmetterlinge in meinem Bauch bemerkbar machen, passen jetzt einfach nicht. Nicht nur, dass ich hier nach ganz anderen Antworten suche, es gibt auch zu Hause noch so vieles zu klären. Auf der anderen Seite frage ich mich, ob das wirklich so stimmt. Jo ist mit seiner Anna wahrscheinlich längst über alle Berge. Ich bin schlagartig sauer auf ihn und würde ihn am liebsten sofort zur Rede stellen. Das muss aber wohl warten. Wenn ich ehrlich zu mir selbst bin, weiß ich im Moment gar nicht, wie es um meine Gefühle Jo gegenüber steht. Die alte Maya hätte natürlich geschlussfolgert, dass es die logischste Möglichkeit von allen sei, die Reise sofort abzubrechen und nach all den Jahren des geduldigen Wartens zu Jo, der Liebe meines Lebens, zu eilen. Aber irgendetwas hat sich verändert, die alte Maya gibt es so nicht mehr. Heute weiß die neue Maya, dass das keineswegs automatisch so sein muss. Und das liegt – Brief hin oder her – wahrlich nicht an Jo. *Ich selbst* habe mich verändert, *ich* bin eine andere geworden. Noch vor einigen Wochen hätte ich mir ein Abenteuer wie dieses niemals zugetraut. Ich dachte, ich bräuchte ihn wie die Luft zum Atmen, aber auch wenn es sich vielleicht hart anhört: Ich tue es nicht. Ich brauche ihn nicht. Ohne ihn geht es mir gut. Sehr gut sogar. Und das ist die Erkenntnis, die ich erst einmal verdauen muss. Das ist es, was mich hindert, Jo zu schreiben, meine Koffer zu packen und sofort alles abzubrechen, um bei ihm zu sein. Mir wird klar, dass ich es gar nicht muss, es gar nicht will. Die Wichtigkeit der Dinge um mich herum, die Prioritäten haben sich verschoben. Alles hier ist so intensiv, dass selbst ein Blick auf das Smartphone in meinem Tag hier störend wirkt.

Auch mit Sophia muss ich nicht über alles sprechen. Die Sache mit Jo hat hier keinen Raum und ich möchte ihm auch keinen geben. Klar werde und will ich mit Sophia sprechen, aber einzig und allein deshalb, weil ich weiß, dass sie sich Sorgen macht. Dennoch, die Realität, die ich von zu Hause kenne, ist hier fremd. Alles hier verändert mich, und das, obwohl ich noch gar nicht so lange von zu Hause weg bin. Eine Minute ist hier wie eine Stunde, eine Stunde ist hier wie ein Tag und ein Tag ist hier wie eine Woche. Zumindest für mich, in diesen Augenblicken.

Noch nie habe ich in so einer Geschwindigkeit so viel erlebt und gelernt wie hier. Ich bin emotional viel weiter als noch vor einer Woche in meinem Blumenladen oder auf meinem Balkon. Und das unabhängig von einem anderen Menschen. Meine Schwester Kimi erzählt immer, bei ihrem Stiefsohn sei es gerade so, dass er sich in Schüben entwickelt. Mittlerweile glaube ich daran, dass diese Entwicklung eines Menschen niemals aufhört. Vielleicht ist sie im Erwachsenenalter nicht mehr so offensichtlich. Vielleicht geht es manchmal langsam und vorsichtig, aber hier bei mir ist es wuchtig. Wie Frühling. Über Nacht ist er da, und obwohl man sich so viel Mühe gegeben hat, das Keimen zu beobachten, trifft es einen auf einen Schlag. Ich bin eine andere.

»Sag mal, liest du oder schaust du nur in das Buch hinein?«

Ich bin so in meine Gedanken vertieft, dass ich zuerst nur die Worte höre, mit denen mich Ben anspricht, bevor auch das bei mir ankommt, was er zu mir sagt. So gern würde ich ihm erzählen, was in mir vorgeht, bin mir aber nicht sicher, ob er mich verstehen würde. Wie sollte er auch, so ganz verstehe ich mich schließlich selbst nicht.

»Oh, tut mir leid, ich war gerade etwas in Gedanken.«

»Wirklich? Um was ging es denn?«

»Ach, das weiß ich selbst nicht so genau. Ich glaube, es ging um Sophia, meine beste Freundin«, schwindle ich. »Wenn wir im Motel sind, muss ich ihr unbedingt schreiben. Sie macht sich bestimmt schon Sorgen um mich.«

»Ihr scheint ja recht eng befreundet zu sein. Wenn ich mir vorstelle, ich würde mich bei meinen Freunden jeden Tag melden, dann würden sie entweder vermuten, dass ich nicht mehr hetero bin und mich Hals über Kopf in sie verliebt hätte, oder sie würden mich für sterbenskrank halten.«

Sofort muss ich lachen. Der Gedanke an Ben mit seinen Freunden lässt vor meinem geistigen Auge ein Bild entstehen, das köstlich ist, aber so gar nicht zu ihm passt.

»Ist schon in Ordnung, lach mich nur aus. Ich geb's ja zu, der Vergleich hinkt ein wenig.« Er lacht herzlich mit. »Nein, im Ernst, ich finde es echt schön, dass du jemanden hast, der dir so nah steht. Das ist wunderbar. Und ich beneide dich darum.«

»Wieso? Hast du denn niemanden, der dir so nah ist?«

Ich hoffe zu erfahren, ob er eine Freundin hat. Eigentlich könnte ich ihn das einfach fragen, aber ich traue mich nicht.

Er schweigt kurz, bevor er antwortet. »Meine Oma war mir nah.«

»Die Oma aus dem Pflegeheim?«

»Ja, genau. Wir hatten es als Kinder nicht einfach zu Hause. Sie hat immer wie eine Beschützerin vor uns gestanden, wenn Dad mal wieder ausgerastet ist. Ohne sie wäre ich sicher das ein oder andere Mal von zu Hause getürmt.«

»Oh, es tut mir leid zu hören, dass du so eine schwierige Kindheit hattest. War dein Dad gewalttätig?«

Schockiert sieht mich Ben an. »Um Himmels willen, nein! Er war einfach nur extrem streng. Genau so ist auch er aufgewachsen, und mit Sicherheit wurde zu seiner Zeit die Prügelstrafe noch eingesetzt. Ich muss sagen, er war hart, aber fair. Ich war halt ein Sensibelchen.« Er atmet hörbar ein und seufzt, bevor er weitererzählt. »Weißt du, ich bin der jüngste von drei Brüdern und musste einiges einstecken. Alle haben sich immer gewundert, warum ich ständig hinter meinen Büchern saß. Auf der Familienfarm war ich eine Niete, wenn es um die Arbeit ging, ich war zu nichts zu gebrauchen. Bevor ich den Tieren oder dem Ertrag noch schaden konnte, ließen sie mich dann lieber in meine Welt der Bücher versinken. Dafür war ich sehr dankbar, auch wenn mir meine Brüder mehr als einmal zeigten, was sie davon hielten. Muttersöhnchen haben sie mich genannt, und wenn sie gefrustet waren – vor allem, wenn Dad einen schlechten Tag hatte –, ließen sie ihren Missmut an mir aus. Also, wenn ich Prügel bezog, dann immer von ihnen, aber niemals von meinen Eltern. Allerdings mischten sie sich in unsere Streitereien auch nicht ein. Mein Vater sagte immer, ich müsse lernen, die Dinge wie ein Mann zu klären. Ich hatte keine Ahnung, wie ich das schaffen sollte. Meine Brüder haben sich ja immer gegen mich verbündet, da hatte ich natürlich kaum eine Chance.«

Ich sehe ihn verblüfft an. Mit so einer Geschichte habe ich wirklich nicht gerechnet. Mein erster Eindruck von ihm war der eines typischen Sunnyboys, der mit seinem Lächeln und seinem Charme sicher jede rumkriegt. Aber jetzt lerne ich eine ganz andere Seite an ihm kennen. Er ist offen, herzlich auf eine liebevolle Art und Weise, die sofort Vertrauen weckt. Ich spüre, wie sehr ich mir wünsche, ihn noch näher kennenzulernen.

»Na, hat es dir die Sprache verschlagen? Keine Sorge, so dramatisch war es nun wirklich auch wieder nicht. Wie gesagt, ich hatte ja wenigstens Granny, die sich immer für mich eingesetzt hat, auch als es darum ging, mein Studium zu beginnen.«

Ich schüttle den Kopf. »Nein, nein, ich bin nur gespannt, wie es bei dir weitergeht. Erzähl bitte weiter.«

»Also, wenn es dich interessiert … Ich weiß noch, wie sie beim monatlichen Familienrat zu meinen Eltern sagte: ›Ihr seid doch nicht etwa blind, oder? Was will denn der Junge hier auf der Farm? Hier geht er uns noch ein, und wenn ihr Pech habt, dann nicht nur er. Lasst ihn doch einfach bei seinen Büchern bleiben und studieren. Vielleicht übernimmt er ja einmal die Buchhaltung und managt die Farm, dann wäre das auch in Familienhänden. Eurem komischen Buchhalter Mr Donay kann man ohnehin nicht trauen.‹ Meine Eltern zogen sich zurück, um sich zu beraten. Am nächsten Tag ließen sie mich beim Abendessen wissen, dass ich mich an den Colleges bewerben durfte. Du kannst dir gar nicht vorstellen, wie dankbar ich meiner Oma war, aber sicher kannst du dir denken, dass ich nie jemanden kennengelernt habe, der ihr auch nur ansatzweise das Wasser reichen könnte. Bisher zumindest.«

Wieder dieser Blick. Er sieht mich eindringlich an. Diese Augen. Ich könnte mich sofort in ihnen verlieren. Ich überlege, dass das jetzt ein guter Zeitpunkt sein könnte, um ihm meine Geschichte zu erzählen. Immerhin vertraut er mir ja auch eine Menge aus seinem Leben an. Doch gerade als ich in Gedanken nach Worten suche, um anzufangen, spricht er weiter.

»So, wir sind da. Da vorne ist schon das Motel.«

Ich nicke und denke mir, es wird sich sicher noch die richtige Gelegenheit ergeben.

Müde unterschreibe ich die Motelanmeldung. Was für ein langer Tag. Zum Glück kommt es nicht zu einem unangenehmen Gespräch bezüglich der Zimmeraufteilung. Ganz selbstverständlich bucht Ben sich separat ein. Ich bin ihm dafür sehr dankbar, denn ich brauche jetzt dringend etwas Zeit für mich, um meine Gedanken zu sortieren.

»Möchtest du noch ins Casino gehen?«, fragt mich Ben.

»Sei mir bitte nicht böse, aber ich bin so müde. Ist es okay für dich, wenn du alleine gehst?«

»Klar, und ich bin dir überhaupt nicht böse. Ruh dich nur ein bisschen aus, das war ja alles in allem doch eine sehr lange Fahrt.«

»Danke, Ben. Für alles.«

Ich muss wie ein Stein geschlafen haben. Mein Motelzimmer ist taghell, und ich habe keine Ahnung, wie spät es ist. Ich fühle mich so wach wie schon lange nicht mehr. Genüsslich schlüpfe ich aus dem Kingsize-Bett und stelle fest, wie dringend ich auch zu Hause genau so ein Bett brauche. Ich fühle mich wie neugeboren, so gut habe ich darin geschlafen. Na ja, aber ob so ein Riesenbett überhaupt in mein Schlafzimmer passt? Das wage ich zu bezweifeln. Vielleicht sollte ich ja umziehen, denke ich mir, meine es aber natürlich nicht ganz ernst.

Ich strecke mich und laufe zu meiner Tasche, um mein Handy rauszufischen. Oh, schon elf Uhr. Mist! Wer weiß, wie oft Ben schon hier war, um mich abzuholen. Eine feste Uhrzeit haben wir ja nicht vereinbart, und da ich von Natur aus eher der Frühaufsteher bin, hielt ich das auch nicht für nötig. Da ich so frisch aus dem Bett geschlüpft genau um mein äußeres Erscheinungsbild weiß, ziehe ich den Vorhang nur einen kleinen Spalt zur Seite, um zu sehen, wie die Welt da draußen heute aussieht. Noch scheint die Sonne, aber weit hinten am Horizont sehe ich schon schwere, dicke graue Wolken aufziehen. Gut, dass ich ein Jäckchen dabeihabe.

Hm, wie finde ich jetzt Ben? Okay, eins nach dem anderen. Ich springe erst mal unter die Dusche. Das Wasser, das in angenehmer Temperatur an mir hinunterrauscht, lässt mich endgültig frisch und klar werden. Ich werde ihn schon finden, denke ich mir, als ich mir meine Handtasche schnappe und aus der Tür trete. In diesem Moment fliegt mir eine kleine Notiz entgegen. Ich ahne, dass sie von Ben ist, und lese grinsend, was auf ihr steht.

Jetzt hatten wir ein Date. Ich durfte dich nach Hause begleiten und habe mit dir das eine oder andere Geheimnis gelüftet. Und deine

Handynummer habe ich immer noch nicht? Ernsthaft? Na ja, hier ist meine. Du musst sie aber erst finden, so leicht mache ich es dir nicht. Melde dich bei mir, sobald du aus dem Dornröschenschlaf erwacht bist.

Dein Ben

Dieser Chaot, schießt es mir sofort durch den Kopf. Alle vier Ecken des Notizzettels sind eingeknickt. Ich klappe sie auf und in jeder Ecke lese ich einige Ziffern. Toll, und woher soll ich jetzt die richtige Reihenfolge wissen? Ich entscheide mich, die Nummern im Uhrzeigersinn in mein Telefon einzugeben, ist ja klar. Doch ein seltsamer Ton sagt mir, dass das verkehrt war. Hm, okay, also noch mal, diesmal gegen den Uhrzeigersinn und siehe da, er meldet sich.

»Hey, Mayara, du bist ja nicht nur eine Heldin und eine Prinzessin, sondern auch noch unheimlich schlau.«

Eigentlich hatte ich mir ja vorgenommen, ihm zu sagen, wie albern ich diese Aktion finde, aber schlagartig ist es mit diesem Vorhaben vorbei. Seine Stimme zu hören, stimmt mich einfach zu fröhlich.

»Mayara, ich habe gute Neuigkeiten!«

Ben sieht mich freudestrahlend an, als er keine zehn Minuten später in meinem Zimmer steht. Er ist aufgeregt wie ein kleiner Junge, der seine Nase an das Fenster eines Süßigkeitengeschäfts drückt. Echt süß, wie er dasteht und es nicht erwarten kann, mir zu erzählen, was ihm unter den Nägeln brennt.

»So? Hast du etwa im Casino den Jackpot geknackt?«

Er winkt ab. »Quatsch, viel besser. Obwohl …«

»Jetzt komm schon, mach es nicht so spannend. Was ist denn los?«

»Während du noch den Schlaf der Gerechten geschlafen hast, habe ich schon nach deinem Großonkel geforscht. Und jetzt rate mal!«

»Du hast ihn gefunden? Wirklich?«

»Ja! Das ist doch cool, oder?«

»Das ist ja wirklich großartig. Aber gesehen oder gesprochen hast du ihn noch nicht, oder?«

Ich hoffe, das hat er nicht. Auch wenn ich Ben dankbar für alles bin, vor allem, wie er mich unterstützt, so möchte ich die Meilensteine doch selbst miterleben, und meinen Großonkel das erste Mal zu sehen, ist auf jeden Fall einer dieser Meilensteine. Außerdem weiß Ben ja noch nichts von dem Nugget.

»Was? Nein, um Gottes willen, das würde ich mir niemals rausnehmen. Nein, nein. Wenn du möchtest, begleite ich dich sehr gerne, aber treffen musst du ihn schon selbst.«

Ich bin erleichtert und falle ihm um den Hals. »Klar begleitest du mich.«

Auf dem Weg zum Auto weht uns der Wind so stark um die Nase, dass es schwer ist, gegen ihn anzulaufen. Obwohl Ben sein kurzes, glattes schwarzes Haar mit Wachs gestylt hat, hat der Wind bereits eine Strubbelfrisur daraus gemacht. Die Stimmung ist wie elektrisiert, und alle Anzeichen deuten darauf hin, dass ein gewaltiger Sturm aufziehen wird. Ich fühle mich genauso aufgewirbelt wie der Wind, der uns umweht. Und auch Ben scheint völlig ausgelassen. Er breitet die Arme aus und lässt sich vom Wind treiben.

»Schau mal, ich hab Rückenwind!«

Es scheint, als würde er in großen Schritten mit dem tosenden Wind wegfliegen, als würde er von ihm getragen.

»Hey, warte auf mich«, rufe ich ihm hinterher und laufe in seine Arme, als er sich auf einmal zu mir umdreht.

Beflügelt hebt er mich hoch und dreht sich mit mir im Kreis. Träume ich? Alles bewegt sich für mich wie in Zeitlupe und ist doch so rasant. Wieder mit beiden Beinen auf sandigem Boden sehe ich ihm tief in die Augen und senke dann schnell den Blick, aber nicht ohne einen kurzen Moment an seinen vollen Lippen hängen zu bleiben. Schnell fasse ich mich wieder und entziehe ihm meine Hände. Erinnere dich, Mayara, ermahne ich mich selbst, das ist nicht der Grund, weshalb du hier bist. Also, bloß nicht ablenken lassen. Aber so ganz leise in mir drinnen lockt dann doch eine Stimme, die mir sanft zuspricht: Hach, so ein bisschen Ablenkung … hmmm, das wäre doch was Schönes. Nein, ich werde mich auf meine Sache hier konzentrieren, bringe ich die innere Stimme resolut zum Schweigen.

»Und? Wo müssen wir hin?«

Kurz schließt er die Augen, lächelt mich dann aber an, als er mir antwortet. »Es ist nicht weit. Nur zehn Minuten mit dem Auto.«

Eigentlich hätte ich große Lust, noch ein Stück zu Fuß zu gehen und mir die Beine zu vertreten. Ich habe ohnehin schon das Gefühl, dass ich hier nur im Auto sitze, und das bin ich von zu Hause nicht gewohnt. Aber beim Blick in die Wolken bin ich mir nicht so ganz sicher, ob wir es dann trocken ans Ziel schaffen würden. Trotzdem will ich zumindest wissen, was Ben davon hält.

»Zu Fuß gehen ist keine so gute Idee, oder?«

Erstaunt sieht er mich an und zeigt in Richtung der dicken Wolken, die gnadenlos auf uns zukommen.

»Ähm, sehe die nur ich?«

Ich verdrehe die Augen. »Nein, die sehe ich schon auch. Aber ich dachte, du kannst vielleicht besser einschätzen als ich, wie heftig der Schauer werden wird.«

»Hm, Regenwolken machen hier in den USA eigentlich genau das Gleiche wie in Deutschland«, werde ich belehrt, während Ben allwissend seine linke Braue hochzieht.

»Ach was!«

Eingeschnappt marschiere ich in Richtung Auto, bis er mich überholt und mit einem zuckersüßen Lächeln ansieht. »Entschuldige bitte. Ist da etwa schon wieder der Lehrer in mich gefahren?«

»Lehrer? Das war eher ein Professor, der mit einem Kindergartenkind spricht«, meckere ich ihm entgegen.

»Oh, tut mir wirklich leid.«

Ich kann ihm einfach nicht böse sein. Nicht, wenn er mich mit diesem weichen, warmen Blick ansieht.

»Ja, ja, ist ja schon gut. Können wir jetzt los?«

»Yep, steig ein!«

Es dauert nicht lange und wir stehen an der Tür meines Onkels. Eines Verwandten, dem ich heute zum ersten Mal in meinem Leben begegnen werde. Nervös und zaghaft klopfe ich an die Tür.

Keine Reaktion.

Ein Blick durchs Fenster lässt mich sehen, dass Licht brennt und der Fernseher läuft.

»Und jetzt? Was hat das zu bedeuten?«, frage ich Ben.

Er zuckt mit den Schultern. »Vielleicht sollten wir einfach klingeln?«

»Hm, okay.«

Also drücke ich auf die Klingel. Nur einmal, ganz kurz. Ich höre, wie im Haus jemand brüllt, ein Mann, aber ich verstehe nicht, was er schreit. Dann ist es wieder still. Langsam öffnet sich die Tür und eine Frau mit großen braunen Augen sieht uns verwundert an.

»Was kann ich für Sie tun?«

Was soll ich denn jetzt sagen? Ich weiß gar nicht, wie ich anfangen soll. Ich glotze sie einfach nur an, bis mich Ben mit seinem Ellbogen leicht in die Rippen stupst. Ich komme mir vor wie ein kleines Aufziehauto, das nur ein wenig Antrieb braucht, um alleine loszufahren. Die Frau vor uns setzt ein zunehmend skeptisches Gesicht auf und lässt den Spalt der Tür enger werden.

»Ähm, wir suchen Phil McKenzie. Ist er da?«, beeile ich mich zu fragen.

»Wer will das wissen? Und was wollen Sie von ihm?«

Ich nehme all meinen Mut zusammen. »Ich bin die Enkeltochter seiner Schwester Awenasa. Mein Name ist Mayara Harris, er ist mein Großonkel. Das hier ist Ben, er begleitet mich.«

Ihre Augen werden weit und ihre Haut wird etwas blasser. Vielleicht bilde ich mir das aber auch nur ein, so ganz sicher bin ich mir nicht.

»Einen Moment, bitte.«

Und schon schließt sie die Tür vor unserer Nase. Ich bin total aus dem Konzept.

»Na, jetzt warte doch erst mal ab. Sie klärt das bestimmt kurz mit deinem Großonkel und lässt uns dann sicher gleich rein.«

Langsam fängt es an zu tropfen. Auf meinem nackten Unterarm spüre ich erstes kühles Nass. Es kommt mir vor, als stehen wir ewig hier und die Tür will sich einfach nicht wieder öffnen.

»Meinst du, ich soll noch einmal klingeln?«

Ben schüttelt den Kopf. »Das würde ich nicht machen. Sie wissen ja, dass wir hier stehen. Wir warten einfach noch einen kleinen Moment, okay?«

Ich nicke nur. Gerade will ich meine Jacke aus dem Rucksack holen, da öffnet sich die Tür wieder ein wenig.

»Okay, kommen Sie rein. Aber bitte regen Sie ihn nicht auf.«

Ich erschrecke vor dieser Aussage und habe Angst, dass auch er krank sein könnte.

»Nein, nein, bestimmt nicht.«

Jetzt bin ich nur noch aufgeregt. Sie öffnet uns die Tür jetzt ganz und ein beißend süßer Geruch kommt uns entgegen. Ich kann gar nicht gleich ausmachen, was das für ein Geruch ist. Doch als ich meinen Onkel auf der Couch sitzen sehe, fällt es mir sofort ein. Es ist der beißende Geruch von Alkohol, gepaart mit Schweiß. Er sitzt auf einer braunen Couch und auf dem Tisch vor ihm steht eine Flasche Hochprozentiges. Ängstlich blicke ich Ben an, denn ich weiß nicht, wie ich diese ganze Situation einschätzen soll. Wieder einmal bin ich mehr als froh, dass er hier bei mir ist.

Onkel Phils Augen sind rot unterlaufen. Unsicher gehe ich auf ihn zu und strecke ihm zitternd die Hand entgegen. Er nimmt sie nicht an und deutet stattdessen auf einen Sessel ihm gegenüber. Alles in mir sträubt sich, mich zu setzen, aber ich will unbedingt mehr wissen, weshalb ich es schließlich doch tue. Ben bietet er keine Sitzgelegenheit an. Der winkt mir trotzdem aufmunternd zu und macht mir damit klar, dass es ihm gut geht. Die Frau ist nicht mit uns im Raum. Auf einmal fängt Phil das Brüllen an.

»Hey, Weib! Susan, wo steckst du Miststück schon wieder?«

Mir wird schlecht. Was ist das denn nur für ein Mensch? In geduckter Haltung kommt seine Frau wieder ins Wohnzimmer.

»Phil, was ist los, warum brüllst du so? Was soll denn deine Nichte von dir denken?«

»Pfff, ist mir doch scheißegal. Kenn die eh nicht, also was soll's. Und jetzt frag keine dummen Sachen, sondern hol mir lieber noch 'ne Flasche, die hier ist gleich leer.«

Ich mache Anstalten, aufzustehen, hier kann ich auf keinen Fall bleiben.

»Bist wohl ein kleines Sensibelchen, was? Wie deine Oma. Tztztz … Wie geht es der alten Schachtel?«

Am liebsten würde ich ihm sofort meine Meinung sagen. Aber ich beherrsche mich zumindest im Tonfall. »Ich weiß nicht, warum Sie so schlecht gelaunt sind. Oma Awenasa geht es nicht so gut. Sie hat Krebs.«

»Ach, und jetzt schickt sie ihre Enkeltochter, um ihre ganze Scheiße wieder glattzubügeln auf ihre letzten Tage, oder was?«

»Ich weiß nicht, wovon Sie sprechen«, antworte ich ihm, immer noch bemüht darum, die Fassung zu wahren.

Er lacht ein schmutziges Lachen. »Hach, dann weißt du also gar nichts? War ja klar, dass sie dir nicht gesagt hat, dass sie schuld an allem ist. Alles hat sie kaputtgemacht. Es ist ihre Schuld!« Er speit mir die Worte förmlich entgegen.

»Wie gesagt, ich weiß nicht, wovon Sie sprechen. Wollen Sie mir vielleicht sagen, um was es überhaupt geht?«

»Pah, das hättest du wohl gerne. Das soll sie dir schön selbst erzählen. Und jetzt hau ab! Ich will mit dem Gesindel meiner Schwester nichts zu tun haben. Richte ihr das aus!«

Ich bin einfach nur geschockt und traurig. Ben sieht mich fassungslos an, während Phils Frau beschämt auf den Boden starrt.

Meine Stimme bebt und ich habe keine Lust mehr, den guten Ton zu wahren. »Ich hätte dich gerne kennengelernt. Aber ich wundere mich nicht, dass meine Oma von hier weg ist.« Ich will gerade gehen, da fällt mir noch etwas ein. »Ich weiß ja nicht, ob es dich interessiert. Wahrscheinlich nicht. Dein Bruder Henrie ist vor einer Woche gestorben.«

Mit diesen Worten drehe ich mich um und gehe zur Tür. Ich will nur noch weg hier. Aus dem Augenwinkel sehe ich ein kurzes Flimmern in Phils Augen. Vielleicht war es auch nur Einbildung. Sein Blick verdunkelt sich sofort wieder. Er sieht uns nicht mehr. Er schaltet den Fernseher an, die Lautstärke ist ohrenbetäubend.

»Hey, Mayara, Ben! Wartet!«

Ich bin mir nicht sicher, ob ich richtig gehört oder es mir nur eingebildet habe. Aber als ich Ben ansehe, der mich immer noch beschützend im Arm hält und ebenfalls in Richtung des Rufes blickt, sehe ich sie durch den Regen auf uns zukommen. Sie muss ziemlich schnell gelaufen sein, denn sie steht völlig außer Atem vor uns. Flehentlich sieht sie mich und Ben an.

»Bitte vergebt ihm. Er ist nicht mehr der Mann, der er einst war. Der Alkohol hat ihn zu einem anderen Menschen gemacht.«

Ihre Augen sind tränengefüllt und sie tut mir unheimlich leid. Zu uns war er mit seinen Worten sehr gemein, aber wir konnten ja wieder gehen. Bei ihr ist es anders, sie muss bleiben.

»Ich weiß, was ihr denkt. Ihr fragt euch sicher, warum ich ihn nicht verlasse.«

Ich drücke ihren Arm, um sie zu trösten.

»Wisst ihr, es ist, weil ich mich erinnere. Ich erinnere mich an den wahren Phil McKenzie. Ein stolzer Mann und echter Gentleman. Und ich werde für ihn da sein, bis er zu mir zurückkehrt. Zwei Therapien hatte er schon. Und beim zweiten Mal hat er sie wesentlich länger durchgezogen als beim ersten Mal. In drei Wochen geht die nächste los. Ich hoffe … nein … ich weiß, dass er es diesmal schafft.«

Sie redet schnell und nestelt nervös am Saum ihrer viel zu großen grauen Jacke herum. Der Glaube an ihren Mann rührt mich und ein Blick in Bens weichen Gesichtsausdruck lässt mich ahnen, dass es ihm genauso geht.

»Susan, ich hoffe das Beste für dich. Bitte sag mir, wenn es meinem Großonkel besser geht, ich würde ihn dann sehr gerne noch einmal besuchen.«

Sie nickt und blickt zu Boden. In dem Moment, als Ben und ich uns zum Gehen umdrehen wollen, hält sie mich am Oberarm fest. Erschrocken und erstaunt zugleich schaue ich sie an.

»Mayara, du weißt, dass Phil noch einen Bruder hat? Und auch wenn er es nicht will und mich umbringt, wenn er es erfährt, habe ich immer noch regelmäßig Kontakt zu ihm. Fahr zu ihm rüber. Es ist nicht weit. Er lebt zusammen mit seiner Tochter und ihrer Familie in einem schönen Haus.«

Sie streckt mir einen Zettel entgegen, auf dem eine Telefonnummer steht. Ich zögere, ihn entgegenzunehmen, zu sehr hat mich die Begegnung mit meinem Großonkel gerade eben erschreckt. Aber offenbar hat Ben meinen Zweifel bemerkt und nimmt die Nummer. Ich sehe Susan noch einmal direkt ins Gesicht. Regentropfen rinnen ihr über die Stirn, das Nasenbein entlang, ehe sie dick auf die Erde fallen.

Als sie sich von uns wegdreht, sagt sie noch zum Abschied: »Glaubt mir, die Familie ist wirklich nett. Ihr werdet dort willkommen sein.«

Und schon verschwindet sie. Wir blicken Susan noch eine Weile hinterher.

»Wahnsinn, wie stark sie ist.«

Ben bricht zuerst das Schweigen. Meine Gedanken sind völlig durcheinander, und ich kann mich nicht entscheiden, ob ich Ben zustimmen soll oder doch eher denke, wie dumm sie doch ist, diesem gemeinen Typen noch die Stange zu halten. Ich erinnere mich an die Worte in Henries Tagebuch, in dem er schreibt, Phil habe sie gar nicht verdient. Es fällt mir schwer, unparteiisch zu bleiben, vielmehr verstehe ich Henrie in seiner Aussage. Was ist es, was sie hält?

»Sie muss ihn wahnsinnig lieben. Vielleicht kommt da ja unsere kurze Erkenntnis von gestern zum Tragen«, überlege ich laut.

Ben sieht mich fragend an. »Was meinst du?«

»Na ja, dass das Vergangene die Basis für die Zukunft schafft. Wir wissen ja nicht, was für ein Leben sie geführt haben, bevor der Alkohol ihn zu diesem schrecklichen Menschen gemacht hat, den wir heute kennengelernt haben. Sie sagte ja, er war ein ganz ein anderer.«

»Das stimmt, und auch wenn man es ihm fast nicht gönnen mag, wünsche ich den beiden doch, dass die Vergangenheit wirkungsvoll genug ist, um die Zukunft für sie schöner zu machen.«

Er hat recht. Der Gedanke bewegt mich dazu, zu überlegen, was denn meine Vergangenheit für die Zukunft bedeutet. Bilder von Jo und mir schießen mir durch den Kopf. Sie sind auf der einen Seite fröhlich und ausgelassen, aber auf der anderen auch schmerzhaft und einsam. All die Jahre. Die Erinnerungen haben keine Nuancen, sie sind alle gleich. Wie ein Kreisel, der das Auge durch seine Drehung je nach Geschwindigkeit täuscht, Formen hervorbringt, die es eigentlich gar nicht gibt. Wir sind der Kreisel, der jetzt aufgehört hat, sich zu drehen. Unbewegt, ohne Dynamik bleibt nichts zurück als die Wahrheit. Selbst wenn ich genau hinsehe und mich noch so sehr bemühe, sehe ich nichts mehr. Wir haben nichts geschaffen, was eine Zukunft bauen könnte. Wir haben uns bewegungslos im Kreis gedreht und sind gefallen.

In diesem Moment spüre ich, wie mich ein heftiger Windstoß mit voller Wucht mitnimmt, mir die Füße wegzieht. Ich erschrecke und bin mit einem Mal wieder im Hier und Jetzt. Ich will gegenlenken, brauche es aber gar nicht. Ben steht neben mir und hält mich fest. Er umarmt mich. Jetzt höre ich mich schluchzen. Ich weine, kann es nicht mehr aufhalten. Alles will nur noch raus und lässt meinen Körper erbeben.

»Hey, Mayara, alles wird gut! Ich bin ja da, du bist nicht allein.«

Während meine Tränen sich mit dem Regen vereinen, der auf uns herabfällt, fühle ich ihn. Er hält mich. Er ist stark genug für uns beide, und mir wird klar, in diesem Moment bauen wir die Zukunft und nichts kann sie aufhalten.

Genau kann ich nicht mehr sagen, wie wir in mein Motelzimmer gekommen sind. Es fühlt sich alles so unwirklich an. Ich weiß nur, dass er hier ist und ich deshalb das Gefühl habe, mir keine Sorgen machen zu müssen. Auch wenn er mich bekümmert ansieht.

»Mayara, jetzt sag doch was. Geht es dir wieder besser?«

Er rubbelt mir mit einem großen, flauschigen weißen Handtuch das Haar trocken. Ich merke, wie ich langsam wieder zu mir komme. Mich orientiere. Okay. Wir sind hier. Ben und ich. Ich erschrecke, als ich meine eigene Stimme höre, die zitternd ein »Ich bin okay« haucht. Warum zittere ich denn? »Mir ist kalt«, beantworte ich mir meine Frage selbst.

»Ja, das glaube ich. Du bist auch völlig durchnässt vom Regen. Ich hätte dich ja gern viel früher ins Trockene gebracht, aber du standest da wie angewurzelt und hast nur noch geweint. Du hast mich … fast ein bisschen erschreckt.«

Langsam tauchen die Bilder wieder auf. Wir stehen da draußen im Nichts, nicht weit von Phils Haus, und anscheinend bin ich dort zusammengebrochen.

»Hatte ich einen Nervenzusammenbruch?«, frage ich mit leiser, heiserer Stimme.

»Ich weiß es nicht. Hm, ich glaube, das wäre zu viel gesagt. Weißt du, überleg doch mal, seit du hier bist, bist du ständig auf Achse. Und das Ganze ist ja nicht nur irgendein Sightseeing-Trip. Du erfährst täglich Dinge, die dich ganz persönlich betreffen und die dein Leben verändern könnten. Ganz ehrlich, in dem Tempo, in dem du durch deine Vergangenheit rennst, wundert mich das nicht.«

Er hat recht. Zweifel überkommen mich. Vielleicht ist das alles ja gar keine so gute Idee.

»Meinst du, ich soll es lieber lassen? Vielleicht tut mir die ganze Sache einfach nicht gut. Vielleicht sollte ich an dieser Stelle abbrechen?«

Wenn ich ehrlich bin, weiß ich selbst nicht, ob ich noch viel mehr ertrage. Momentan kann ich mich nicht einmal von meinem Bettrand erheben, um aus den nassen Klamotten zu steigen.

»Nein, Mayara, so meinte ich das nicht. Vielleicht solltest du es bloß langsamer angehen lassen. Ich weiß, dass deine Oma krank ist. Du hilfst ihr nicht damit, wenn du auch noch vor die Hunde gehst.«

Er kniet auf dem weichen Teppich vor mir und sieht mich eindringlich an. Augenblicklich habe ich das Gefühl, dass er mir vom Himmel geschickt wurde. Eine Art Engel, der auf mich aufpasst.

»Du bist echt süß!«

Er sieht mich verwundert an. »Oh, danke! Wie kommst du denn auf so was?«

»Ich weiß nicht.«

»Na ja, wie auch immer. Wir sollten dich von deinen nassen Sachen befreien, bevor dich der Tod holt. Schaffst du das?«

Ich versuche aufzustehen. Meine Beine zittern und wieder sieht Ben mich sorgenvoll an.

»Also, ich weiß nicht. Komm, lass mich dir helfen.«

»Ich bin mir nicht sicher, ob ich das möchte.«

Er lacht. »Du bist wirklich unglaublich. Hilft es dir, wenn ich hoch und heilig verspreche, nicht hinzusehen, während wir deine nassen Klamotten loswerden?«

Ich bewundere ihn, wie er sich verbiegt und gleichzeitig seine Augen schließt, um sein Versprechen zu halten. Eigentlich habe ich jetzt, hier im Bad stehend, den Eindruck, ich könnte endlich wieder alleine zurechtkommen, aber die Situation ist gerade einfach zu köstlich. Als er sich den Rücken verrenkt, befreie ich ihn aus dieser Lage. Das große Duschhandtuch um meinen Körper gewickelt, drehe ich mich zu ihm um.

»Ben, ich glaube, ich komme jetzt zurecht. Wirklich, mir geht es schon viel besser, danke. Sollte ich irgendwann eine Pflegekraft benötigen, bist du auf jeden Fall meine erste Wahl.«

Sein Gesicht erhellt sich, als er von meinen nassen Hosenbeinen ablässt und wieder in voller Größe vor mir steht.

»Na, wenn du schon wieder frech sein kannst, dann glaub ich dir gerne.« Prüfend sieht er in mein Gesicht. »Du bist auch schon nicht mehr ganz so blass.«

»Nein, mir ist schon wieder richtig warm«, antworte ich, um ihn zu beruhigen.

»Ich würde sagen, du springst unter die heiße Dusche und legst dich dann ins Bett. Ich besorge dir in der Zwischenzeit was zum Anziehen. Der Sturm hat schon nachgelassen. Vielleicht haben wir dann sogar noch was vom Nachmittag. Aber das können wir ja dann später noch besprechen.«

»Yes, Sir«, erwidere ich.

Mit einem Lächeln im Gesicht schüttelt er den Kopf. Als er die Türe schon geöffnet hat, ruft er noch einmal zurück ins Bad. »Soll ich was zu essen mitbringen?«

Da! Meine Bestätigung. Er *muss* ein Engel sein. Mein Magen knurrt mittlerweile schon hörbar.

»Ja, Burger wären toll!«

»Okay, Burger für die Lady. Wird erledigt.«

Und die Tür fällt ins Schloss.

Zufrieden und satt sitzen wir auf meinem großen Bett. Das vorhin Erlebte erscheint mir wie ein dunkler, böser Traum.

»Ich bin wirklich froh, dass es dir wieder besser geht, Mayara.«

»Ja, das bin ich auch. Und, was wollen wir mit dem Nachmittag noch anstellen?«

»Na ja, meinst du, du kannst weitermachen? Also mit deiner Suche. Ich an deiner Stelle würde ja eher mal ausspannen.«

»Ja, heute will ich auch nichts mehr in dieser Richtung unternehmen, da gebe ich dir recht. Aber da wir nun schon mal hier sind, könnten wir ja noch eine Nacht bleiben und uns ein bisschen umsehen, oder?«

»Klar, auf alle Fälle. Wäre ja wirklich schade, wenn du hier bist und dann ohne einen richtigen Eindruck vom Reservat wieder wegfährst.«

Etwas unsicher bin ich dennoch, auf keinen Fall will ich Onkel Phil noch einmal begegnen.

»Meinst du, wir treffen ihn noch mal?«

»Deinen Onkel? Das glaube ich nicht. So wie er in seiner Couch ausgesehen hat, fast schon mit ihr verwachsen, gehe ich eher davon aus, dass er das Haus nur sehr selten verlässt. Vor allem nicht, um ins Village zu fahren.«

Der Gedanke, dass er nur in seinen vier Wänden herumsitzt, lässt mich Mitleid mit ihm empfinden. Ich hoffe wirklich sehr, dass seine bevorstehende Therapie anschlägt.

»Was meinst du, sollen wir in das Indianerdorf fahren, ins Ocanaluftee Indian Village?«

»Was, es gibt noch ein Indianerdorf hier?«

»Na ja, kein echtes, es ist nachgestellt. Aber doch sehr originalgetreu. Ich fand es jedenfalls sehr beeindruckend, als ich das letzte Mal hier war. Es wird dir bestimmt gefallen und zeitlich können wir das noch gut schaffen.«

»Ja, das hört sich aufregend an.«

»Super, da wollte ich eh schon lange mal wieder hin. Und heute Abend würde ich gerne mit dir essen gehen. Dann könnten wir besprechen, wie es weitergeht. Aber eins nach dem anderen.«

»Und ich dachte schon, ich wäre die Überschwängliche von uns beiden«, ziehe ich ihn auf.

»Ach, ich bin einfach so erleichtert, dass es dir wieder besser geht.«

»Und ich freue mich wirklich, dass du bei mir bist.«

Wir gehen von Hütte zu Hütte des nachgestellten Dorfes, das voll und ganz in die Natur integriert ist. Ich finde es befremdlich, dass alle Anwohner ein Namensschild tragen, während sie klassische Handarbeiten vorführen. Ein Sprecher erklärt, was sie da gerade tun. Ich versuche mich darauf einzulassen, Ben hatte ja angedeutet, dass man nicht mit falschen Erwartungen herkommen sollte. Und wenn ich es so betrachte, ist das ein wirklich schönes Freilichtmuseum, durch das wir da gerade spazieren. In Handarbeit werden aus bunten Perlen und Leder Schmuckstücke und Beutel hergestellt. Früher nahmen die Cherokee hierzu unter anderem die Knochen der Tiere, die sie jagten, oder Muscheln aus dem Meer.

Ein Indianer, der sich als Julian vorstellt, erzählt jedes Detail mit einer Leidenschaft, die spüren lässt, wie wichtig es ihm ist, dass die Menschen hierherkommen, um seine – und ja, auch meine – Kultur kennenzulernen und zu begreifen, worum es dabei ging. Die Hingabe, die er in seine Geschichten legt, lässt mich vergessen, dass hier alles nur nachgestellt ist, und ich fühle mich wie ein lebendig gewordener Teil dieser Welt. Sein glattes, volles schwarzes Haar ähnelt meinem. Wir tragen es genau gleich, zu einem Halbzopf zusammengefasst am Hinterkopf. Am Hals und an den Armen trägt er silberne Ketten, alle handgefertigt. Zumindest erzählt er das. Ich bin fasziniert, mit welch einfachen Mitteln aus der Natur die Indianer Waffen herstellten, um Tiere zu erlegen. Sie verarbeiteten die Tiere zu allerlei Nützlichem und jagten sie nicht nur, um sie zu essen.

Wir gehen weiter in das Wohngebiet. Ich bin gerührt, als ich die kleinen Hütten betrete. Wir erfahren hier, dass die Indianer gezwungen waren, ihre oftmals durch Vertreibung zerstörten Wohnhütten schnell wieder aufzubauen. Auch hierzu nahmen sie, um sie zu dämmen, Haare der Tiere, die sie erlegten.

»Ist das nicht faszinierend, Ben?«

»Ja, obwohl ich schon einmal hier war, geht es mir genauso.«

»Hast du das gehört? Sechs bis zehn Menschen lebten in diesen kleinen Hütten.«

Er nickt. In diesem Moment komme ich mir unendlich dumm vor, in Betracht gezogen zu haben, eine andere Wohnung zu suchen, nur um in einem größeren Bett zu schlafen, auch wenn ich das nicht ernst gemeint habe. Aber die Menschen hatten hier ganz andere Probleme. Einzig die wunderschöne Natur, in der wir uns befinden, lässt meinen Blick abschweifen. Kleine Bäche fließen an uns vorbei, während wir über schmale hölzerne Brücken laufen. Vögel aller Art zwitschern fröhlich ihren Gesang. Es duftet herrlich herb, holzig und frisch nach diesem Sturm, und trotzdem sieht man diesem Ort nichts mehr von der Unruhe von vor einigen Stunden an. Es ist zauberhaft.

»Die Natur ist so schön! Am liebsten würde ich sofort losgehen, um sie zu entdecken.«

»Man kann in diesen Wäldern wunderbar wandern und jagen.«

»Jagen? Du kannst jagen?«

»Klar, was denkst du denn? Ich war zwar ein Bücherwurm, aber meinem Dad war es mehr als wichtig, dass jeder von uns mit einer Waffe und der Angel umgehen kann.« Er lächelt. »Das muss sich für dich komisch anhören. Ihr Deutschen habt gar keinen Bezug zu Waffen, nicht wahr?«

Ich schüttle den Kopf. »Nein, und ehrlich gesagt bin ich darüber auch ganz froh. Ich hätte, glaube ich, Angst, wenn ich wüsste, dass fast jeder, den ich kenne, eine Waffe hat, mit der er andere verletzen könnte.«

»Hast du denn Angst, seitdem du hier bist?«

»Eigentlich nicht.«

Wir gehen weiter und hören einem älteren Indianer zu, der über die Feste und Tänze berichtet, die die Indianer vollzogen haben und immer noch vollziehen. Als er in einem melodischen Rhythmus auf eine Trommel klopft, wird mir klar, warum sie ihre Tänze »Pow Wow« nennen. Genau so hört es sich nämlich auch an. Verschiedene Rasseln runden die Töne ab, die auf zauberhafte Weise wunderbar in die Natur passen. Mit Federn geschmückt tanzen einige von ihnen im Kreis zum Rhythmus der Klänge. Sie schwingen Federn, und obwohl sie keinen bestimmten – zumindest keinen wiederzuerkennenden – Schritten folgen, sieht es harmonisch, perfekt aufeinander abgestimmt aus. Teilweise tanzen sie Szenen, die an ihren damaligen Alltag erinnern. Frauen drehen sich im Kreis und heben ihre Schürzen, während Männer diese im Tanz befüllen.

»Wollen sie in ihren Tänzen die Ernte nachstellen?«

»Ja, so sieht es zumindest aus.«

»Was die wohl singen? Es hört sich so schön an.«

»Hat deine Oma mit dir denn nicht Cherokee gesprochen? Den Indianern ist es doch so wichtig, dass ihre vom Aussterben bedrohte Sprache nicht erlischt.«

Ich werde traurig beim Gedanken daran, dass diese wunderbare Kultur auszusterben droht.

»Nein, leider nicht. Ich weiß rein gar nichts über meine Kultur und meine Vorfahren. Langsam macht es mir fast ein bisschen Angst. Ich verstehe einfach nicht, was geschehen ist. Vorhin bei meinem Onkel hörte es sich an, als wäre sie vor etwas geflohen. Komisch, wenn man merkt, dass man seine Liebsten gar nicht kennt, obwohl sie ein Leben lang an deiner Seite sind.«

»Ich denke, wir werden es bald erfahren. Und vielleicht verstehst du sie dann besser oder kannst zumindest akzeptieren, warum sie so handelte, wie sie es getan hat.«

Ich seufze. Der Weg dorthin scheint mir schwerer als erwartet.

»Und weißt du was? Du bist ja noch jung. Ich habe gehört, die Sprache der Cherokee ist nicht schwer zu erlernen. Vielleicht wirst du sie ja irgendwann sprechen«, versucht Ben mir Mut zu machen.

»So einfach hört sich das aber nicht an. Vielleicht hast du dennoch recht, wer weiß?«

Wir gehen weiter und kommen zum Rathaus der alten Cherokee. Als wir die Hütte betreten, sind wir sofort von einer magischen Stimmung umhüllt. An den Wänden hängen selbst geschnitzte Masken aus Holz und über den Bänken liegen bunte Stoffe. Eine Cherokee-Frau erklärt uns, dass in diesen Räumen wichtige Entscheidungen getroffen wurden und dass der Bau der Hütte genau durchdacht ist. So zeigt etwa der Eingang nach Osten. Er wurde schneckenförmig gebaut, um nie einen direkten Blick ins Innere freizugeben. Das Haus hat sieben Seiten und ist groß genug, um allen Dorfbewohnern Platz zu bieten, auch Frauen und Kindern. Sieben Abteile gibt es, für jeden Clan eines. In der Mitte befindet sich eine Feuerstelle, sie nannten es »das unendliche Feuer«, weil es nie ausgehen durfte. Um das sicherzustellen, wurden zwei Männer berufen, deren einzige Aufgabe es war, das Feuer zu bewachen. Es war das Herz des Dorfes. Wenn man sich zum Beispiel zum Kochen Feuer anmachen wollte, holte man sich ein Stück Holz, um es an diesem Feuer hier zu entzünden.

In den Wintermonaten fanden hier die traditionellen Tänze statt. Die zeremonielle Bekleidung wurde im Sommer hier aufgehängt und aufbewahrt. Es gab bestimmte Aufgaben, die die Menschen aus jedem Clan wahrnahmen. Einige zum

Beispiel nahmen Gebete entgegen oder berieten über die Jagd. Sie trugen zu bestimmten Anlässen besondere Gewänder. Manche Aufgaben wurden nach der Herkunft vergeben, dem sozialen Status, andere aufgrund von Charaktereigenschaften oder Begabungen. Die Cherokee waren sehr emanzipiert, denke ich mir, während die Dame noch weitere Dinge aus dem Leben des Stammes erzählt. Frauen zogen mit in den Krieg, was mich erstaunt. In Europa war das Frauenbild zu dieser Zeit noch ein ganz anderes. Doch hier genossen die Frauen damals schon großen Respekt und entschieden später auch politische Dinge mit. Frauen schenken das Leben, sie haben also auch das Recht, Leben zu nehmen, so glaubten die Cherokee.

Während Ben sich noch mit einem Mitarbeiter aus dem Reservat unterhält, fällt mein Blick auf einen nahe gelegenen Stand, der mich mit Indianerschmuck lockt. Das Silber, das mit Türkis verziert ist, glänzt in der Sonne, als wolle es sich selbst zum Verkauf anpreisen. Mein Blick bleibt an einer Vielzahl Traumfänger hängen. Sie zieren den Stand in verschiedenen Größen und Farben. Die Federn, leicht zitternd im sanften Wind, wehen mir fröhlich entgegen.

»Junge Frau, kann ich Ihnen helfen?«

Ich erschrecke, als ich die kleine ältere Dame zwischen den Tüchern und Taschen entdecke. Ihre fast schwarzen Augen sehen mich neugierig und wach an. In ihrem faltigen Gesicht strahlen sie Jugendlichkeit aus. Sie trägt eine leuchtende Tunika, doch als sie aufsteht, erkenne ich an ihren Beinen eine herkömmliche abgetragene Jeans. Ihr wie Lack glänzendes schwarzes, glattes Haar ist hier und da von grauen Strähnen durchzogen. Einen Moment erinnert sie mich an Oma Awenasa, als sie vielleicht zehn Jahre jünger war. Sie grinst mich breit an, und ich könnte wetten, dass sie sich ein bisschen über mich amüsiert.

»Weißt du, normalerweise tragen wir keine traditionelle Kleidung. Bis vor zwei Jahren habe ich noch in einer großen

Wäscherei geschuftet.« Während sie spricht, macht sie immer wieder kleine schmatzende Laute durch eine Zahnlücke direkt hinter ihrer Unterlippe. »Aber seit ich hier arbeite, ziehe ich die alte Kluft gerne an. Unsere Kultur sollte nicht vergessen werden. Wusstest du, dass unsere Ahnen eigentlich Einwanderer aus Asien waren? Diese Welt gehört doch jedem von uns«, spricht sie weiter.

Wieder sieht sie mich eindringlich an und die Pausen, die sie beim Reden macht, liegen an der Grenze zum Unangenehmen. Ich würde diese Ruhe gerne durchbrechen, aber es will mir beim besten Willen nichts Passendes einfallen, was ich erwidern könnte. Kaum mache ich mir Gedanken darüber, spricht sie auch schon weiter.

»Die Zeit, in der wir mit Kriegsbemalung und Federschmuck auf Mustangs umherritten, liegt weit zurück. Viel weiter, als viele denken. Um 1830 handelten wir bereits mit den Weißen. Erst mit dem Gesetz von 1836 ging das Leiden für unsere Vorfahren so richtig los. Nur wenige von uns wollten im Westen ein neues Leben aufbauen. Und das alles wegen der Bodenschätze. Gold.«

Instinktiv halte ich meine Tasche fest umklammert. Wohl wissend, dass sich ein Stück genau dieses Goldes, dieser Geschichte, in meiner Tasche befindet.

Sie spricht weiter. »Familien wurden auseinandergerissen, und weißt du, bis heute kitten wir die Wunden der letzten Jahrhunderte, indem wir jedem, der es wissen möchte, erzählen, was passiert ist.«

Sie kichert, als sie mich erneut eindringlich ansieht. Sie wirkt ein wenig unheimlich auf mich und doch so vertrauenswürdig. Ich kann mich nicht entscheiden, was mehr.

»Aber das weißt du sicher schon alles. Du bist nicht von hier, aber dein Blut ist es, habe ich recht?«, fragt sie mich geradeheraus.

Bevor ich antworten kann, schlucke ich erst einmal fest. »Ja, ich wusste immer, dass ich Cherokee-Blut in mir habe, aber Genaueres über die Deportation und das Schicksal meiner Vorfahren wusste ich nicht. Auch die meisten Traditionen sind mir unbekannt.«

Ein wenig schäme ich mich dafür, obwohl ich weiß, dass es nicht meine Schuld ist. Ich hebe den Blick vom sandigen Boden unter meinen Füßen, als sie tröstend fortfährt.

»Sei nicht traurig. So geht es sehr vielen von uns. Viele Geschichten starben mit dem Schicksal unserer Ururgroßeltern. Doch weißt du, das Gedächtnis des Blutes vergisst nichts.« Ihre Stimme wirkt geheimnisvoll. »Erinnere dich mit dem Rauschen des Blutes durch dein Herz und öffne deine Seele für das Unbekannte. Lass dich von ihm leiten. Es ist in dir. Glaub mir.«

Ich sehe sie verblüfft an, denn alles in mir fühlt sich von ihren Worten tief berührt. Als gälten sie mir allein.

»Weine nicht.«

Erschrocken stelle ich fest, dass mir eine Träne die Wange hinunterrollt. Ich wische sie mit dem Handrücken fort. Wie kann es sein, dass allein ihre Worte mich so anrühren? Sie ist unglaublich. Die kleine alte Frau läuft um den Stand herum, nicht ohne ihren schmerzgeplagten Rücken zu umfassen. Leise höre ich sie vor sich hin fluchen, während sie ihren Stand umrundet, um kurz darauf, einen Kopf kleiner als ich, neben mir zu stehen.

»Du interessierst dich für die Traumfänger?«

»Sie sind wunderschön.«

»Welcher von ihnen gefällt dir am besten?«, fragt sie mich und deutet auf die vielen Windspiele, die dicht neben meinem Kopf umherbaumeln.

Sie sind alle einzigartig, doch eines davon spricht mich besonders an. Kleine kreisrunde Reifen aus Weide hängen an einem größeren. Türkisblaue Perlen sind in dem Geflecht eingearbeitet, das aussieht wie ein Spinnennetz. Jeweils drei Federn hängen von jedem Kreis herab. Die Farben des Traumfängers sind Braun und Blau und erinnern mich an Berge und das Meer.

»Im Ursprung kommen sie nicht aus unserem Stamm, wir haben den Brauch irgendwann übernommen.«

»Hm, und funktioniert es denn, also der Traumfänger? Hält er böse Träume fern?«, frage ich die alte Cherokee.

»Ich weiß es nicht. Ist es denn wichtig? Wäre er denn weniger schön, wenn es nicht so wäre? Manchmal müssen wir die Dinge vielleicht einfach nur so sehen, wie sie sind, und dafür bewundern, was sie einem zeigen. Nicht was sie sein könnten.«

Ich denke kurz darüber nach. Was sie sagt, ergibt Sinn. Ich habe meinen Gedanken noch nicht zu Ende gedacht, da spricht sie auch schon weiter.

»Es mag sein, dass die Traumfänger nicht aus unserm Stamm kommen, aber eine Weisheit der Unsrigen ist wahr: Höre mit dem Herzen. Lerne aus deinen Erfahrungen und sei immer offen für Neues.«

Die Worte dringen durch meine Ohren in mein Bewusstsein und passen sehr gut zu meinem Leben, das sich in ganz kurzer Zeit so sehr verändert hat. Und auf einmal wird mir klar, woran das liegt. Die Worte der alten Frau machen es mir bewusst. Ich habe mich für dieses Leben geöffnet, habe zugelassen, neue Erfahrungen zu sammeln. Dinge zu tun, die ich vorher nicht für möglich gehalten hätte. Ich werde dadurch zu dem Menschen, der ich wirklich bin.

In diesem Moment spüre ich eine Hand auf meiner Schulter.

»Entschuldige, ich war so in das Gespräch mit dem Mitarbeiter vertieft.« Ben zeigt auf einen jungen Mann, der uns freundlich zulächelt.

»Kein Problem«, antworte ich.

Die Cherokee-Frau reicht mir ein Tütchen, in das sie den Traumfänger gesteckt hat. Gerade als ich meinen Geldbeutel herausziehen möchte, hält sie mich mit einer abwehrenden Geste ab.

»Nein, nein, Schwester. Das ist ein Geschenk.«

Ich bin gerührt und mir nicht sicher, ob der Frau bewusst ist, dass sie mir viel mehr gegeben hat. Viel mehr als diesen wunderschönen Traumfänger. Die Erkenntnisse, die sich in mir durch ihre Worte offenbarten, lassen meine Welt gerade in einer ganz neuen Dimension erscheinen.

»Danke«, kommt es leise über meine Lippen.

Ich drehe mich zu Ben, hake mich bei ihm ein und wir laufen zum Ausgang des Reservats.

»Das war aber eine charismatische Frau, was? Wirklich eine echte Indianerin. Genau so stelle ich sie mir vor, wenn ich die alten Geschichten von früher höre«, schwärmt Ben mir vor.

»Ja, das ist sie«, ist das Einzige, was ich antworten kann.

Während wir das Reservat verlassen, bin ich beeindruckt von all dem, was ich gelernt und gesehen habe. Es ist unglaublich. Ich kann gut verstehen, weshalb die Indianer stolz auf ihre Kultur sind. Sie lebten in völliger Harmonie mit dieser unglaublichen Natur um sie herum, mit sehr viel Respekt untereinander.

»Es war wunderschön. Wirklich beeindruckend. Danke, dass du es mir gezeigt hast.«

»Sehr gerne. Frag mich einfach jederzeit, was du wissen möchtest. Ich denke, ich weiß einiges über deine Vorfahren.«

»Auf jeden Fall mehr als ich.«

»Sei nicht traurig, Mayara. Wissen macht noch lange nicht aus, was du bist oder was deine Vorfahren sind. Egal, was ich über sie lerne, ihren Geist werde ich nie in mir tragen. Du schon, denn du bist von ihrem Blut.«

Wie er das sagt, sorgt es dafür, dass sich eine Gänsehaut über meinen Körper zieht. Ich bin von ihrem Blut? Ich? Bisher war ich eine Deutsche aus Bayern, mit einem etwas exotischen Aussehen. Mehr nicht. Wenn mich jemand etwas über meine Vorfahren gefragt hat, habe ich das Thema schnell in eine andere Richtung gelenkt. Zum einen war es mir peinlich, dass ich nicht viel über meine Vorfahren wusste, und zum anderen fühlte ich mich ihnen nicht verbunden. Das ergibt sich erst hier so langsam. Zu welchem Clan wohl meine Familie gehörte? Es gibt vieles, was ich noch wissen möchte. Und ich denke, ich bin bereit weiterzugehen.

»Wollen wir irgendwo etwas essen? Wir müssen ja noch besprechen, wie wir weiter vorgehen.«

»Du willst weiterforschen?« Ben grinst mich an.

»Mehr als jemals zuvor!«

Kurz zögere ich, aber irgendetwas sagt mir, dass jetzt der richtige Zeitpunkt ist, Ben aufzuklären und ihm von dem Nugget zu erzählen. Ich weiß nicht viel, aber ich habe im Gefühl, dass es wichtig ist. Nicht zuletzt, weil Henrie in seinem Tagebuch davon schrieb. Ben hilft mir so sehr bei allem hier. Er hat es verdient zu wissen, um was es geht.

»Ben, bevor wir weitermachen, möchte ich dir noch etwas erzählen.«

»Was denn? Hoffentlich nichts Schlimmes? Geht es dir gut?«

»Keine Sorge, mir geht es gut. Wirklich. Es ist nur, du weißt noch nicht alles. Es ist nicht viel. Aber vielleicht weiß ich, was Onkel Henrie meinte, wenn er in seinem Tagebuch von Steinen geschrieben hat.«

Ben sieht mich interessiert und mit wachen Augen an. »Ach, wirklich? Was denn?«

Ich ziehe den ledernen Beutel aus meiner Handtasche. Vorsichtig nehme ich seine Hand in meine. Auf einmal wird es ganz still um uns. Als ob es auf der ganzen Welt nur noch uns beide gäbe. Es ist seltsam, aber ich habe den Eindruck, als fühle ich das Blut, das in seinen Adern fließt, durch seine Haut hindurch. Es macht mir keine Angst, denn während ich den Stein in seine Hände lege, habe ich mehr denn je das Gefühl, dass er es wissen sollte, nein, sogar wissen *muss*.

Sein Gesichtsausdruck ist verändert, als er den Stein in seinen Händen hält und mir leise zuflüstert: »Wow, er ist wunderschön, und er fühlt sich so warm und vertraut an.«

Ich bin erstaunt. Genau so ging es mir auch, als ich ihn das erste Mal in der Hand hielt.

»Woher hast du ihn?«

Ich nehme das Nugget an mich und stecke es zurück in den Beutel.

»Genau das wollte ich dir ja erzählen. Pass auf …«

»Das ist wirklich eine unglaubliche Geschichte.«

Ben sieht mich mit großen Augen an, und ich kann nicht deuten, woran er denkt.

»Ja, aber irgendwie ergibt alles schon viel mehr Sinn als zu Hause in Deutschland. Ich weiß schon mal, dass Oma Awenasas Brüder etwas über die Steine wissen müssen. Ich weiß jetzt auch, dass es offenbar noch mehr Nuggets gab. Das wusste ich bisher auch nicht. Na ja, und anscheinend verbinden sie etwas Negatives damit. Damit und mit Oma Awenasa.«

Einen Moment schweigt Ben.

»Komm, wir setzen uns einen Moment, okay?«

Ben deutet auf eine Bank gleich am Parkplatz, in der Nähe des Autos. Ich würde gerne wissen, was er zu all dem sagt, was er denkt. Er hatte bisher immer einen Rat, wie wir weiter verfahren könnten. Während wir nebeneinander auf der Bank sitzen und die Sonne strahlt, als wäre es nie anders gewesen, habe ich das Gefühl, dass Ben in einer anderen Welt weilt.

»Alles in Ordnung mit dir, Ben?«

»Ja, entschuldige. Ich war in Gedanken. Also, wegen des Steins … Ich glaube, wir werden bestimmt bald mehr erfahren. Aber komisch ist das Ganze ja schon.«

Er grinst übers ganze Gesicht und seine Augen strahlen wie die eines kleinen Jungen, der sich gerade einen fiesen Spaß mit seinem Bruder überlegt hat.

»Was grinst du denn so?«

»Hach, ich finde deine Oma jetzt schon total cool. Ich würde mich freuen, sie irgendwann einmal kennenlernen zu dürfen.«

»Ach, findest du? Ich hätte, gerade jetzt, schon gerne noch ein paar mehr Informationen von ihr. Aber so ist sie halt, mit Druck kommt man bei ihr nicht weit. Sie hat sich wohl in den Kopf gesetzt, mich als zweite Mata Hari auf Mission zu schicken. Und wenn sie sich mal was in den Kopf setzt … tja, keine Chance.« Jetzt bin ich die, die schmunzelt. »Wobei, einmal ein Leben wie Mata Hari zu führen, hört sich ja ganz spannend an.«

»Also doch meine Heldin«, lacht Ben auf.

»Deine Heldin?«

Er weicht meinem Blick aus, kann sich aber ein Lächeln nicht verkneifen. Einen Moment später sieht er mir direkt in die Augen. »Wäre das so schlimm?«, fragt er mich mit sanfter Stimme.

Mir wird wohlig warm, und ein Teil von mir würde sich gerne fallen lassen. Möchte die vollen Lippen, die sich nur ein paar Millimeter von meinen entfernt befinden, berühren. Dieser Teil in mir möchte seine Hände auf meiner Haut spüren. Er hat schöne Hände. Das ist mir sofort aufgefallen. Ich fühle mich befreit, denn ich bin jetzt alles los. Es gibt keine Geheimnisse mehr. Na ja, zumindest keine bezüglich des Steins. Bei diesem Gedanken fällt mir ein, dass wir uns ansonsten kaum kennen. Er kennt eine Seite an mir besonders gut, jedoch viele, ganz viele Facetten überhaupt nicht. Und wer ist *er* überhaupt?

»Woran denkst du, Mayara?«

»Ich würde dich gerne näher kennenlernen, Ben. Also so richtig. Weißt du, wie ich das meine?«

»Ja, ich glaube schon. Und das freut mich. Du bist ja noch eine Weile hier, wir haben also noch etwas Zeit. Und ich möchte dich auch sehr gerne näher kennenlernen, Mayara.«

Ich lehne meinen Kopf an seine Schulter. Ich genieße es für diesen Moment, in seinen Armen zu liegen. Einfach so. Es fühlt sich vertraut an, sicher. Er streicht mir sanft über mein Haar.

»Wollen wir dann essen gehen? Dann können wir uns ja mal über was ganz anderes unterhalten.«

»Worüber denn, Ben?«

»Hm, vielleicht die erste Liebe, den ersten Kuss. Über Urlaube, Freunde, Sehnsüchte. Lass uns doch bei deinem Lieblingsessen anfangen. Was isst du denn am liebsten?«

Ich lache laut auf. »Das werden wir hier nicht finden.«

»Warum? Was ist es denn?«

»Ich liebe Schäufele. Das ist mein absolutes Lieblingsessen.«

»Shoffuel«, versucht Ben, das Wort auszusprechen.

Ich kann gar nicht mehr aufhören zu lachen, die Tränen rinnen mir über die Wangen.

»Hey, das ist nicht fair. Sag es noch mal.«

Wir üben eine Weile den Namen meines Lieblingsgerichts, und ich verspreche Ben, sollte er mich mal in Deutschland besuchen, auf jeden Fall mit ihm Schäufele essen zu gehen.

»Ich glaube, für heute nehmen wir einfach mein zweitliebstes Essen. Magst du Pizza?«

»Ich liebe Pizza!«

»Mir ist echt schlecht!«

Ben sieht mich besorgt an. »Nach gestern glaube ich dir, dass du besorgt bist. Aber gib ihnen eine Chance, am Telefon hat er sich nett angehört.«

Ich versuche, das flaue Gefühl in der Magengegend zu ignorieren, und rede mir gut zu. *Du hast entschieden, dass du weiterforschen willst, dann steh auch dazu!* Also nehme ich all meinen Mut zusammen und klingle. Mal wieder, aber diesmal an einer anderen Tür. Es ist meine letzte Hoffnung. Mehr Verwandte gibt es nicht, zumindest weiß ich von keinen. Ich bin seit Tagen unterwegs, und es muss sich doch endlich was tun. Das Haus wirkt mit seinem weißen Anstrich und den himmelblauen Fensterläden einladend und lange nicht so düster wie das von Onkel Phil. Ganz im Südstaatenflair hat es eine große Veranda, die rund um das Haus führt. Ich liebe diese Häuser und kann mich kaum sattsehen. Vor meinem geistigen Auge entstehen jedes Mal kitschige Bilder von fülligen farbigen Frauen, die an bunten Patchworkdecken nähen. Totales Klischee, das weiß ich, aber das ist nun mal die Szene, die sich mir jedes Mal aufdrängt. Sophia würde sofort ein Gedicht daraus weben. Wahrscheinlich hätte sie nach all den Eindrücken hier schon ganze Bände beieinander. Jetzt weiß ich, weshalb sie sagte, sie beneide mich um diese Reise.

Die Tür öffnet sich, während ich noch in Gedanken bin. Wir blicken nach unten in die dunklen Augen eines kleinen Mädchens, das uns vorwitzig angrinst.

»Hey, da seid ihr ja!«

Ohne Scheu nimmt sie meine Hand und zerrt mich ins Haus. Überrumpelt und Hilfe suchend sehe ich Ben an, der nur lächelt und mit den Schultern zuckt.

»Mom! Tante Maya ist daaaa«, ruft sie durch das Haus, und ich höre, wie jemand die Treppe heruntereilt.

Eine Frau stürmt auf mich zu und umarmt mich überschwänglich. »Hey, ich freue mich so sehr, dich kennenzulernen! Aber kommt doch erst mal richtig rein. Ist das dein Mann?«

Ich weiß nicht, wie mir geschieht. »Äh, nein. Das ist Ben, mein Freund«, stammle ich.

Ben streckt ihr die Hand zum Gruß entgegen.

»Freut mich, dich kennenzulernen.«

»Oh, entschuldigt, mein Name ist Julie und das ist meine Tochter Samantha, aber wir nennen sie alle Sam.«

Julie, wow. Meine Cousine. Oder Großcousine? Gibt es so etwas überhaupt? Ich glaube, Cousine ist einfacher.

»Dann sind wir also so etwas wie Cousinen? Und Sam ist so etwas wie meine Nichte?«

Ich komme mir dämlich vor, wahrscheinlich hält sie mich für ein wenig begriffsstutzig. Ich begreife kaum, was hier geschieht, aber sie lacht freundlich.

»Ja, ist das nicht unglaublich? Ich freue mich so!«

Wieder umarmt sie mich herzlich. Sie führt uns in das geräumige Wohnzimmer. Auch wenn ich noch nie hier war, habe ich doch sofort das Gefühl, als würde ich es kennen. Die Räume sind im landestypischen Stil dekoriert. Ich komme mir vor wie in einer Familiensitcom im Fernsehen.

»Setzt euch doch. Möchtet ihr ein Glas meiner hausgemachten Limonade? Ich habe sie gerade frisch zubereitet. Ist es heute für diese Jahreszeit nicht schrecklich warm?«

»Sehr gerne.«

»Für mich auch, danke, Julie!«

»Und wer bist du?«, frage ich den schüchternen Jungen, der sich hinter Sams Rücken versteckt. Er sieht mich mit großen, runden Augen vorsichtig an.

Sam kichert und erklärt: »Mein Bruder Joel ist am Anfang immer so schüchtern, denkt euch nichts dabei. Aber das bleibt nicht lange so, das sage ich euch gleich.«

Joel wird rot und boxt seiner Schwester in die Rippen, bevor er zu seiner Mum verschwindet. Keine zwei Minuten später sind sie wieder da. Julie stellt das Tablett mit den Gläsern auf den Tisch und setzt sich uns gegenüber in einen übergroßen, gemütlichen Sessel.

»Ich bin so gespannt, was ihr zu erzählen habt. Als Opa mich vorhin anrief, um Bescheid zu geben, dass ihr kommt, war ich völlig aus dem Häuschen. Und ich bin es immer noch. Ach ja, er müsste jeden Moment mit John kommen. John ist mein Mann.«

Während sie erzählt, stelle ich fest, dass wir eine gewisse Ähnlichkeit haben. Vermutlich aber auch nur, weil ich weiß, dass sie meine Cousine ist. Wäre sie mir als Fremde auf der Straße begegnet, wäre es mir sicher nicht aufgefallen.

»Julie, du kannst dir gar nicht vorstellen, wie glücklich ich bin. Ich kann das alles noch gar nicht fassen! Es ist wie in einem Traum. Bis gerade eben wusste ich noch nicht mal, dass ich hier überhaupt Familie habe, und auf einmal sind es auch noch so viele!«

»Da hast du recht, mir geht es genauso. Opa hat erzählt, du hast eine Schwester?«

»Ja, Kimi. Sie lebt mit ihrem Mann und seinem Sohn aus erster Ehe in Berlin. Wir telefonieren mindestens einmal die Woche, aber leider sehen wir uns nur zu Anlässen wie Geburtstagen oder an Weihnachten. Weißt du, Oma und ich wohnen in Bayern. Das ist ein ganz schönes Stück von Berlin entfernt.«

»Ah, ach so, jetzt verstehe ich. Schade, dass ihr so weit voneinander weg wohnt. Ich kann es kaum erwarten, sie auch einmal kennenzulernen.«

»Oh, sie wird aus dem Häuschen sein, wenn ich ihr von euch erzähle.«

Ich bin mir nicht sicher, ob ich sie so direkt fragen soll, aber ihre Meinung interessiert mich sehr und ihre offene, herzliche Art macht es mir leicht.

»Sag mal, weißt du eigentlich, warum alle in unserer Familie so zerstritten sind?«

Sie verdreht die Augen und winkt ab. »Keine Ahnung. Ich finde das ganze Verhalten mehr als kindisch, und ehrlich gesagt blicke ich da selbst nicht ganz durch. Ich weiß nur, dass es um so einen doofen Stein geht. Wirklich, das darf man keinem erzählen. Die machen ein Drama wegen eines Steins! Das ist doch unglaublich, oder? Die sind einfach alle noch etwas eigen, die Alten. Opa wird es uns später bestimmt genauer erzählen. Hoffe ich zumindest. Ich meine, jetzt bist du extra den ganzen weiten Weg hierher gereist.«

Der Stein. Ich bin mir fast sicher, dass es sich um das kleine, runde Nugget handelt, das Oma Awa mir mitgegeben hat. Ich beschließe, mir erst die Geschichte anzuhören, bevor ich erzähle, dass ich ihn dabeihabe. Etwas sagt mir, dass das besser sein könnte.

»Dann hattet ihr also das Vergnügen mit meinem Bruder Phil. Seit er dem Alkohol verfallen ist …« Großonkel Bert spricht nicht weiter und schüttelt stattdessen nur traurig den Kopf.

Ich möchte endlich wissen, weshalb Phil Oma die Schuld an allem zuschob, und nehme an dieser Stelle die Unterhaltung auf. »Weißt du, warum er sagte, Oma Awenasa sei an allem schuld?«

Die Art, wie Onkel Bert auf den Boden sieht, macht mir Sorge. Es bleibt mir nicht verborgen, dass er schluckt und anscheinend nach den richtigen Worten sucht.

»Ich will dir sagen, dass ich das alles nicht so sehe und sehr bedaure, dass wir all die Jahre kaum Kontakt zueinander hatten. Weißt du, dein Onkel ist äußerst stur, das war er schon immer.«

Es fällt mir schwer, ihn nicht zu drängen, zum Punkt zu kommen, doch auf einmal sieht er mir fest in die Augen.

»Deine Oma hat wohl Gold von den Farmern gestohlen, bei denen unsere Eltern angestellt waren. Daraufhin haben sie ihre Arbeit verloren, und fortan waren es schwere Zeiten für alle von uns. Onkel Phil hat ihr das bis heute nicht verziehen. Die Sache hat die ganze Familie zerrissen.«

Er sieht mich traurig an. Ich will seinen Worten einfach nicht glauben. Oma würde doch niemals stehlen!

»Gab es denn Beweise dafür?«

Onkel Bert atmet schwer. »Nein, nicht direkt. Aber wo hätte sie sonst Gold herhaben sollen? Ich meine, wir hatten ja kaum etwas, wir waren einfache Landleute. Und außerdem hat sie es ja auch nie bestritten.«

»Trotzdem, das kann nicht sein. Das passt einfach nicht zu ihr.«

Während ich diesen Satz ausspreche, bin ich mir selbst nicht sicher. Was weiß ich denn schon von ihr? Vor ein paar Wochen wusste ich nicht einmal, dass ich noch Familie habe, und jetzt sitze ich inmitten von Onkels und Cousinen und bin selbst Tante, sogar mehrfach. Ich begreife das nur schwer.

Schnell fügt er hinzu: »Ich möchte, dass du weißt, dass diese Dinge für mich Geschichte sind. Es ist mir egal. Mir wurde, vor allem nach Henries Tod, klar, dass wir alle endlich sind. Wir haben viel zu viele Jahre vergeudet. Die Sache ist es nicht wert. Ich würde deine Oma so gerne wiedersehen.« Er schüttelt den Kopf, und ich sehe, wie Tränen seine Wangen hinunterrinnen. »Sie ist meine einzige Schwester, und ich vermisse sie schon so viele Jahre.«

Er tut mir unendlich leid und ich verstehe seinen Kummer. Ich weiß, wie es ist, jemanden zu verlieren, den man liebt. Ich gehe auf meinen Onkel zu und wir fallen uns in die Arme. Meine Cousine und ihre Kinder tun es uns nach. So trösten wir uns weinend durch diese Momente. Noch nie habe ich so eine Verbundenheit gespürt, wie ich sie jetzt empfinde. Sie sind meine Familie.

Überwältigt von den Erlebnissen des Tages sitze ich mit Ben auf der Veranda meines Onkels.

»Wollen wir ein paar Schritte gehen?«

»Gerne, das würde sicher guttun.«

»Okay, warte, ich sag drinnen Bescheid.«

Ich blicke in die Ferne und genieße diese kurze Ruhe für mich. Sie leben wunderschön hier. Die Wälder direkt vor der Nase, ursprünglich und malerisch.

»Hey, Mayara, wollen wir los? Ich habe gesagt, dass wir in einer halben Stunde wieder da sind. Deine Cousine ist, glaube ich, ganz dankbar dafür. Sie steht in der Küche und bereitet das Essen vor.«

»Oh, hätte sie vielleicht Hilfe gebrauchen können?« Wie unhöflich von mir.

»Ach, das glaube ich nicht. Ich hatte den Eindruck, so, wie sie in der Küche stand, ist das ihr Reich und sie kocht lieber alleine.«

Er grinst. Was würde ich für das Bild geben, das sich ihm wohl gerade geboten hat. Auch ich muss schmunzeln. Sie ist so herzlich. Man kann gar nicht anders, als sie sofort zu mögen.

»Wie geht es dir?«, fragt mich Ben vorsichtig.

Es ist einfach süß, wie er sich um mich sorgt. Manchmal erwische ich mich dabei, wie ich mich frage, was ich eigentlich die ganze Zeit ohne ihn gemacht habe.

»Gut, keine Sorge, eine Aktion wie gestern wird es heute nicht geben. Ich bin ziemlich überwältigt, also, irgendwie auch gemischt. Ich bin sehr glücklich, dass sie alle so freundlich sind und uns so herzlich empfangen haben. Nach gestern habe ich mit so etwas gar nicht mehr gerechnet. Auf der anderen Seite bin ich aber auch geschockt über die Dinge, die sie mir über Oma erzählt haben.«

»Hm, das kann ich gut verstehen. Aber ich freue mich, dass du so eine tolle Familie gefunden hast. Du bist überhaupt kein Einzelgängertyp und solltest wirklich eine Familie haben.«

Überrascht sehe ich ihn an. »Meinst du? Zu Hause bin ich eigentlich schon viel alleine. Aber vielleicht hast du ja recht. Ja, wenn ich so drüber nachdenke, kann ich mir gut vorstellen, das Alleinsein abzuschaffen.«

Bilde ich mir das nur ein oder habe ich da eben ein Funkeln in seinen Augen gesehen?

»Und deine Oma, was wirst du ihr sagen?«

»Hm, das ist schwierig. Ich will es immer noch nicht wahrhaben. Sie war und ist immer geradeheraus, weißt du? Was sie sagt, ist immer richtig, sie hat mich noch nie belogen. Also kann ich das alles gar nicht so richtig einschätzen, ich will unbedingt hören, was sie dazu sagt.«

»Verstehe. Und vergiss nicht, sie ist und bleibt deine Oma.«

»Nein, an unserer Beziehung wird sich sicher nichts ändern. Ich werde nie vergessen, was sie alles für uns getan hat, seit meine Eltern tot sind. Sie war immer für uns da.«

»Siehst du, du bist ja gar nicht so allein.«

»Na ja, aber sie hat Krebs. Ich sollte wohl bald wieder zu ihr zurückkehren.«

Der Gedanke, womöglich bald ohne sie zu sein, versetzt mir einen Stich mitten ins Herz. Aber das wird nicht passieren, tröste ich mich selbst.

»Und was mache ich dann ohne dich?«

Jetzt bin ich es, die ihn mit großen Augen fragend ansieht. Ich verstehe genau, was er meint. Ben ist mir mittlerweile so vertraut, dass ich mir nur schwer vorstellen kann, ihn nicht mehr zu sehen. Und dabei habe ich mir doch fest vorgenommen, mich nicht in neue Emotionen zu stürzen. Wo kommen nur diese Gefühle auf einmal her?

»Noch bin ich ja da«, sage ich leise.

Obwohl ich selbst merke, wie ich ihn anstarre, kann ich meinen Blick einfach nicht von ihm nehmen.

»Ja, noch bist du hier«, flüstert er mir zu.

Auf einmal scheint ihm etwas durch den Kopf zu gehen.

»Ich habe eine Idee!«

Verblüfft sehe ich ihn an. »Ja? Welche denn?«

»Nur wenn du Ja sagst.«

»Das kann ich dir nicht versprechen.«

»Vertrau mir, Mayara.«

»Okay, okay. Ja!«

Er hüpft wie ein kleines Kind vor Freude auf der Stelle und sieht dabei so süß aus.

»Wir werden morgen auf die Hütte meiner Familie fahren. Du wolltest doch noch mehr von den schönen Wäldern hier sehen, oder? Und ich würde dir gerne das Jagen zeigen.«

Ich lache. »Ich und jagen? Na, ich glaube, da ziehst du mit der Falschen los.«

»Du bist ja keine Vegetarierin. Du hast zum Jagen also die besten Grundvoraussetzungen.«

Ich kann es nicht mehr zurückhalten und muss herzlich lachen.

»Na, komm schon! Du hast ohnehin schon Ja gesagt.«

»Tja, dann habe ich wohl keine andere Wahl mehr.«

»Ja, du wirst sehen, das wird großartig.«

»Sophia wird mir kein Wort glauben, wenn ich ihr davon berichte.«

Es ist seltsam. Ich kenne sie kaum und trotzdem fällt mir der Abschied von meiner neu gewonnenen lieben Familie mehr als nur schwer. Ich bemühe mich, keine Tränen zu vergießen. Der gestrige Abend war so schön und Ben wurde herzlich integriert. Die Männer verbrachten den Abend damit, über das Jagen zu sprechen. Von dieser Unterhaltung wollte ich lieber Abstand nehmen, bevor ich mir die Tour mit Ben noch einmal überlege. Stattdessen hatten Julie und ich uns unheimlich viel zu erzählen. Sie ist ein Goldstück mit zauberhaften Kindern und einem liebevollen Mann. Sie ist ehrlich glücklich und ihre Freude ist ansteckend.

»Du schreibst mir doch, oder?«

»Versprochen«, antworte ich Julie, und das werde ich auch sicher tun.

»Und du kommst mich in Deutschland besuchen?«

»Versprochen!«

Tränen füllen ihre Augen bei unserer Umarmung zum Abschied.

»Wollen wir fahren?«, fragt mich Ben vorsichtig.

Ich nicke und gehe zum Auto, drehe mich aber noch mal zu diesen lieben Menschen um und umarme sie alle noch ein weiteres Mal. Als wir losfahren, sehe ich aus dem Autofenster und winke ihnen, bis sie aus meinem Sichtfeld verschwinden. Mein Herz wird schwer. Ben erzählt etwas, aber ich höre ihn nicht wirklich. Bis er schweigt und mich fragend ansieht.

»Ich habe mich so bemüht, nicht zu weinen, Ben. Aber ich bin traurig. Ich scheine alles, was ich im Leben lieb gewinne, wieder zu verlieren. Nichts ist beständig.«

Ich ärgere mich über mich selbst, als mir eine Träne verstohlen die Wange hinunterläuft. Verärgert wische ich sie weg. Statt mir zu antworten, fährt Ben auf die Seite und stellt den Motor aus.

»Was hast du vor? Wir schaffen heute nie unsere Wanderung, wenn wir nicht weiterfahren.«

»Mayara, sei still«, befiehlt er mir und sieht mir tief in die Augen.

Er hebt mein Kinn leicht an. Selbst wenn ich wollte, könnte ich seinem Blick nicht ausweichen. Aber das will ich ohnehin nicht. Meine Gedanken setzen aus. Außer meinem klopfenden Herzen höre ich nichts mehr um uns herum. Ich lasse alle Zweifel los, versinke in seinen braunen Augen und schließe meine, nachdem ich mir seine vollen, weichen Lippen eingeprägt habe. Sein süßlicher Eigengeruch, besser als jedes Parfum, kommt mir entgegen, und ich merke, wie in mir ein vergessenes Gefühl des Verlangens wieder wach wird. Ich versuche, meine Atmung zu regulieren. Als seine Lippen meine berühren, ist es um mich geschehen. Sie berühren sich zaghaft mit leichtem Beben, um ihre Begegnung dann, wie füreinander gemacht, in seltsamer Selbstverständlichkeit mit einem Tanz zu besiegeln. Ich lasse mich fallen. Endlose Minuten später trennen sie sich, und in langsamen Wellen sind wir wieder im Hier und Jetzt. Ich öffne die Augen und er sieht mich fest an.

»Ich bin für dich da, wann immer du mich brauchst. Du bist nicht allein.«

Sprachlos vor Überraschung sinke ich noch tiefer in den Autositz. Wow! Was war das denn?

»Okay«, ist alles, was ich über die Lippen bringe.

Ich beschließe, meine Zweifel beiseitezuschieben. Es hat sich so schön angefühlt. Zärtlich, vertraut und richtig. Warum also nicht, denke ich mir. Warum nicht? Ich lächle ihn an und die Art, wie er mein Lächeln erwidert, lässt mich spüren, dass er erleichtert ist.

»Wir müssen los, meine schöne Mayara, sonst wird das wirklich nichts mehr mit unserer Wanderung.«

Lächelnd schüttle ich den Kopf, während wir in Richtung des nächsten Abenteuers düsen.

Kapitel 8

Fremder

»Ist das dein Ernst?«

Ich drehe mich im Kreis, die Arme weit von mir gestreckt, und sehe nach oben in die bunten Baumkronen. Die Blätter drehen sich mit mir, und ich fühle mich wie so oft in letzter Zeit verbunden mit der beeindruckenden Natur um uns herum.

»Gehört das alles hier deiner Familie?«, frage ich ihn, während ich atemlos in seine Arme taumle.

»Ja, diese Hütte, der kleine See und ein Stück Land.«

»Du hast so ein Glück. Ich wäre nur noch hier, wenn ich an deiner Stelle wäre!«

»Du bist süß, und es freut mich, dass es dir hier gefällt. Wir werden heute nur eine kleine Wanderung machen, mehr Zeit haben wir leider nicht. Aber vielleicht können wir ja morgen noch eine Tour dranhängen. Komm, lass uns reingehen und unsere Sachen ablegen. Wir müssen für die Jagd noch einiges zusammenpacken.«

Ich greife nach Bens Hand, die er mir entgegenhält, und folge ihm Richtung Hütte.

»Oh weh, da bin ich ja gespannt. Ich werde aber keine Tiere ausnehmen, das sage ich dir gleich.«

Er lacht laut auf. Ich hoffe, es ist ihm nicht aufgefallen, dass ich ihn einen Moment länger angesehen habe als nötig. Die Grübchen in seinen Wangen machen ihn noch hübscher, als er ohnehin schon ist. Ich kann immer noch nicht glauben, dass er mich geküsst hat.

»Also, zum Clan der Jäger haben deine Vorfahren offenbar nicht gehört.«

»Nein, das glaube ich auch nicht.«

Berauscht von der Natur und von Ben, dem ständigen Kribbeln in seiner Gegenwart, gehe ich ihm nach. Innen ist die Hütte richtig gemütlich, wenn auch verstaubt. Der herbe Geruch von Holz kitzelt in meiner Nase. Überall liegen Felle auf dem Holzboden, und an der Wand gegenüber der Tür hängen drei Hirschgeweihe.

»Hast du die erlegt?«

Ben, der gerade dabei ist, sein Gepäck auf der Couch abzuladen, kommt zu mir.

»Nein, das ist der ganze Stolz meines Vaters. Aber bei diesem hier war ich dabei. Das ist aber schon viele Jahre her.« Er zeigt auf das Geweih des in der Mitte hängenden Hirsches.

»Kannst du dich daran erinnern, wie er gestorben ist?«

»Nein, nicht genau. Ich war noch sehr jung, und ich glaube, wenn ich darüber nachdenke, war ich mehr damit beschäftigt, meinen Dad zu bewundern. Du musst wissen, er jagt leidenschaftlich gern, und nur bei der Jagd ist er völlig ausgeglichen und ohne Sorge.«

»Dann jagst du also nicht so gerne wie er?«

»Doch, ich liebe es auch.«

Irritiert sehe ich ihn an.

»Hm, wie erkläre ich das am besten? Ich finde, es hat so etwas Ursprüngliches. Die Jagd gab es schon immer, noch bevor es Kaufleute oder sonst irgendwelche Berufe gab. Die Tiere sind nicht meine Feinde. Im Moment der Jagd befinde ich mich mit ihnen im Kreislauf der Natur. Man muss das Tier genau kennen, um es mit dem Respekt, den es verdient, behandeln zu können.«

»Und zu töten?«

»Ja, auch um es zu töten.«

Natürlich weiß ich, dass auch die Tiere, die ich esse, irgendwann einmal getötet – vielleicht im besten Falle gejagt – wurden, aber so ganz kann ich mich in das Töten von Lebewesen und wie man auch noch Spaß daran haben kann nicht hineinversetzen.

»Mayara, versuch dich darauf einzulassen. Wenn wir merken, dass es nichts für dich ist, dann lassen wir es einfach. Einverstanden?«

»Okay, einverstanden.«

Ich fahre mit meiner Hand über das Geweih. Vielleicht hat er ja recht. Es ist der Lauf der Dinge, und womöglich ist es nicht einmal so schlecht, auf diese ursprüngliche Art zu erleben, wer wir Menschen eigentlich sind. Auf jeden Fall glaube ich zu verstehen, was Ben meint, und ich kann mir nicht vorstellen, dass er nicht mit dem größtmöglichen Respekt vorgeht. Ich beneide ihn. Er scheint in dieser Welt so viel mehr angekommen zu sein als ich. Ich habe das Gefühl, es gibt so viel, was ich noch von ihm lernen könnte.

Während der Wanderung komme ich mir vor wie in einem Märchen. Wahrscheinlich liegt es an dem Wald um uns herum und an Ben – und an den Gefühlen, die er in mir auslöst. Es ist, als wären wir in einer anderen Welt. Ich hänge an Bens Lippen, während er mir alles zu erklären versucht, was er über das Jagen weiß. Und doch höre ich kein Wort von dem, was er erzählt. All die Dinge um mich herum sowie Bens Nähe versetzen mich in einen anhaltenden Rausch, in dem ich nun gefangen bin. Nie wieder will ich hier raus.

»Mayara? Huhu, Maaaya!«

»Oh, Ben, es tut mir leid. Entschuldige. Aber das alles hier ist so unglaublich. Es ist so schön. All diese Farben. Aber entschuldige, ich bin wirklich unaufmerksam.«

Ben grinst mich an. »Kein Problem, Mayara. Am wichtigsten beim Jagen ist ja der Respekt vor seiner Umwelt, also vor der Natur um einen herum und den Tieren. Du machst also quasi alles komplett richtig.«

»Na, da bin ich aber froh. Vielleicht wird ja doch noch was aus mir. Hey, guck mal! Was macht denn das Reh da drüben? Schläft es? Bei uns in Deutschland sind die so scheu, da könnte man niemals so nah an eines rankommen.« Ich zeige auf das Tier, das nur ein paar Meter vor uns bewegungslos an einem Baum in einer kleinen Lichtung liegt.

Ben folgt meinem Blick, aber aus seinem Gesichtsausdruck kann ich herauslesen, dass etwas nicht stimmt. »Lass uns nachsehen«, sagt er leise.

Mit etwas Abstand beobachte ich, wie Ben sich das Tier ansieht.

»Es ist tot.«

»Was? Warum denn?« Man kann kein Blut oder sonst etwas erkennen. Augenblicklich macht mich die Situation traurig. »Und was machen wir jetzt? Wir können es doch nicht einfach hier liegen lassen.«

»Nein, das tun wir auch nicht. Der Wald und das Jagdgebiet sind gut kontrolliert. Ich werde das zuständige Forstamt anrufen. Da kommt dann ein Ranger vorbei und sieht nach, woran das Tier gestorben ist. Vielleicht war es krank.«

Einige Zeit später ist der Ranger da und übernimmt das tote Tier. Ben ist etwas betreten.

»Es tut mir leid, so hatte ich unsere Jagd natürlich nicht geplant.«

»Ach Quatsch! Du konntest doch nicht wissen, dass wir unterwegs totes Wild finden werden. Hat dir dein Vater beigebracht, wie man in so einer Situation handeln muss? Wenn ich allein gewesen wäre, wäre ich wahrscheinlich einfach weitergelaufen, auch wenn ich das Tier am liebsten begraben hätte.«

»Ja, mit solchen Situationen lernt man natürlich umzugehen, wenn man das Jagen lernt. Na ja, ein bisschen was konnte ich dir ja trotzdem zeigen. Aber es wird allmählich spät, und wir sollten langsam zurück.«

»Ja, ehrlich gesagt bin ich ganz froh, wenn wir jetzt abbrechen. Nach der Sache mit dem Reh reicht es mir fürs Erste einmal.«

Ben schmunzelt mich an. »Das ist schon okay. Vielleicht kannst du ja lernen, in Zukunft die Tiere zuzubereiten, die ich mit nach Hause bringe. Das würde mir vollkommen reichen.« Er sieht mir neckend in die Augen.

Es dauert einen Moment, ehe ich ihm antworten kann. »Ja, das glaub ich dir sofort, dass dir das gefallen würde.«

»Dir etwa nicht?«

Ich befreie mich von seinem Blick, der immer noch auf mir haftet. »Wie du schon richtig sagtest, ich bin ja keine Vegetarierin.«

Ich drehe mein Gesicht aus seinem Blickfeld, ich möchte nicht, dass er sieht, wie rot ich mit Sicherheit eben geworden bin.

»Na ja, das mit dem Jagen war wohl nichts«, sage ich nicht ohne einen ironischen Unterton und grinse ihn an.

»Aber du musst gestehen, wir hatten trotzdem einen wundervollen Tag, oder?«

Die Wanderung war wirklich aufregend. Noch immer bin ich beeindruckt, wie souverän er mit der Situation mit dem toten Reh umgegangen ist. Und die Natur bewegt Regionen in meiner Seele, von denen ich bis heute nicht einmal wusste, dass sie existieren. Ein Gefühl von Freiheit und Zugehörigkeit.

Heute konnte ich zum ersten Mal seit langer Zeit wieder so richtig durchatmen. Zumindest seit dem Tag am See. Wenn ich so darüber nachdenke, merke ich, dass ich mich in seiner Gegenwart am wohlsten fühle. Da kann ich genau so sein, wie ich bin, und habe nicht das Gefühl, mich verstellen zu müssen. Ich suche mittlerweile förmlich seine Nähe.

»Ich mache uns gleich ein Feuer an.« Er kommt auf mich zu und nimmt mich in den Arm. »Dir ist kalt, oder? Sobald die Sonne untergeht, wird es im Herbst in den Bergen richtig frisch.«

Er rubbelt mit den Händen meine Oberarme, und diesmal ergreife ich die Initiative, stelle mich auf die Zehenspitzen und lasse meine Lippen die seinen suchen.

»Ben, halt die Klappe!«

Er grinst noch einmal frech, und schon treffen sich unsere Lippen zu ihrem zweiten Date. Er umarmt mich fester und sein Daumen streicht mir zärtlich über den Hals. Ich spüre, wie mehr von mir mehr von ihm will.

»Wir sollten uns Zeit lassen, Mayara. Ich möchte dich kennenlernen. Richtig kennenlernen. Ich möchte nicht, dass du das Gefühl hast, einen Fehler zu begehen.«

Ich bin froh, dass er darüber genauso denkt wie ich, auch wenn mein Verlangen nach ihm etwas ganz anderes hören möchte. Und wieder bewundere ich ihn für seine Disziplin. Er hat recht. Jeder Tag mit ihm vergeht wie im Flug, die Stunden vergehen wie Minuten, und auch wenn ich seine Nähe genieße und es sich richtig anfühlt, so kennen wir uns doch immer noch kaum.

»Lass uns das Feuer anmachen und was zu essen finden.«

Ich lächle. »Ja, gute Idee. Musst du das Holz erst suchen?«

»Nein, zum Glück war ich vor einigen Wochen mit meinem Vater schon einmal hier oben, da haben wir einiges an Holz vorbereitet.« Er nimmt sich einen großen Korb und geht Richtung

Tür. »Ich bin gleich wieder da. Da vorn im Schrank sind ein paar Klamotten von mir. Nimm dir ruhig einen Pulli heraus, dann hast du etwas, was dich wärmt, bis das Feuer an ist.«

»Danke, Ben.«

Ich gehe zu dem Schrank, auf den Ben gezeigt hat, und öffne ihn. Ein dunkelblauer Strickpullover lächelt mich an. Bevor ich ihn überziehe, halte ich ihn fest an mein Gesicht gepresst und atme tief ein. Er riecht nach ihm. Nach seinem ganz besonderen Duft. Süßlich, trotzdem männlich. Während meine Nase seinen Geruch wahrnimmt, formt sich vor meinem geistigen Auge ein Bild von ihm. Ich seufze glücklich und ziehe den Pulli an. Er ist mir natürlich zu groß, aber er ist weich und mir wird sofort warm. Da fühle ich eine andere Art der Wärme, die meinen Rücken emporsteigt, sie holt mich ins Hier und Jetzt zurück. Ich drehe mich zur Quelle dieser Wärme um. Ich muss so in Gedanken gewesen sein, dass ich gar nicht gehört habe, dass Ben wieder da ist.

»Hey, du bist ja wieder da. Wie lange denn schon?«

»Schon ein bisschen, aber ich wollte dich nicht erschrecken. Du hast so verträumt und in Gedanken aus dem Fenster gesehen, da wollte ich dich nicht stören.«

Ich bin erleichtert, dass er anscheinend nicht mitbekommen hat, wie ich an seinem Pulli geschnüffelt habe.

»Das ist eine schöne Wärme.«

Ich gehe zu Ben hinüber, der am Feuer steht, das sich züngelnd und zischend das Holz sucht, um es zu verspeisen und uns damit zu wärmen.

»Hast du Hunger, Mayara?«

»Wie verrückt«, entgegne ich. »Aber wir haben ja leider nichts gefangen«, sage ich, nicht ohne ihn ein wenig necken zu wollen.

»Ja, ja, immer schön in der Wunde bohren.«

Ich lache. »Es tut mir leid. Was wollen wir denn dann essen?«

Er reicht mir die Hand. »Lass uns mal sehen, wir finden schon was.«

Wir gehen in die Küche und Ben öffnet einen großen Schrank neben der Tür.

»Okaaay«, sage ich gedehnt. »Da ist ja nicht gerade besonders viel drin.«

Ich sehe ein paar Dosen, die man an einer Hand abzählen kann. Davon drei Tomatendosen. Er nimmt die hintersten zwei heraus und sieht mich triumphierend an.

»Bohnen à la Ben! Glaub mir, das wird ein Genuss.«

»Das wird es bestimmt.«

Wir öffnen die beiden Dosen und schütten sie in einen kleinen Topf. Sobald die Tomatensoße blubbert, in der die Bohnen schwimmen, nimmt Ben sie von der Herdplatte und gibt sie liebevoll in die beiden tiefen Teller, die vor ihm stehen.

»Mhhh, das sieht aber köstlich aus.«

Ich lüge nicht. Mittlerweile könnte ich so einiges essen, Hauptsache, das drückende hohle Gefühl in meiner Magengegend lässt nach.

»Ben, darf ich dich fragen, ob es in deinem Leben eine Frau gibt?«

Erstaunt sieht er mich an und zieht seine Stirn kraus. »Denkst du, ich wäre dann hier bei dir? Meinst du wirklich, ich könnte so etwas tun?«

Ich lasse mich in die großen Kissen zurückfallen und starre an die Decke. »Du hast recht. Es tut mir leid. Ich weiß auch nicht, warum ich immer so schnell denke, dass Männer selbstsüchtig sind. Ich wollte dich wirklich nicht in so eine Schublade stecken.«

Irgendetwas in mir würde ihm gerne von Jo und den letzten Jahren erzählen. Ich habe das Gefühl, Ben zu hintergehen, wenn ich ihm diesen Teil meines Lebens verschweige. Was natürlich völliger Quatsch ist, aber vielleicht will ich mich selbst nicht betrügen.

»Worüber denkst du nach, Mayara? Hättest du lieber gehört, ich habe eine Freundin?« Sein Lachen wirkt unsicher, fast unbeholfen.

Ich drehe meinen Kopf zu ihm und sehe ihm direkt in die Augen. »Nein, das wollte ich natürlich nicht hören. Aber bei mir ist … oder vielmehr war … alles so kompliziert, bevor ich hierherkam.«

»Willst du darüber sprechen?«

Will ich darüber sprechen? »Eigentlich nicht unbedingt, aber ich finde, wir sollten.« Ich will auf keinen Fall den Zauber zerstören, der uns gerade umgibt, aber ich habe keine andere Wahl.

Er streicht mit seinem Finger eine Strähne aus meinem Gesicht, die sich wohl verirrt hat. »Du musst nicht, aber ich höre dir gerne zu, wenn du darüber sprechen möchtest.«

»Das weiß ich.«

Trotzdem fällt es mir schwer, einen Anfang zu finden. Er drängt mich nicht, mit dem Reden anzufangen, und lässt mir Zeit, meine Gedanken zu sortieren, was ich sehr zu schätzen weiß.

»Also, bevor ich hierherkam, war ich Single. Das schon mal vorweg.«

Puh, mir wird zunehmend warm. Es ist nicht nur, dass ich dabei bin, Ben zu erzählen, was zu Hause mit Jo und mir los war, es fühlt sich vielmehr an wie ein Geständnis an mich selbst. Ich kann ja selbst kaum begreifen, was es ist oder war. Ich ringe nach den richtigen Worten.

Ben streichelt sanft meinen Oberarm. Seine Berührung fühlt sich auf meiner Haut federzart an.

»Zumindest war ich offiziell Single, na ja, inoffiziell auch. Aber in meinem Herzen war ich es nicht.«

Ich bin mir nicht sicher, ob er versteht, was ich meine. Ich sehe ihn fragend an. Er nickt. Okay.

»Aber anscheinend habe nur ich so empfunden. Viele, viele Jahre lang. Jo, also Johann, so heißt er, hat das alles mit uns ganz anders gesehen. Das dachte ich zumindest bis zum Abflug. Aber er hat meiner besten Freundin, Sophia, einen Brief mitgegeben, in dem er mir erklärte, dass er mich liebt.«

So, es ist raus. Ich sehe Ben an und warte auf eine Reaktion.

»Und, wartet er zu Hause auf dich?«

An seinem Ton kann ich nicht erkennen, wie es ihm damit geht oder was er denkt. Seine Hand streichelt mich immer noch zärtlich im gleichen Rhythmus. Ich schließe die Augen und erzähle weiter.

»Ich weiß es nicht. Ich habe mich nicht mehr bei ihm gemeldet. Eigentlich hatte er vor, mit seiner neuen Freundin eine Weltreise anzutreten. In seinem Brief schrieb er davon, dass es zu spät ist.« Ich setze mich auf, um ihn auf Augenhöhe ansehen zu können. »Was ich sagen will, ist, dass ich glaube, mich in meinen Gefühlen zu Jo getäuscht zu haben. Es ist einfach so, dass ich nach so vielen Jahren ziemlich durcheinander bin. Ich weiß gar nicht mehr, was ich denken oder fühlen soll. Manchmal glaube ich, dass ich nur daran festhalten wollte, dass ich nur dachte, ich liebe ihn, weil es einfacher war, gewohnt. Hört sich das jetzt bescheuert an?«

Er schüttelt den Kopf und nimmt mich in den Arm. Nur kurz. »Nein, das hört sich überhaupt nicht bescheuert an. Es spricht für dich. So bist du eben. Du bist treu und loyal. Ich denke, wenn du jemandem dein Herz gibst, dann kompromisslos. Und wenn ich darüber nachdenke, welches Mädchen ich noch vor einigen Tagen auf den Stufen eines Altenheims kennengelernt habe, und welches nun hier vor mir sitzt, dann könnte man meinen, dass ich zwei verschiedene Frauen kennengelernt habe. Du strahlst jetzt so viel mehr Selbstsicherheit aus, Mayara, so etwas geschieht nicht von heute auf morgen. In deinem Inneren hast du dich verändert, aber schon lange, bevor du herkamst. Ich denke, du wolltest es nur nicht wahrhaben. Hast es einfach nicht zugelassen.«

Ich bin erstaunt. Was er da sagt, hört sich absolut richtig an. Könnte da vielleicht was dran sein? Er lässt mir wenig Zeit, darüber nachzudenken.

»Es kann sein, dass ich mich täusche, vielleicht sogar, dass du dich täuschst. Weißt du, ich glaube, man muss sich auf das Leben einlassen und darauf vertrauen, dass es das Beste für einen bereithält. Daran glaube ich.«

Ich würde gerne wissen, worüber er nun nachdenkt, er sieht ganz gedankenverloren an mir vorbei.

»Der Gedanke ist schön, Ben. Ich beneide dich um deine Art zu leben.«

Er lächelt mich wieder an. »Oh, glaube nicht, dass das schon immer so war. Auch ich musste lernen. Stell dir vor, ich wäre fast verheiratet gewesen. Louisa hat mich vor dem Altar stehen lassen. Ja, echt, Klischee pur! Damals war ich fest davon überzeugt, dass sich genau so das Sterben anfühlen muss.«

»Was? Ist das dein Ernst?«

»Ich sag ja, total Klischee. Fast wie im Fernsehen. Niemals hätte ich gedacht, dass jemandem so etwas wirklich passieren könnte, und am allerwenigsten mir. Und dabei habe ich sie wirklich geliebt.«

In seinen Augen kann ich sehen, dass er sich gerade in seinen Erinnerungen befindet. Und ich weiß, dass es dumm ist, aber ich will ihn sofort wiederhaben. Hier bei mir.

»Liebst du sie noch?«, frage ich zaghaft und habe Angst vor der Antwort.

»Nein. Es ist schon lange her, und ich bin froh, dass sie in meinen Augen das Richtige für uns beide getan hat. Wer weiß, wahrscheinlich wären wir heute beide todunglücklich.«

Ich bewundere ihn. Ich weiß nicht, ob ich über so eine Sache hinweggekommen wäre.

»Außerdem wäre ich dann jetzt nicht mit dir hier«, fügt er noch hinzu.

»Ah, da ist er wieder, der Mr Charming«, necke ich ihn.

»Nein, im Ernst, du bist hier bei mir und ich bin hier bei dir. Alles andere ist doch unwichtig.«

Ich schlucke und mein Herz schlägt auf der Stelle schneller. Ein angenehmer, warmer Schauer durchfährt mich. Die Dinge sind jetzt geklärt und das ist befreiend. Alle Ängste, jegliche Zweifel sind nun wie weggeschwemmt. Es gibt nur noch ihn und mich. Wir sind frei. Frei genug, um dies gemeinsam zu feiern. Heute Nacht.

Der volle Mond leuchtet hell, fast schon mystisch in unsere Hütte und verströmt sein Licht in einem silbernen Schimmer. Das Feuer, das nur noch zaghaft brennt, wärmt unsere Körper. Unsere Finger fahren zart über die nackte Haut des anderen. Erkunden einander neugierig. Ben zieht mich sanft zu sich, und ich spüre, wie es in meinem Bauch zu flattern beginnt, zart wie Pappeln im Wind. Während er mir immer näher kommt, schließe ich die Augen, und als unsere Lippen sich zu einem Kuss begegnen, ist nichts anderes mehr wichtig. Nur er und ich und der Mond, der über uns wacht. Der Kuss dauert endlos lange und während ich in seinen Armen liege, sehne ich mich schon wieder nach einer weiteren Unendlichkeit mit ihm. Ich drehe meinen Kopf zu seinem und spüre, dass es ihm genauso geht, denn er küsst mich erneut voller Leidenschaft. Ich erschauere unter der warmen Berührung seiner Zunge auf meiner Haut. Zwischen meinen Brüsten, liebkosend zart, meine Brustwarzen umspielend, wie der zarte Flügelschlag von Schmetterlingen über meinen Bauch, meine Scham neckend, um dann in entgegengesetzter Bahn wieder zurückzuwandern.

Um ganz langsam, kaum merklich, zart wie ein Windhauch, meinen Hals zu berühren. Ich fühle seinen Blick auf meinem Gesicht ruhen, öffne die Augen und spüre ganz deutlich, dass wir nicht nur einander ansehen, sondern tief in unsere Seelen blicken. Wir erkennen uns ineinander, und es ist ein Gefühl, wie ich es nie zuvor erlebt habe. Eine Verbundenheit, so klar, ohne offene Fragen. Als wären wir eine längst beschlossene Sache. Seine Berührungen verschmelzen mit mir, sind ein Teil meiner selbst. Und wieder suchen unsere Lippen einander, doch dieses Mal ist es anders. Ein Kuss, wahr und real. Ein Versprechen. In diesem Moment wird mir klar, was ich fühle. Liebe.

Ich kann meinen Blick nicht von unseren ineinander verschlungenen Körpern wenden und spüre die Lust in mir, unaufhaltsam. Ich schließe die Augen, während ich mein eigenes leises Stöhnen höre und wir uns endlich vereinen.

Verschwitzt liegen wir nebeneinander, immer noch schwer atmend, und kommen nur langsam wieder ins Hier und Jetzt, während wir verträumt an die Decke starren, als gebe es dort keine kahle Wand, sondern den schönsten Sternenhimmel zu sehen. Ben fährt mit seinen Fingerspitzen zärtlich über meine Hüfte, die mit einem leichten Zucken reagiert.

»Mayara, du bist wunderschön, ich …«

Ich lasse ihn nicht aussprechen und lege meinen Zeigefinger auf seine Lippen, den er sofort zärtlich liebkost. Ich möchte noch in diesem Augenblick verweilen. Hier in diesem Gefühl von Verbundenheit und Verständnis, ohne eine Silbe zu sprechen. Und er versteht mich. Unsere Körper finden einander ein zweites Mal und wir lassen uns fallen, noch einmal.

Verschlafen blicke ich um mich. Langsam, wie durch einen großen Wattebausch hindurch, formen sich in meinen Gedanken die Erinnerungen an die gestrige Nacht. Eine Mischung aus

Freude und Scham macht sich in mir breit. Meine Gedanken wandern zu Ben, aber wo ist er? Ich setze mich auf und strecke mich. Komisch, denke ich mir. Vielleicht ist er ja gerade auf der Toilette, versuche ich mir seine Abwesenheit zu erklären. Ich sammle meine Kleidung ein, die verteilt auf dem Boden liegt, und gehe zum Fenster. Mal sehen, was die Welt heute für uns bereithält. Nebel liegt schwer über dem mit Laub bedeckten Boden, doch durch die Baumwipfel sehe ich die Sonne, die durch die Wolken brechen möchte und einen schönen Tag verkündet. Mein Blick schweift nach rechts und da sehe ich ihn sitzen. Mit den Beinen baumelnd sitzt Ben am Steg und sieht auf das Wasser, das noch trüb und verschlafen vor ihm liegt. Ich will zu ihm. Obwohl er in meiner Nähe ist, vermisse ich ihn. Ich möchte ihn spüren, riechen und schmecken. Mein Unterbauch zieht sich beim Gedanken an den Geschmack seiner salzigen, verschwitzten Haut unter meinen Lippen lustvoll zusammen. Sofort will ich zu ihm. Ich beeile mich, meine Schuhe anzuziehen, und stürme aus dem Haus. Ich renne fast, bremse aber ab, bevor er mich bemerkt. Auf leisen Sohlen schleiche ich mich an ihn ran. Der Wind weht mir durchs Haar und lässt eine Gänsehaut auf meinen Armen entstehen. Der Wald versprüht einen würzigen, holzigen Duft. Bei Ben angekommen, lege ich meine Arme um seinen Hals. Er dreht seinen Kopf langsam zu mir und ich erwarte ein Lächeln. Aber er lächelt nicht.

»Entschuldige bitte. Ich wollte dich nicht stören.«

Seine Art verunsichert mich. Er sagt gar nichts. Habe ich etwas falsch gemacht? Ein Stich durchzieht meine Brust. Sein Körper reagiert nicht auf mich, er sitzt regungslos an diesem Steg. So wie das Wasser vor uns, trüb und bewegungslos. Ich blicke in seine Augen, doch das Fenster zu seiner Seele, das mir gestern noch offen stand, ist nun verschlossen. Er löst den Blick von mir. Das kann doch gar nicht sein, habe ich mir diese Leidenschaft und Zuneigung, diese Verbundenheit etwa nur eingebildet? Angst kriecht in mir hoch. Er kann mich doch nicht so sehr getäuscht haben, oder?

»Ben, was ist denn los?«, frage ich verunsichert. Ich verstehe das alles nicht.

Er stupst meine Arme von seinen Schultern und sieht mich nicht an. »Ich bin gleich da. Bitte lass mich noch eine Weile hier allein.«

Die Tonlage, in der er spricht, ist kühl und abweisend. Sein Blick irgendwie traurig. Ich kann es nicht ganz genau deuten. Wo ist denn der Ben, der mich die ganze Zeit begleitet hat? Wo ist der Mann von letzter Nacht? Der Mann, der voller Gefühl und Leidenschaft die Festung meines Herzens stürmte. Der mich zärtlich berührte. Nicht nur meinen Körper, auch meine Seele. Der Mann, in dessen Armen ich gestern noch lag. Es trifft mich wie ein Schlag. Ich wage nicht, ihn noch einmal anzusprechen, laufe rückwärts den Steg entlang und starre ihn ungläubig an. Ich versuche mich zu erinnern. Was ist denn passiert? Er macht mir Angst. Wer ist dieser Fremde, der hier am See sitzt? Ich renne zitternd ins Haus, suche meine Sachen zusammen und stopfe sie in meinen Rucksack. Ich kann im Moment nicht klar denken, Wut macht sich in mir breit. Der fahle Geschmack der Erinnerung wird in mir wach. Der Erinnerung an das Gefühl, ausgenutzt zu werden. An die Täuschung. Sie lacht mich hämisch aus. Wieder hat es mich erwischt. Anders kann ich mir das alles nicht erklären. Er hat mich getäuscht, ausgenutzt in einem schwachen Moment. Wie konnte ich so dumm sein und mich auf ihn einlassen? Ich packe mein letztes Teil in die Tasche und mache mich auf, die Hütte zu verlassen, da renne ich fast in Ben hinein. Ich lasse meine Tasche fallen und sein Blick weitet sich, als er in meine wütenden Augen blickt. Ich würde ihn am liebsten anbrüllen und ihn beschimpfen, doch meine andere Seite ringt um eine Antwort, sucht nach einer logischen Erklärung für sein Verhalten. Vielleicht geht es ihm ja nicht gut? Womöglich ist es ja irgendetwas, was ich wieder gut machen kann, und es hat gar nichts mit mir zu tun. Vielleicht kann ich das Lächeln wieder in sein Gesicht zaubern, die Wärme in seinen Augen erneut glänzen lassen. Aber kein Wort kommt über meine Lippen. Ich bin verzweifelt und es macht mich wütend.

»Es tut mir leid, Mayara. Bitte lass es dir erklären.«

»Das ist auch das Mindeste«, fauche ich ihn an.

Ich will nicht zickig reagieren, ich möchte wirklich in Ruhe hören, was er zu sagen hat. Aber die Erfahrung, die mich immer noch leise auslacht, ist gerade dabei, die Mauer um mein Herz, um meine Seele Stein für Stein wieder aufzubauen, sie wie gewohnt zu umhüllen.

»Wollen wir uns auf die Terrasse setzen?«

Ich zucke mit den Schultern. Es ist mir egal, wo wir sitzen. Ich folge ihm auf eine kleine Holzbank mit Blick in den geheimnisvollen Wald.

»Ich weiß gar nicht, wo ich anfangen soll.«

»Na ja, so viel Zeit ist zwischen gestern Nacht und heute Morgen ja nicht vergangen. Was bitteschön ist denn in der Zwischenzeit passiert?«

Verdammt, warum können meine Hände denn nicht aufhören zu zittern? Ich halte sie fest verschränkt auf meinem Schoß, auf keinen Fall soll er spüren, wie sehr er mich aus der Bahn wirft.

»Also, was ist los?«, fordere ich ihn erneut dazu auf, mich aufzuklären.

Er druckst ein wenig herum, und es ist ihm anzusehen, wie nervös er ist. Es ist eine Seite an Ben die ich die letzten Tage nicht kennengelernt habe, und die Situation lässt in mir ein Wechselbad der Gefühle aus Sorge und Wut entstehen.

»Mayara, bitte flipp nicht aus. Ich will dir vorweg sagen, dass es mir unendlich leidtut.«

Mein Kopf fährt Karussell. Hat er etwa doch eine andere? Hat er die Geschichte vom Sitzengelassenen am Altar vielleicht nur erfunden, um mich weichzuspülen?

»Ben, bitte! Jetzt sag endlich, was los ist!«

Er sieht auf den Boden, ich merke, dass er meinen Blick meidet.

»Es hatte einen anderen Grund, weshalb ich im Pflegeheim ausgeholfen habe.«

Ich verstehe nur Bahnhof. Was will er jetzt mit dem Pflegeheim? »Wie? Ich dachte, deine Oma lag da. Stimmt das nicht?« Wieso sollte er mich in dieser Sache belügen? Ich komme mir vor wie im falschen Film.

Wieder druckst er nervös herum. Er macht mich jetzt bald wahnsinnig.

»Doch, das stimmt schon. Das Pflegeheim ist das beste in der Umgebung, und dass unsere Verwandten beide dort lebten, war wirklich Zufall. Aber …«, er holt tief Luft, »… bevor dein Onkel starb, war ich kurz davor, das Geheimnis der Nuggets herauszufinden.«

»Der Nuggets? Du meinst mein Nugget?«

Nachdem er mich erstaunt ansieht, verfinstert sich seine Miene sofort und er schüttelt den Kopf.

»Nein, es gibt noch eins.«

Aus der Tasche seiner Baggyhose zieht er einen kleinen Stein hervor. Ein Nugget. Es sieht irgendwie lustig aus mit seiner seltsamen, sichelartigen Form.

»Wie, du hast auch eines? Wo hast du das denn her? Hast du meinen Onkel etwa bestohlen?«

Hastig schüttelt er den Kopf. »Nein, nein! Ich würde doch nie jemanden bestehlen. Deine Familie hat meine Familie bestohlen. Und dein Nugget gehört eigentlich uns. Aber darum geht es gar nicht.«

Wovon spricht er denn da? Mein Nugget gehört ihnen? Um was zum Teufel geht es hier eigentlich? Er scheint an meinem Gesichtsausdruck zu sehen, dass ich noch immer keinen blassen Schimmer habe, wovon er überhaupt spricht.

»Bitte lass es dir ganz von vorn erklären! Erinnere dich doch mal an die Geschichte, die dein Onkel uns vorgestern erzählt hat. Weißt du noch? Er sagte, deine Familie wurde von der Farm vertrieben, weil deine Oma Gold aus dem Familienbesitz gestohlen hatte. Aus *meinem* Familienbesitz, um genau zu sein.«

Jetzt fällt es mir wie Schuppen von den Augen. Das kann doch alles gar nicht wahr sein. »*Deiner* Familie gehört die Farm, auf der meine Familie gelebt hat? *Deine* Familie hat mit ihren Anschuldigungen meine Familie ihrer Existenz beraubt?« Ich bin fassungslos.

»Zu Recht, Mayara. Deine Oma hat uns bestohlen! Aber darum geht es jetzt …« Ich lasse ihn nicht aussprechen. Nur langsam kommt in meinem Gehirn an, was er versucht, mir zu erzählen.

»Und du? Was hattest du vor? Nach all den Jahren und all dem Leid meiner Familie noch weitere Schätze zu suchen? Ich kann es einfach nicht glauben! Du hast versucht, an meinen sterbenden Onkel ranzukommen, um Gold zu finden?«

Ich speie ihm die Worte förmlich entgegen. Allein schon bei dem Gedanken wird mir schlecht. Ich muss dringend weg von ihm. Ich stehe auf und gehe ein paar Schritte zurück. Und selbst jetzt fühle ich mich ihm noch zu nah. Ich ziehe einen Gedanken in Betracht, der mir das Herz bricht. Ich kann nur noch flüstern.

»Du hast die ganzen letzten Tage mit mir verbracht, um an das Gold ranzukommen, von dem du glaubst, es gehört dir?«

Ich muss es noch einmal hören, ich kann das alles nicht begreifen.

Er sieht mich mit verwässerten Augen an, was mich nur noch wütender macht. Dabei ist Wut gar nicht der richtige Ausdruck für das, was ich spüre. Ich bin verletzt. So sehr, dass es richtig wehtut und mir einen tiefen Stich versetzt.

»Bitte, Mayara, es tut mir leid und es ist nicht, wie du denkst. Aber lass es mich doch nur eine Minute erklären. Ich meine, vielleicht verstehst du dann, warum ich es dir nicht erzählen konnte …«

Ich unterbreche ihn. »Bitte sprich nicht weiter. Wir haben miteinander geschlafen, und du hast es nicht für nötig gehalten, mir zu berichten, dass du meine Geschichte bereits kanntest? Und nicht nur das. Du hast gesehen, wie ich gelitten habe. Bei Phil. All das hättest du mir ersparen können. Und was hattest du vor? Meine Taschen durchsuchen? Vielleicht noch mit nach Deutschland fliegen, um dort weiterzusuchen?«

Mein Flüstern geht in Schreien über und ich bebe vor Wut. Ich kann es nicht mehr zurückhalten. Der Schmerz, den ich fühle, ist nicht in Worte zu fassen.

»Nein, ich wollte es dir früher sagen, aber …«

»Aber was? Erst mal die Kleine flachlegen? War das dein grandioser Plan? Du bist das Widerlichste, was mir in meinem ganzen Leben jemals begegnet ist!«

Heiße Tränen rinnen über mein Gesicht. Ich kann hier nicht mehr bleiben. Ich schnappe mir meinen gepackten Rucksack und renne los. Renne durch den Wald in Richtung Straße. Ich will so weit weg von ihm, wie es nur geht, und ich will ihn nie wieder sehen.

Ich kann meine Beine nicht mehr spüren, aber die Bäume, die ich an mir vorbeiziehen sehe, bestätigen mir, dass ich mich vorwärtsbewege. Keinen klaren Gedanken kann ich fassen. Das einzige Wort, das sich ständig in meinem Kopf wiederholt, ist »Lauf! Lauf! Lauf!«, und genau das tue ich, bis ich bei der großen Bundesstraße ankomme. Erschöpfung überkommt mich. Ich bleibe stehen und stütze mich auf meinen Knien ab, den Rucksack lege ich erst einmal am Boden ab. Die frische Morgenluft macht sich in meinen Lungen breit und der Wind trocknet meinen Schweiß. Langsam normalisiert sich mein Atem, und das Karussell in meinem Kopf bewegt sich etwas langsamer. Er hat mich betrogen. Er wollte mich nie. Meine Gedanken formulieren das gerade Erlebte in Worte, die mein Herz nicht verstehen will. Was von alledem, was Ben und ich erlebt und besprochen haben, ist wahr? Gibt es irgendetwas, das an dem Ganzen echt ist? Meine Gedanken und Gefühle wandern unwillkürlich zu letzter Nacht. Bilder des Glücks drängen sich vor mein geistiges Auge. Ich will sie nicht sehen. Ich schüttle den Kopf, obwohl ich weiß, dass das nichts verändert. Die Erinnerung ist in mir eingebrannt, denn meine Gefühle waren echt und wahrhaftig. Wie konnte ich nur so naiv sein, schon wieder? Hätte ich nur auf mein erstes Gefühl gehört, mich nicht ablenken zu lassen. Und jetzt? Stehe ich mitten im Wald, meilenweit weg von meinem Apartment. Tausende Kilometer weg von meinem Zuhause, von Oma Awa, Sophia, Kimi und meinen Freunden. Mit jedem Schritt, den ich auf der Bundesstraße in Richtung nach Hause mache, nimmt Leere Raum in mir ein. Immerhin glaube ich, dass ich in die richtige Richtung gehe.

Ich weiß nicht, wie viel Zeit vergangen ist. Wie lange laufe ich schon diese Straße entlang und wie lange muss ich noch laufen? In diesem Wald, dem ich heute überhaupt nichts Schönes abgewinnen kann, habe ich keinen Empfang, um mich zumindest mit meinem Handy zu orientieren oder jemanden zu rufen, der mich hier abholen könnte. Wenn ich in den Himmel blicke, sehe ich die Sonne hoch am Horizont stehen. Sie glüht trotz Oktober erbarmungslos heiß auf mich herab. War ja klar, dass ich so voller Wut nicht mal einen Schluck Wasser mitgenommen habe. Vorhin wäre ich fast eingestiegen, als ein Fahrer mit seinem Pick-up neben mir hielt und mich fragte, ob er mich in den nächsten Ort mitnehmen solle. Aber augenblicklich machten sich Geschichten von überfallenen Frauen in mir breit, ich bin in dieser Hinsicht ein richtiger Angsthase. Dennoch bereue ich es mittlerweile. Ich habe mir den Mann nicht mal genauer angesehen. Vielleicht war er ja einfach nur nett. Mein Mund wird immer trockener und ich gäbe einiges für einen Schluck Wasser. Es müsste nicht einmal kühl sein. Hauptsache nass. Langsam bekomme ich es mit der Angst zu tun. Alleine zu Fuß nach Hause zu kommen, ist nahezu unmöglich. Und wenn ich es aus dem Wald nicht rausschaffe, bleiben da noch die wilden Tiere wie Wölfe und Bären. Schließlich bin ich hier nicht im Bayerischen Wald. Aber was hätte ich denn tun sollen? Bei Ben bleiben? Das war ganz sicher keine Option. Diese ganzen Gedanken bringen mich nicht weiter. Ich beschließe, beim nächsten Auto, das in meine Richtung fährt, den Daumen auszustrecken und zu trampen. Zum Glück dauert es nicht lange und ich höre das Brummen eines laufenden Motors auf mich zukommen. Kurz will ich noch zögern, doch dann siegt die Angst, hier festzustecken. Also strecke ich meinen Daumen hinaus. Whummm, das Auto fährt an mir vorbei. Ich sehe ihm noch hinterher, aber es hält nicht. Es kommt mir sogar so vor, als ob der Arsch noch extra Gas gegeben hätte. Toll, das hatte ich mir einfacher vorgestellt. Anscheinend bin ich hier nicht der einzige Angsthase, der sich vor Verbrechen fürchtet. Enttäuscht trotte ich weiter die Straße entlang und habe das Gefühl, dass mein Rucksack immer schwerer wird. Wer zur Hölle hat mir denn da heimlich Backsteine hineingesteckt? Okay, zweiter Versuch, denke ich mir, als ich wieder das vertraute Geräusch eines ankommenden Autos höre. Da ich einen kleinen Hügel hinabgelaufen bin und beim Blick zurück nach oben die Sonne blendet, erkenne ich das Auto nicht. Aber mein Herz hüpft höher, als ich höre, dass es langsamer wird, je näher es kommt. Offenbar will es anhalten. Ich freue mich so – und dann sehe ich es. Oh nein, es ist Ben! Wütend drehe ich mich um und laufe mit festem Schritt weiter, ohne ihn zu beachten.

»Bitte, Mayara, steig ein. Sei doch nicht albern! Du weißt genau, dass du es nicht schaffen kannst, allein nach Hause zu laufen. Und du willst doch hoffentlich nicht mit einem Wildfremden mitfahren!«

»Bist du etwa kein Wildfremder?«

Ich habe das Gefühl, dass meine Worte ihn getroffen haben. Er sieht mich traurig an. Aber sein Hundeblick zieht bei mir nicht mehr. Nicht nach all dem, was er getan hat.

»Ich weiß, dass du mich hasst, und ich weiß, dass ich selbst schuld bin. Ich weiß, dass ich das alles nicht so schnell und vor allem nicht mit einer Heimfahrt wiedergutmachen kann. Aber bitte lass mich dich wenigstens nach Hause bringen. Bitte!«

Sein Ton ist eindringlich, und während ich nach außen noch die Starke spiele, denke ich ernsthaft über sein Angebot nach. Ich weiß ja, dass er recht hat. Abrupt bleibe ich stehen und auch sein Auto steht. Ohne ein Wort mit ihm zu sprechen oder ihn nur anzublicken, öffne ich die Tür des SUV und steige ein. Die nächsten zwei Stunden werde ich aus dem Fenster blicken und sonst nichts, nehme ich mir fest vor.

Ich mache zu, lasse ihn nicht an mich ran nach allem, was er mir angetan hat.

»Mayara, bitte sprich mit mir. Schrei mich an oder schlag mich, wenn es dir dann besser geht, aber bitte schweige mich nicht weiter an.« Als er merkt, dass ich nicht nachgeben werde, spricht er weiter. »Okay, wenn du nicht mit mir sprechen willst, dann spreche ich eben mit dir. Ich weiß, dass du mich hörst.«

Ich verdrehe die Augen und fixiere konzentriert die Straße vor uns.

»Ich gebe zu, als ich dich das erste Mal gesehen und erfahren habe, dass du Henrie kennst, da habe ich daran gedacht, durch dich an das Gold zu kommen. Als ich von der Geschichte, also unserer Geschichte hörte, hielt ich sie erst für ein Märchen, welches man uns immer als Kinder erzählt hat. Aber dann, als meine Oma starb und ich deinen Onkel kennengelernt hatte, merkte ich, dass so viel mehr dahintersteckte. Mayara, ich dachte, unsere Familie hat ein Recht auf den Wert der Steine. Und mein Bruder und seine Familie brauchen das Geld gerade sehr. Deine Oma ist leider nicht die Einzige, die schwer krank ist. Meine Nichte, Helen ist es auch. Trotz aller Spenden der Gemeinde fehlt noch Geld, um sie behandeln zu können. Ach, verdammt. Ich wollte ihr mit den Nuggets helfen. Kannst du das überhaupt nicht verstehen?«

Auch wenn ich es nicht möchte und ich mir vorgenommen habe, ihn zu ignorieren, treffen mich seine Worte. Ich weiß einfach nicht, was ich ihm glauben soll. So richtig habe ich nicht verstanden, was er gerade sagte. Selbst wenn nur eine Silbe, die er gerade gesagt hat, stimmt, hätte er es mir erzählen sollen. Er tat es nicht. Die Wut und meine Traurigkeit haben so viel Raum eingenommen, dass es mir unmöglich scheint, auch nur eines seiner Worte zu verstehen. Ich umklammere mit aller Kraft den Griff der Autotür, um meine Emotionen hinauslassen zu können. Auf keinen Fall werde ich weinen, nicht vor ihm. Keine einzige meiner Tränen hat dieser Mistkerl verdient.

»Aber Mayara, das alles hat sich nach unserem ersten Abend geändert. Weißt du, nachdem ich dich nach Hause gebracht hatte, konnte ich die ganze Nacht nicht schlafen. Ich konnte an nichts anderes mehr als an dich denken. Du hast mich sofort verzaubert. Und als ich dich dann am nächsten Tag abgeholt habe und du ein wenig tollpatschig mit deinem Zeh in der Hand vor mir standst, da war es um mich geschehen. Mayara, ich wollte dir nie wehtun. Bitte glaub mir das. Und bitte glaub mir, dass mir klar ist, dass ich der größte Idiot bin, der auf dieser Erde wandelt. Ja, das weiß ich genau. Ich wusste einfach nicht, wie ich dir das alles erklären sollte. Wir kennen uns kaum, und all diese Gefühle … Ich wusste nicht, was richtig oder falsch war. Das Gold ist mir egal, aber du bist es nicht, das ist mir jetzt klar! Auf unserem gemeinsamen Abenteuer bist du der größte Schatz für mich gewesen.« Er atmet scharf ein. »Bitte rede mit mir!«

Ich antworte nicht. Ich zucke zusammen, als ich höre, dass er mit der flachen Hand auf das Lenkrad schlägt und ein wütendes »Verdammt« von sich gibt. Nicht einen Funken Mitleid empfinde ich für ihn. Auch wenn ich seinen Worten glauben möchte, mein Verstand rät mir ab. Die Enttäuschung sitzt zu tief, es war einfach zu viel.

Die letzte Stunde fahren wir wortlos nach Hamilton, und ich bin erleichtert, als ich feststelle, dass wir uns mehr und mehr der Zivilisation nähern. Bald werde ich in meinem Haus sein und dann werde ich ihn nie wiedersehen. Auch wenn ich es nicht möchte, hinterlässt dieser Gedanke einen Schmerz in meinem Innersten, wie ich ihn nie zuvor empfunden habe. Er fährt langsamer auf die Einfahrt des Hauses zu. Was er sagt, ist mehr ein Flüstern, und es trifft mich mitten ins Herz.

»Mayara, bitte glaub mir, in meinem ganzen Leben habe ich noch nie für jemanden so gefühlt wie für dich. Ich hoffe, du kannst mir verzeihen. Mayara, ich liebe dich und ich werde nicht aufgeben. Du bist alles, was ich will.«

Ich sehe ihn an und ich habe den Eindruck, den Schmerz in seinen Augen zu erkennen. Die sonst so funkelnden braunen Augen, die leuchtend in die Welt blickten, sind nun dunkel und trüb. Rot gerändert. Ich dachte immer, dass die drei Worte »Ich liebe dich« etwas Schönes seien. Worte, die glücklich machen. Aber wahrscheinlich muss ich akzeptieren, dass mir dies für mein Leben nicht bestimmt ist. In meinem Leben verursachen sie immer nur Chaos. Und Chaos kann ich einfach nicht gebrauchen. Ich schließe die Augen, atme tief ein, öffne die Autotür und laufe in mein Haus, ohne mich noch einmal umzusehen.

Wie angewurzelt stehe ich in meinen mir mittlerweile vertrauten Räumen. Auch wenn ich kaum hier war, für die letzten Tage ist es ein Ort der Ruhe, der mich wie ein schützendes Nest umgibt. Ich wage mich nicht zu bewegen, bis ich ihn wegfahren höre. Ich lausche den Geräuschen vor dem Haus. Es ist mucksmäuschenstill. Ich schiebe die dicken Gardinen, die noch zugezogen sind, zur Seite und blicke durch das Fenster. Er ist weg. Ben ist fort. Tiefe Trauer überfällt mich. Ich bin erschöpft, körperlich wie emotional. Es ist einfach alles zu viel. Ich fühle mich schmutzig, also gehe ich in das schöne Bad und pelle die Kleider von meinem Körper. Ich schäme mich und wieder frage ich mich, wie ich nur so naiv sein konnte. Wider meine Natur habe ich mich viel zu schnell auf ihn eingelassen. Ich hätte es besser wissen müssen. Ich stelle fest, dass ich ihn noch an mir rieche, und das macht mich traurig. Erst das Wasser, das über meinen Körper rauscht, lässt mich in eine andere Welt entfliehen. Ich setze mich in die Duschwanne und lasse das Wasser über meinen Kopf, meinen Rücken und meinen ganzen Körper hinunterlaufen, ohne meine normale Duschroutine durchzuführen. Einfach nur klares Wasser. Es soll mich befreien, mich besser fühlen lassen, aber diesmal tut es das nicht. Tief in mir drinnen weiß ich, ich will ihn gar nicht loswerden, ich will seinen Geruch an mir behalten. Es ist wieder passiert. Ich liebe einen Menschen und es soll einfach nicht sein. Warum immer ich? Warum kann es nicht einmal gut für mich laufen? Verdammt, verdammt, verdammt. Das salzige Wasser meiner Tränen mischt sich mit dem klaren Nass aus der Dusche und ich lasse sie raus, bis keine mehr da sind.

Eingewickelt in große, flauschige Handtücher weiß ich nun nicht, was ich mit mir anfangen soll. Diese Leere will nicht mehr von mir weichen, schlimmer noch, sie nimmt von Minute zu Minute mehr Raum in mir ein. Ich laufe planlos durch das kleine Zimmer, zu meiner Küchenzeile und hole mir einen Eistee aus dem Kühlschrank. Ich beschließe, meine E-Mails zu checken und Sophia zu schreiben, auch wenn ich ihr nicht berichten werde, was genau los war. Das kann ich einfach noch nicht. Ich begreife es ja selbst kaum. In meinem E-Mail-Postfach entdecke ich drei Mails. Eine von Sophia. Eine von Jo. Komischerweise berührt es mich nicht, seinen Namen im Posteingang zu lesen. Und eine von Kimi. Zuerst öffne ich Sophias und lese sie.

> *Hey, Maya,*
>
> *irgendwie hört man gar nichts mehr von dir. Aber ich gehe mal davon aus, dass es dir gut geht? Wie sagt man so schön? Wenn man nichts hört, kann man davon ausgehen, dass alles in Ordnung ist. Erst wenn man einen Anruf bekommt, könnte es anders aussehen. Also, ich hoffe, du hast da drüben eine schöne Zeit und bist mit deinen Forschungen weitergekommen. Hier ist alles wie immer. Na ja, fast. Eine Neuigkeit gibt es: Jo ist alleine auf Weltreise losgeflogen. Anna und er haben sich getrennt. Sie hat es relativ gefasst aufgenommen. Aber jetzt halt dich fest: Er hat ihr und allen anderen erzählt, dass er dich will. Ist das nicht krass? Maya, ich weiß, wahrscheinlich wird dich das völlig durcheinanderbringen, aber konzentrier du dich einfach erst mal auf deine Sache da*

drüben, okay? Na ja, auf jeden Fall kannst du dir ja vorstellen, was dementsprechend los ist. Sabine ist völlig aus dem Häuschen, sie kennt kaum ein anderes Thema mehr außer dir und Jo. Uns ist natürlich klar, dass sie sich das schon immer gedacht hat. Typisch Sabine halt. Tobi ist traurig, dass Anna in der Clique kaum mehr zu sehen ist. Die beiden haben sich gut verstanden. Vielmehr hat sie ihn verstanden, in seinen Augen. Ein Grund mehr, weshalb Sabine auf »deiner Seite« ist. Na ja, bei mir und Matthias ist alles beim Alten. Überhaupt glaube ich, dass kein Mensch ein aufregenderes Leben führt als du. Komisch, wer hätte das gedacht. Unser Stubenhocker! Süße, bitte melde dich bald bei mir! Ich vermisse dich so!

Deine Sophia

PS: Deinen Pflänzchen geht es gut. Allerdings, winterfest musst du den Balkon selbst machen. Da kenne ich mich nicht aus. Aber ich gehe davon aus, dass du ja bald wiederkommst?!

Das sind wahrlich Neuigkeiten, die mich das Drama hier kurz vergessen lassen. Jo hat sich zu mir bekannt. Ich muss die Stelle in der Mail gleich noch einmal lesen, weil ich es nicht glauben mag. Tatsächlich, da steht es. Und er ist allein geflogen. Oh Mann. Ich versuche, mich selbst zu analysieren, weil ich meine Gefühle hierzu nicht fassen kann. Es ist, als ob mir Sophia von jemand anderem erzählt hätte, als ob es hierbei nicht um mich ginge. Es rührt mich eher passiv. Macht nichts in mir. Ich wundere mich über mich selbst. Und mir wird klar, dass ich die Sache mit Jo hinter mir gelassen habe. Toll, nur um diese Geschichte gegen eine noch viel kompliziertere einzutauschen, schießt es mir sofort durch den Kopf. Über Sabine muss ich wirklich schmunzeln. Diese verrückte Nudel. Ich kann sie mir genau vorstellen, wie sie versucht, Infos über die Sache rauszubekommen. Ach, ich vermisse sie alle ganz schön. Ich beschließe, Sophia zu antworten.

> *Meine Süße,*
>
> *ich vermisse dich auch! Ich denke, ich werde bald zurückkommen. Die Sache hier ist ganz schön wild. Oma soll angeblich reiche Farmer bestohlen haben, weshalb ihre ganze Familie es danach nicht einfach hatte. Ich meine, du kennst sie. Kannst du dir das vorstellen? Ich ja überhaupt nicht. Das passt gar nicht zu ihr und ich bin gespannt, was sie dazu sagt, wenn ich wiederkomme. Ja, ansonsten ist es hier sehr schön. Die Natur würde dir gefallen und die Menschen würden dir einiges an Geschichten bieten. Irgendwie kann ich jetzt verstehen, warum du und Matthias so gerne unterwegs seid.*

Ich versuche, nicht an die schöne Wanderung gestern zu denken. Und erst recht nicht an Ben.

> *Ich glaube, die Sache mit Jo habe ich endgültig hinter mir. Wir sollten einfach nicht sein … Aber ich hoffe, er kann seine Reise in vollen Zügen genießen. Das gönne ich ihm wirklich und freue mich für ihn.*

Bei mir war also einiges los. Aber das würde ich dir am liebsten alles erzählen, wenn wir uns wiedersehen. Und das ist ganz bald. Ich melde mich spätestens, wenn ich wieder zu Hause bin.

Also, Süße, bis ganz, ganz bald

*Deine Maya :-**

Ich bin mir sicher, dass sie sich wundert, woher mein plötzlicher Sinneswandel bezüglich Jo auf einmal kommt. Ich wünschte, sie wäre bei mir, dann könnten wir uns beraten. So wie wir es immer tun, wenn sich wichtige oder auch weniger wichtige Dinge in unserem Leben ereignen. Meine liebe Sophia. Mit meinen Gedanken bin ich immer noch bei ihr, als ich die Mail von Kimi öffne.

Hey, Sis,

wie läuft es da drüben? Echt seltsam, die ganze Sache mit der Adresse. Bin ich froh, dass Oma Awa mich nicht damit beauftragt hat. Womit wir leider beim Anlass meiner Mail sind. Oma Awenasa geht es sehr schlecht. Die letzte Chemotherapie hat ihr stark zugesetzt und der Stationsarzt hat uns bei der letzten Visite gesagt, dass der Tumor wieder größer geworden ist und die Lymphknoten befallen sind. Sie haben Metastasen in den Knochen und in der Lunge gefunden. Es ist die Hölle auf Erden. Ich weiß gar nicht, wie ich damit umgehen soll. Am liebsten würde ich den ganzen Tag nur heulen, aber das kann ich Oma nicht antun. Es zerreißt mich, Maya.

Oma Awa scheint wie immer die Starke zu sein, aber sie baut von Tag zu Tag ab. Maya, es geht so verdammt schnell. Mir macht das alles so Angst. Du kennst mich, ich würde das nicht schreiben, wenn es nicht so wäre, aber ich brauche dich hier. Ich schaffe das alles einfach nicht allein. Ich bin völlig am Ende und dabei würde ich so gerne stark für sie sein. Ich habe so Angst um sie! Meinst du, du bist schon so weit, zurückzukommen? Ich denke, was immer du bisher rausgefunden hast oder auch nicht, Oma möchte bestimmt noch etwas Zeit mit dir verbringen. Sag mir bitte so schnell es geht Bescheid.

Ich hab dich lieb

Kimi

Was? Oh mein Gott, Oma! Nein, nicht so schnell, nicht jetzt! Ich kann keinen klaren Gedanken fassen. Wörter wie Tumor, Metastasen und Angst fliegen wie wild durch meinen Kopf. Ich zittere und sehe die Worte auf dem Bildschirm vor meinen Augen schwirren. Mir ist schwindlig. Würde ich nicht sitzen, hätte es mir sicher die Füße weggezogen. Und ich bin hier so weit weg von Kimi und von Oma und kann nicht für sie da sein. Verdammt, Oma, du hast doch versprochen, dass ich bei dir sein würde, wenn was sein sollte. Bitte verlass uns nicht! Wir brauchen dich. Bitte! Mir wird eng um die Brust. Mein Hals ist wie zugeschnürt. Ich bekomme nicht mehr richtig Luft, mein Atem geht völlig unkontrolliert. Panik überfällt mich und ich laufe zur Haustür, um nach draußen zu kommen und frische Luft zu schnappen. Ich muss meine Atmung unter Kontrolle kriegen, muss ruhiger atmen, das ist das Einzige, woran ich denken kann. Alles andere sind Gefühle, nicht fassbare Gefühle. Trauer ist eines der wenigen, die ich ohne lange nachzudenken sofort bestimmen kann. Denn ich kenne das Gefühl so genau, kann mich so gut daran erinnern. Der Tod meiner Eltern. Auch wenn alles schon so lange her ist, hat meine Seele die Erinnerung an den Schmerz tief in meinem Herzen gespeichert. Und jetzt, heute, wiederholt sich alles.

Auf der Veranda angekommen, kann ich mich gerade noch so auf die weiße Holzbank neben der Haustür setzen. Ich kann nicht atmen, ich kann nicht atmen. Wieder diese Panik.

»Mayara, Kind, was ist los mit Ihnen?«

Es dauert eine Weile, bis ich begreife, wem die Stimme gehört, die mich ängstlich, aber auch liebevoll anspricht. Es ist meine Vermieterin auf Zeit, die nervös neben mir steht. In ihren Augen lese ich echte Angst. Trauer und Angst sind ein gutes Paar, schießt es mir durch meine Gedanken. Oh Gott, ich bin völlig durchgeknallt, mahne ich mich selbst. Margie steht neben mir und sieht mich unruhig an.

»Soll ich einen Arzt holen? Haben Sie Asthma? Mayara?«

Japsend winke ich ab und versuche mich darauf zu konzentrieren, tief Luft zu holen, um meine Lunge damit zu füttern. Trotzdem, allein ihre Anwesenheit beruhigt mich schon. Langsam, aber stetig finde ich wieder zu einem regelmäßigen Atem und mein Puls wird ruhiger. Ich starre sie an, unfähig, ein Wort herauszubringen.

»Geht es Ihnen wieder besser?«

Ich nicke.

»Bleiben Sie hier sitzen, ich bin gleich wieder da.«

Ich weiß nicht, wie lange sie weg war. Alles um mich herum ist unwirklich. Es könnte auch ein Traum sein. Waren es Sekunden oder Stunden? Ich bin mir nicht sicher, aber sie steht wieder neben mir. In der einen Hand hält sie zwei kleine Pillen.

Sie sind rosa und sehen sogar ein wenig appetitlich aus, sie haben was von kleinen Mentos. Mit der anderen Hand reicht sie mir ein großes Glas Wasser.

»Nehmen Sie ruhig. Ist rein pflanzlich, meine Liebe.«

Ich nehme die Pillen und spüle sie mit einem großen Schluck Wasser hinunter.

»Möchten Sie darüber reden?«

Ich sehe Margie in ihre besorgten großen Augen und fange an. Ganz von vorn. Sie sitzt neben mir und lauscht jedem meiner Worte.

»Wissen Sie, nachdem meine Eltern verstorben waren, war Oma immer und jederzeit für uns da. Sie hat in allem ihr Bestes gegeben und teilweise nachts gearbeitet, um uns durchzubringen. Trotz allem hat sie versucht, uns eine glückliche Kindheit zu schenken, und sich selbst für uns aufgegeben.« Ich kann nicht anders und schluchze, als ich weiterspreche. »Und jetzt, da sie mich am dringendsten braucht, kann ich nicht bei ihr sein.«

Margie sieht mich sichtlich gerührt an. »Hm, soweit ich verstanden habe, haben Sie ja hier alles erledigt, was es zu erledigen gab. Ich denke, Sie haben die Antworten, nach denen Sie gesucht haben, und mehr noch, sogar einen Teil Ihrer Familie gefunden, mit der Sie Frieden geschlossen haben. Was hält Sie noch? Ich meine, Sie können einfach einen Flug buchen. Sicher fliegt die nächsten Tage eine Fluggesellschaft nach Deutschland.«

Ben! Ob ich will oder nicht, sein Name ist das Erste, was mir in den Sinn kommt. Von der Geschichte mit Ben habe ich Margie nichts erzählt und es ist auch völlig unwichtig.

»Sie haben recht.«

Mit dem Taschentuch, das mir Margie reicht, trockne ich meine Tränen und putze mir dann die Nase. Gleich morgen werde ich einen Flug buchen.

»Margie, ich danke Ihnen für alles! Sie waren die ganze Zeit so nett und wären Sie nicht da, dann wüsste ich nicht, was aus mir geworden wäre. Danke.«

Margie hat wirklich recht. Es gibt nichts, was mich hier noch hält. Es wird Zeit, meine Reise zu beenden und das zu tun, was wichtiger ist. Für Oma da zu sein. Ich werde Margie nie vergessen. Vorhin hat sie mir noch Eintopf vorbeigebracht. Sollte es mich jemals wieder nach North Carolina verschlagen, werde ich wieder hier sein, da bin ich mir sicher.

Jos Mail habe ich völlig vergessen, als ich mich durch die Angebote der Fluggesellschaften scrolle. Gleich für den nächsten Morgen finde ich einen Flug nach Hause. So kurzfristig zwar keinen Direktflug, aber immerhin. Also, noch ein paar Stunden und ich bin wieder in der Luft. Gerade kann ich mir das noch gar nicht vorstellen. Ich hole mein Smartphone, das die letzten Tage nur arbeitslos herumlag, aus meiner Tasche. Zwei Anrufe in Abwesenheit und eine Nachricht von Ben. *Ben.* Sein Name leuchtet mir auf dem Display entgegen und ich spüre sofort eine grausame Mischung aus Schmerz, Beklommenheit und Trauer. Es war zu schön, um wahr zu sein, ich hätte mir denken können, dass alles so kommt. Hin- und hergerissen entscheide ich mich, die Nachricht zu öffnen.

> *Mayara, bitte lass uns noch einmal über alles sprechen. Gib mir noch eine Chance! Ich kann dich nicht gehen lassen, nicht so und nicht nach all dem.*

Nach all dem? Was genau meint er damit, frage ich mich? Nachdem er mich belogen hat? Nachdem er mich ausgenutzt hat? Ich spüre Verbitterung in mir und werfe das Handy wütend auf das Bett. Voller Zorn hebe ich es wieder auf und schreibe:

Ben, es ist zu spät. Morgen geht mein Flieger nach Hause. Vergiss mich, wie ich dich vergessen werde.

Mayara

Am liebsten würde ich mich in meine Kissen werfen und weinen, aber ich muss mich zusammenreißen. Viel Zeit habe ich nicht mehr. Ich muss noch alles zusammenpacken und die Wohnung aufräumen. Und ein wenig schlafen möchte ich vor der langen Reise, diesmal mit Zwischenlandung, auch noch. Während ich nervös meine Sachen zusammenpacke, erwische ich mich immer wieder, wie ich auf das Telefon blicke. Nichts! Keine Nachricht von Ben. Worauf hatte ich auch gehofft? Das war doch klar.

Erst denke ich, ich habe es mir nur eingebildet, als ich am Flughafen meinen Namen höre. Ich bin gerade damit beschäftigt, meine Sachen wieder zusammenzusuchen, die ich in diese grauen Boxen legen musste, und in meine bequemen Turnschuhe zu steigen, als mich ein geschäftiger Typ im schicken Anzug, ganz businessmäßig, nervös, fast schon ungeduldig anblickt. Vermutlich bin ich ihm im Weg. Der muss jetzt warten, denke ich trotzig.

Da höre ich es wieder. Meine Sinne haben mich doch nicht getäuscht. Er steht da, hinter den Gates, gerade noch in Sichtweite, und ruft meinen Namen noch einmal. Mittlerweile sehen ihn auch alle anderen an der Passkontrolle Wartenden an. Ben, was machst du denn hier, denke ich mir. Ben versucht, an den Kontrollen vorbeizukommen. Ich sehe, wie er die Securitys mit Bitten und Flehen zu besänftigen versucht. Aber sie geben ihm keine Chance. Und ich kann mich nicht vom Fleck bewegen, sondern bin wie Lots Frau zur Salzsäule erstarrt. Dann der Aufruf meiner Flugnummer, und anders als Lots Frau entscheide ich mich dazu, das Richtige zu tun. Ich werde mich nicht mehr umdrehen. Ein letztes Mal blicke ich ihm tief in die Augen. Es ist zu spät. Ich gehe los. Es ist so schwer, nicht zurückzublicken, ich muss mich regelrecht zwingen. Warum kann er mich nicht einfach in Frieden lassen? Hat er mich denn nicht genug verletzt? Wie ferngesteuert setze ich einen Fuß vor den anderen, weg von ihm. Es ist, als wäre ich nicht vollständig. Ein Teil von mir bleibt hier.

Er war da, er war am Flughafen. Ich verstehe nicht, was er sich dabei gedacht hat. Dachte er, ich würde meinen Flug stornieren, wie in so einem albernen, kitschigen Liebesfilm? Ein Teil in mir will ihm ja vergeben, diesen Teil zieht es in seine Arme, aber die Vernunft belehrt mich eines Besseren und warnt mich davor, wieder verletzt zu werden. Ich würde ihm ja gerne glauben, aber es ist für mich einfach nicht nachzuvollziehen, weshalb er mir nicht die Wahrheit gesagt hat. Den Vertrauensvorschuss, den er von mir erhalten hat, hat er schamlos ausgenutzt. Wie könnte ich ihm das jemals vergeben, geschweige denn ihm vertrauen? Wer sagt mir denn, dass er nicht wieder hinter Schmuckstücken aus unserem Familienbesitz her ist? Ich kann nicht mehr klar denken und beende das Chaos in meinem Kopf damit, mir zuzureden, dass wir bald meilenweit voneinander entfernt sein werden und dass es niemals eine reelle Chance geben wird oder gegeben hat. Je schneller ich mich damit abfinde, desto leichter wird es für mich, beschließe ich.

Nachdem mir der Hinflug mit Clifton jede Angst vor dem Fliegen genommen hat und ich auf dem Rückflug einen Doppelsitz allein für mich habe, habe ich Platz genug zum Schlafen. Den restlichen Flug lenke ich mich mit Lesen und Filme sehen ab. Ich tue alles, um Ben und die letzten Tage, die sich für mich wie Wochen anfühlen, hinter mir zu lassen. Es ist die Zukunft, die zählt.

Kapitel 9

Das letzte Aufbäumen

Es ist, als fiele eine dicke, schwere Last von meinen Schultern, als ich meine Wohnung betrete. Alles ist mir so vertraut und dann doch wieder fremd. Diese Reise hat mehr mit mir gemacht, als ich für möglich gehalten hatte. Ich öffne meine Balkontür und lasse frische Luft in mein Wohnzimmer. Klar, alles, was hier steht, gehört mir, aber diejenige, die die Dinge hier hingestellt und dekoriert hat, war eine andere. Ich habe Angst vor mir selbst, Angst vor dem Alltag, der mich bald wieder einholen wird.

Wird mich jemand verstehen können? Ich meine, es war ja keiner dabei und ich kann es selbst nicht mal in Worte fassen, was mich dermaßen verändert hat. Zum einen habe ich gelernt, meilenweit entfernt von zu Hause allein zurechtzukommen. Ich habe endlich mit Jo abschließen können und mich getraut, mich wieder zu verlieben. Der Gedanke an Ben versetzt mir einen Stich und ich schiebe ihn schnell wieder zur Seite. Außerdem habe ich gelernt, die Natur wieder anders wahrzunehmen. Und ich liebe Amerika so sehr. Die Weite und die Freiheit. Ich verstehe meine Urvorfahren mehr denn je. Wer würde auch so einen wunderschönen Platz der Erde freiwillig aufgeben? Die Menschen sind offen und freundlich. Zumindest die, die ich kennengelernt habe, waren alles andere als oberflächlich. Ich spüre diese enge Verbundenheit mit diesem großartigen Land. Es fällt mir schwer, so etwas zu meinem eigentlichen Zuhause wieder aufzubauen. Ich glaube, dass meine Freunde mich nicht wiedererkennen werden, und ehrlich gesagt habe ich Angst, sie alle zu sehen. Allein schon wegen der Sache mit Jo. Ich möchte nicht darüber sprechen. Also beschließe ich, vorerst niemandem von meiner Rückkehr zu erzählen und mich erst einmal um Oma und Kimi zu kümmern.

»Hey, Kimi hat gar nicht erzählt, dass du wieder da bist.«

Oma sieht mich argwöhnisch an und ich bin schockiert. Sie hat unheimlich abgenommen. Nach nur so kurzer Zeit sieht sie aus wie Haut und Knochen. Sie trägt ein Kopftuch und ich wage nicht zu vermuten, dass sich unter diesem Tuch kein einziges Haar mehr befindet.

»Oma, ich hätte niemals fliegen dürfen. Es tut mir so leid.«

»Aber was ist denn? Sehe ich so schrecklich aus?«, versucht sie zu scherzen.

»Oma, wo ist Kimi?«

»Hach, sie ist einkaufen. Sie meint, sie will es mit Zwieback versuchen. Alles andere will nicht so recht in meinem Körper bleiben.«

Ich schlucke. »Was? Wieso denn?«

»Na ja, wegen der doofen Chemotherapie. Aber das hat jetzt ein Ende. Ich mach da einfach nicht mehr mit. Glaub mir, bald wird es mir wieder besser gehen.«

Ich bin mir nicht sicher, ob sie weiß, wie es um sie steht. Ich traue mich nicht zu fragen.

»Schau doch nicht so traurig. Ich bin doch hier! Erzähl mir lieber von deiner Reise und was du rausfinden konntest.«

»Bist du dir da sicher, Oma?«

»Natürlich bin ich mir da sicher.« Ihr Blick wirkt müde und trüb und ihre Stimme ist verändert. Ganz rau. »Komm her, nimm dir meinen Stuhl und setz dich zu mir.«

Ich blicke auf den schönen Schaukelstuhl und die Bilder der Erinnerung kommen in mir hoch. Mittlerweile hat sie in ihrem Wohnzimmer ein Pflegebett am Fenster stehen. Fast direkt neben dem Stuhl. Ich schiebe den schweren Stuhl, der sich mir sperrig verweigern will, mit Mühe ganz dicht ans Bett.

»Gut, dass du noch wusstest, wo der Zweitschlüssel versteckt ist. Wie du siehst, war es keine böse Absicht, dass ich auf dein Klingeln nicht reagiert habe.«

Ihre Augen wandern die Bettdecke entlang, und wenn sie könnte, würde sie noch mehr von sich erzählen. Aber sie ist so schwach.

Ich spreche sie nicht darauf an. Stattdessen nicke ich nur und versuche sie nicht anzustarren. Meine Gedanken lassen sich jedoch nicht so leicht vertreiben wie mein Blick. Was ich sehe, ist einfach zu schrecklich, Kimi hat leider nicht übertrieben. Es zerreißt mich fast, aber ich bleibe stark. Für Oma.

»Jetzt mach es nicht so spannend! Also, was hast du herausgefunden?«

Ich bin mir nicht sicher, ob ich ihr wirklich von allem erzählen will. Es sind ja nicht gerade gute Neuigkeiten.

»Meine Güte, Mayara, wir haben doch nicht ewig Zeit!«

Sie versucht zu lachen und ich finde den Witz, den sie reißen wollte, gar nicht lustig. Ich spüre, wie meine Augen wässrig werden, und versuche die Tränen, die in meinen Augen entstehen wollen, wegzuzwinkern.

»Es tut mir leid, Mayara. Ich wollte nicht pietätlos sein.«

Ich räuspere mich. »Oma, dein Bruder Henrie ist leider vor ein paar Wochen in diesem Pflegeheim gestorben.«

Ich warte einen Moment. Ich will Oma Zeit lassen, über das Gesagte nachzudenken. Sie sieht gedankenverloren aus dem Fenster.

»Hatte er es schön dort, in diesem Pflegeheim? Gab es wenigstens einen Menschen, der ihn geliebt hat?«

»Ja, Oma. Und er hatte Freunde.«

»Das ist gut«, sagt sie leise, in ihre Gedanken versunken.

Ich erzähle weiter. »Seine Sachen haben wir aber noch bekommen.« Ich hole das Tagebuch aus meinem Rucksack und zeige es ihr.

»Ist das ein Tagebuch?«

»Ja, es hat uns ins Reservat geführt. Phil lebt dort mit seiner Frau. Er ist Alkoholiker und es geht ihm nicht besonders gut. Er wird bald eine Therapie beginnen.«

Sie nickt kaum merklich. »Ich dachte mir schon, dass es so kommen würde«, stellt sie traurig fest.

»Ja, er war nicht direkt begeistert von meinem Besuch. Er sagte, du würdest mich nur schicken, um deinen ganzen Mist wiedergutzumachen. Dann hat er uns rausgeschmissen.«

Oma runzelt die Stirn. »Mein Liebes, du sagst immer *wir*. Wen meinst du denn mit *wir*?«

Oh nein, da habe ich jetzt nicht aufgepasst, darüber will ich mit ihr gerade wirklich nicht sprechen. »Ach, niemand Besonderes, ich hab jemanden kennengelernt, der mir bei der Sache geholfen hat.«

»Aha«, ist alles, was sie sagt.

Sie nimmt zitternd einen Schluck Wasser und sieht mich eindringlich an. Ich meide ihren Blick. Sie atmet schwer.

»Oma, ist alles in Ordnung?«

»Ja, ja, es geht schon, es geht schon. Hat mein Bruder sonst noch irgendetwas erzählt?«, greift sie das Gespräch wieder auf.

»Nein, leider nicht. Er sagte, ich soll dich selber fragen. Aber seine Frau hat mir dann die Nummer von Bert zugesteckt.«

Ich bilde mir ein, dass sich ihr Gesicht aufhellt. Ich beschließe, nicht weiter um den heißen Brei herumzureden.

»Oma, er sagte, dass du die Familie, bei der deine Eltern gearbeitet haben, bestohlen haben sollst.«

Ich wage es nicht, sie direkt anzusehen.

»Und, glaubst du das?«

»Nein, natürlich nicht. Ich habe ihm gesagt, dass das nicht sein kann. Aber sie sind trotzdem fest davon überzeugt. Sie sagten, dass unsere Familie nie vermögend war, und woher hättest du das Gold sonst haben sollen?«

»Das erzähle ich dir gleich. Ist sonst noch was passiert?«

Ich bin überrascht, dass sie mich das fragt. Als ob das alles nicht schon genug wäre.

»Nein, warum fragst du?«

Ihr Blick macht mir Sorge, sie sieht enttäuscht aus.

»Okay, dann werde ich dir jetzt meine Wahrheit erzählen: Als ich zwölf Jahre alt war, bekam ich von meinem Vater und meiner Mutter zwei Steine. Genauer gesagt, zwei Goldnuggets. Eines ist rund wie die Sonne, das andere ist sichelförmig wie der Mond. Wenn man sie aneinanderlegt, passen sie wie füreinander geschaffen zueinander. Vor langer, langer Zeit hat sie einer deiner Vorfahren gefunden. Er hatte in der Nacht, in der er das Gold fand, einen intensiven Traum. Er sah sich mit einer Frau, damals noch ein Mädchen, das er heimlich liebte. In seinem Traum hatten die beiden bereits Kinder und er gab den Stein dem ältesten seiner Kinder an seinem zwölften Geburtstag weiter. Die Steine prophezeiten eine glückliche Liebe. Und so waren alle Ehen, die seither geschlossen wurden, stets sehr harmonisch. Ich nahm die Steine ehrfurchtsvoll an. Mein Vater sagte mir, dass es ein großes Geheimnis sei, das niemals jemand erfahren dürfe. Und als ich die beiden Steine in meinen Händen hielt, konnte ich die Macht spüren, die von ihnen ausging.

Einige Jahre später verliebte ich mich Hals über Kopf in Sebastian. Aber es war nicht einfach. Er war der Sohn des Farmers, bei dem meine Eltern arbeiteten. Du musst wissen, das war damals nicht gerne gesehen, wenn sich wohlhabende weiße Männer mit Farbigen oder Indianerinnen vermählten. Und leider war seine Familie sehr konservativ. Eigentlich war es hoffnungslos, aber ich wusste, wenn uns irgendetwas helfen konnte, dann nur die Steine. Daran glaubte ich fest.

Als wir uns dann eines Abends an unserem geheimen Treffpunkt auf dem Hügel hinter dem Haus trafen, gab ich ihm den Mond. Er wusste nicht, was er damit anfangen sollte, aber ich versprach ihm, dass er es bald merken würde. Da waren die zwei Steine das erste Mal voneinander getrennt.«

Es dauert einige Momente, bis mein Gehirn realisiert, was Oma Awenasa da gerade erzählt hat. Das ist doch unmöglich … Ben hat den sichelförmigen Stein … Das gibt es doch gar nicht! Ich versuche, die Fassung zu bewahren, mir nichts anmerken zu lassen, doch das ist bei Oma gar nicht so einfach. Aber ich muss ihre Geschichte erst einmal zu Ende hören und will sie nicht durcheinanderbringen.

Oma Awa ist mit ihren Gedanken ganz woanders und merkt zum Glück nicht, wie es in mir aussieht. Ein Blick in ihr Gesicht zeigt mir, dass sie sich gerade an einem anderen Ort zu einer anderen Zeit befindet. Ich möchte, dass sie mich dorthin mitnimmt, will wissen, wie ihre Geschichte weiterging.

»Und was geschah dann, Oma?«

Sie räuspert sich. »Anscheinend wurden wir beobachtet, als ich ihm den Stein gab, anders kann ich es mir jedenfalls nicht erklären. Denn am nächsten Tag wussten seine Eltern von dem Gold und bezichtigten mich des Diebstahls. Sie sagten, dass dank ihres Sohnes, meines geliebten Sebastian, herausgekommen sei, dass ich eine Diebin sei. Sie durchsuchten unsere kleine Hütte, konnten den Sonnenstein aber nicht finden.

Dennoch vertrieben sie uns vom Hof und meine Eltern bekamen nirgendwo mehr eine Anstellung. Ich habe mit ihnen nie über den Vorfall gesprochen. Meine Brüder hassten mich für den Diebstahl, den ich nie begangen hatte. Ich habe mich oft gefragt, warum meine Eltern damals nichts gesagt haben, aber die Prophezeiung war ihnen heilig, es durften nur die Erstgeborenen davon wissen.«

Ich bin mir nicht sicher, ob ich alles, was sie erzählt hat, richtig verstanden habe. So viele Fragen schwirren mir durch den Kopf. Ich versuche, mich auf Omas Geschichte zu konzentrieren, obwohl meine Gedanken sofort wieder zu Ben springen. Zu unserer Geschichte, die offenbar eng mit Omas verwoben ist.

»Oma Awa, warum hast *du* denn nie jemandem erzählt, wie es wirklich war?«

»Kind, bis zum Tod meines geliebten Sebastian habe ich fest daran geglaubt, dass die Steine ihren Sinn ergeben werden. Ich war sicher, sie würden alles so richten, wie es sein sollte, verstehst du? Doch mit ihm starb all meine Hoffnung. Am Tag, als er mich endgültig verließ. Jahre später, nachdem er mich damals verlassen hatte.«

Ich sehe sie traurig an.

»Weißt du, anscheinend habe ich alles komplett falsch gemacht, indem ich die zweite Hälfte weggegeben habe. Ja, meine Familie ist bis heute wütend auf mich, aber glaube mir, sie wäre es noch mehr, wenn sie erfahren würde, dass ich die Tradition gebrochen habe, die schon so unendlich lang bestanden hatte.«

»Ach, ich weiß nicht. Deine Familie hatte es seitdem nicht einfach. Vielleicht hätte sie das alles gar nicht so ernst genommen.«

»Hm, mag sein, vielleicht hast du ja recht. Sie hätten es alle wahrscheinlich gar nicht so ernst genommen wie ich. Sie waren ja bei der Zeremonie nicht dabei, als ich unserem Vater hoch und heilig versprochen habe, die Tradition zu ehren. Vielleicht klingt das in deinen Ohren jetzt egoistisch, und sicher hältst du mich wieder für übertrieben abergläubisch, aber es war so viel mehr. Es war meinen Eltern wichtig. Die Tradition bestand schon viele, viele Jahrzehnte über mehrere Generationen hinweg. Verstehst du, Mayara? Ich habe es versprochen!«

Ihre eindringlichen Worte, die sie mit letzter Kraft, fast schon atemlos herausbringt, bevor ihr Oberkörper müde in sich zusammensackt, machen deutlich, wie wichtig es ihr ist, dass ich sie verstehe. Dass ich die Bedeutung und die Beweggründe hinter ihrer Lüge oder vielmehr ihrer Verschwiegenheit über all die Jahre verstehe.

»Okay, ich verstehe.«

Ich überlege, was ich nun machen soll. Ich kann ja nicht ignorieren, dass es wohl eine Möglichkeit gäbe, ihr den Frieden zu geben, den sie so sehr braucht. Es *muss* eine Lösung geben. Ben hat den zweiten Stein und er fühlt sich bestätigt, dass unsere Familie einst die Steine gestohlen hat. Wichtig ist es ihm seinen Worten zufolge nicht, aber ich glaube trotzdem, dass auch er die Wahrheit verdient hat. Ich beschließe, ihm zu schreiben und ihm alles zu erzählen. Tief in meinem Inneren hoffe ich, dass er mir dann den Mondstein schickt. Darum bitten könnte ich ihn niemals, das würde mein Stolz nicht zulassen, aber vielleicht gibt er ihn mir ja von sich aus, wenn ich ihm erkläre, wie alles wirklich war. Oma sage ich besser erst einmal noch gar nicht, dass ich weiß, wo der Mondstein ist, ich will sie ja auf keinen Fall aufregen. Ob Ben mir glauben wird? Vielleicht gibt es ja doch einen Beweis? Irgendeinen Anhaltspunkt, der Ben klarmacht, dass der Stein zu *uns* gehört, in *unsere* Familie.

»Oma, hast du irgendetwas, das beweist, dass der Mondstein unserer Familie gehört, dass wir schon immer Gold besaßen?

Wie sollen wir denn sonst deinen Brüdern beweisen, dass alles ganz anders war?«

Es tut mir in der Seele weh, mit anzusehen, dass Oma Awenasa nur noch im Bett liegen kann. Ich beobachte, wie sie müde ihre Augen öffnet und überlegt, bis sie schließlich sagt: »Kindchen, geh zu meinem Schrank. Ganz oben habe ich ein Kästchen mit Erinnerungen weit nach hinten geschoben. Bitte hol das. Ich will dir nichts versprechen, aber ich glaube, es gibt eine Möglichkeit.«

Also gehe ich in ihr Schlafzimmer, nehme mir einen Stuhl und klettere hinauf, um das Kästchen zu finden. Ah, da ist es ja. Der Staub, der mir entgegenfliegt, als ich es herunternehmen will, kitzelt mir in der Nase und lässt mich niesen. Für einen kurzen Moment verliere ich das Gleichgewicht, aber mit rasendem Puls fange ich mich wieder und steige vorsichtig mit dem Kästchen unter dem Arm vom Stuhl hinab. Am liebsten würde ich sofort den Deckel abnehmen, um reinzusehen. Doch das werde ich Oma überlassen, beschließe ich. Es sind ihre Erinnerungen, es ist ihr Kästchen. Sie hat das Vorrecht.

»Ah, du hast es gefunden.«

Ihr Gesicht erhellt sich, als sie das Kästchen sieht. Es ist alt und aus Holz. Schöne Schnörkel, die sich im Holz absetzen, verzieren sie mit hübschen Ornamenten. Ich habe es bisher noch nie gesehen, doch als ich ins Wohnzimmer gehe, den Staub davon abwische und es trage, als seien es rohe Eier, da spüre ich, dass das Kästchen allein schon ein Schatz für sich ist.

Oma stützt sich in ihrem Bett auf und beginnt sich mit Mühe darin hochzuziehen. Sofort versuche ich sie dabei zu unterstützen. Sie ist davon so erledigt, dass sie einen Schluck Wasser braucht und schwer durchatmet. Mit zitternden Fingern öffnet sie das Kästchen, das knarzend nachgibt. Die Atmosphäre beeindruckt mich. Ein Knistern liegt in der Luft. Oma hat nicht viele Reichtümer, und ich habe das Gefühl, dass sie gerade das

Wertvollste in der Hand hält, was sie auf dieser Erde besitzt. Ihre Welt in diesem Holzkästchen.

Ich sehe getrocknete Blüten in dunklem Rot und viele alte und auch neuere Bilder. Weit oben entdecke ich eines, auf dem Kimi und ich mit unseren Eltern abgebildet sind. Wenn ich auf all diese Erinnerungen blicke, kann ich nur erahnen, welche Verluste Oma in ihrem Leben durchlitten haben muss. So viel Schmerz. Ich verdränge den traurigen Gedanken. Er stimmt mich depressiv und das wird Oma auch nicht helfen, ermahne ich mich. Neben den Bildern zeigt sich noch das eine oder andere Schmuckstück.

»Kind, kannst du bitte die Bilder herausholen? Ich werfe sie noch alle durcheinander.«

»Ja, natürlich, Oma.«

Ich fische alle Fotos heraus, die ich finde, schließe das Kästchen und lege es in den großen Sessel am Fenster.

»Es muss ein uraltes sein. Eines in Schwarz-Weiß. Darauf ist meine Oma zu sehen.«

Meine Hände zittern leicht, während ich durch die alten Erinnerungen blättere, die in diesen Aufnahmen festgehalten wurden. Einige Fotos sind schon sehr verblichen, hier und da fehlen Ecken oder wurden in der Vergangenheit bereits geklebt. Ich fahre über die Bilder und bleibe an manchen länger hängen. Zu gern hätte ich gewusst, wer all die Menschen auf diesen Bildern sind. Und dann sehe ich es sofort. Meine Ururoma. Das Bild ist von erstaunlich guter Qualität, wenn man bedenkt, wie alt es schon ist.

»Siehst du die Kette um ihren Hals?«

»Ja«, flüstere ich.

Es raubt mir den Atem. Das ist unglaublich. Bisher kamen mir Omas Erzählungen wie Märchen vor und jetzt sehe ich den Stein vor mir. Auf diesem Bild. Meine Ururoma sitzt stolz und erhaben auf einem kleinen Hocker, zwei Männer stehen neben ihr. Sie sind in ihrem Alter, der eine vielleicht etwas jünger. Trotz der alten Aufnahme habe ich das Gefühl, in bekannte Augen zu blicken. Sie ist meine Familie, die Frau auf dem Bild ist meine Familie. Gänsehaut sträubt meine Haare auf den Armen, und ich muss mich konzentrieren, meiner Oma zuzuhören.

»Sie hat sie immer unter ihren Kleidern versteckt. Aber dieses eine Mal muss sie es wohl vergessen haben, wie du siehst.«

Ich bin völlig durch den Wind.

»Sie hat sie mit einem Lederband fest umwickelt und dann um den Hals getragen. Offenbar wollte sie sie immer nah bei sich haben.«

Mir rinnen Tränen über die Wangen. Bei dem Bild kann man fast fühlen, wie wichtig ihr der Talisman ist. Sie trägt den sichelförmigen Stein, den Ben gerade hat.

»Verstehst du es jetzt, Mayara? Es war allen Erstgeborenen so wichtig, diese Tradition fortzuführen.«

Mir bleibt nur noch zu nicken. »Ja, Oma, ich verstehe«, schluchze ich.

Das ist der Beweis, dass unsere Familie immer Gold hatte. Der Mondstein ist der Beweis, dass sie frei von jeder Schuld ist.

Langsam ebbt mein Schluchzen ab. »Oma, eine Frage habe ich noch: Was wurde aus Sebastian, deiner großen Liebe?«

»Er hat eine andere geheiratet. Sie waren verheiratet, bis er starb. Damals hat man sich seinen Eltern untergeordnet, deshalb konnte ich ihm nicht einmal böse sein. Hach, was erzähle ich da? Mayara, ich habe damals so viele Tränen in mein Kissen geweint. Habe gehofft, er möge sich zu mir bekennen. Er hat es nicht getan. Seine Familie hatte diesen wahnsinnigen Einfluss auf ihn. Er hat es mir nicht einmal selbst gesagt, dass er heiraten würde.« Sie sieht gedankenverloren an mir vorbei. »Aber dennoch, er und ich wussten, wie wir füreinander fühlten. Ich war mir sicher, dass sich unsere beiden Herzen für immer an den Takt erinnern würden, in dem sie füreinander schlugen.«

Sie seufzt und wischt sich mit ihrem Stofftaschentuch über die Wange. Ich bin mir nicht sicher, ob es eine Träne ist, die sie wegwischt.

»Ich habe einige Jahre später meinen besten Freund John geheiratet, der mich schon immer geliebt hat. Er war ein guter Mann, und ich schätze mich glücklich, ihn gehabt zu haben. Weißt du, Mayara, zu dieser Zeit als Frau unverheiratet zu bleiben, war nicht möglich. Es hätte mein Leben zerstört. Es waren andere Zeiten. John ist kurz nach der Geburt deiner Mutter bei einem Unfall im Bergwerk gestorben. Ich blieb allein, habe nie wieder geheiratet. Es ist nicht so, dass sich keiner um meine Hand bemüht hätte, oh doch, das taten einige, aber ich konnte nicht. Manchmal frage ich mich, ob das nicht ein Fehler war. Nun ja, ich werde es nie erfahren. Als ich dann viele, viele Jahre später – deine Eltern waren da schon hier mit euch – hörte, dass Sebastian ebenfalls nicht mehr lebte, entschied ich mich, zu euch zu kommen. Ich hatte ja niemanden mehr. Ja, und den Rest kennst du.«

»Oma, es tut mir leid, dass ich nicht mehr für dich von meiner Reise mitbringen konnte.«

»Oh, sei deshalb nicht traurig. Ich lebe ja noch. Das Schicksal spielt nach seiner eigenen Zeit. Ich werde jetzt ein wenig schlafen, ja?«

»Mayara, mein Kind. Warst du eigentlich schon bei Herrn Ziegler und hast dich bei ihm zurückgemeldet? Du wirst ja nicht ewig Urlaub nehmen können.«

Kaum ist Oma Awenasa von ihrem Schläfchen erwacht, ist sie schon wieder voll in ihrem Element, denke ich bei mir und bin zugleich froh, dass es so ist. Und sie hat recht. Wenn ich sie so ansehe, werde ich nicht mehr lange Urlaub benötigen, auch wenn ich es nicht wahrhaben will. Oma Awa hat in kürzester Zeit extrem abgebaut. Ich habe Angst. Ich möchte gerne für sie stark sein und bin froh, dass Kimi mir den Rücken stärkt, dass wir uns gegenseitig den Rücken stärken. Auf keinen Fall möchte ich, dass Oma merkt, wie schwach ich eigentlich bin. Selbst in ihrem Zustand denkt sie immer noch als allererstes an Kimi und mich. Ich spüre, wie sich Tränen der Trauer hervorquälen möchten, aber ich erlaube es ihnen nicht. Es ist noch nicht an der Zeit.

»Ja, Oma, Herr Ziegler weiß, dass ich wieder da bin.«

Selbst das Nicken, das sie mir zur Antwort gibt, macht ihr Mühe, das ist ihr deutlich anzusehen. In ihren Augen sehe ich, dass sie gerne noch etwas sagen möchte. Sie sammelt Kraft, um die Worte auszusprechen, die sie beschäftigen.

»Okay. Und warum weiß Sophia nicht, dass du wieder da bist?«, fragt sie mich mit leiser Stimme.

»Sophia? Wie kommst du denn auf Sophia, war sie etwa hier?« Das würde mich wundern.

Oma Awa schüttelt langsam den Kopf. »Nein, Kimi hat sie getroffen.« Sie macht eine Sprechpause. »Aber sie hat nichts gesagt. Sie fand es komisch, dass Sophia nicht wusste, dass du bald wieder hier sein wirst.«

Ich drehe mich von Oma weg, weil ich nicht möchte, dass sie die Wahrheit in meinem Gesicht lesen kann. Und das könnte Oma auf alle Fälle, das weiß ich genau. Also falte ich mit dem Rücken zu Oma die Wolldecke, die mir in dieser Nacht auf der Couch als Zudecke gedient hat, und räuspere mich.

»Erst habe ich sie nicht erreicht, äh, und dann dachte ich, ich melde mich bei ihr, wenn es dir besser geht«, stottere ich unbeholfen.

Oma stöhnt leise auf. »Mayara, du weißt doch ebenso gut wie ich, dass das nicht passieren wird.«

Diese Worte treffen mich. Klar weiß ich es. Aber ich kann es einfach nicht akzeptieren. Noch nicht. Da ich die richtigen

Worte nicht finde, beschließe ich, mich zu weigern, mit ihr darüber zu sprechen.

»Schon gut. Ich melde mich bei Sophia, sobald es geht. Mach dir darüber keine Sorgen, Oma, sie wird es schon verstehen.«

»Das wird sie, Mayara, bestimmt wird sie das. Aber was genau wird sie denn verstehen? Ich weiß, dass du etwas verheimlichst. Du kannst die Menschen, die dich lieben, nicht täuschen.«

Auch diese Frage ignoriere ich. Ich bin mir noch nicht sicher, ob ich ihr erzählen soll, dass ich weiß, wo sich der zweite Stein befindet, denn ich kann ihr nicht versprechen, dass ich ihn wiederbekommen werde. Wenn ich ehrlich bin, hatte ich noch nicht den Mut, Ben zu schreiben, auch wenn er mir jeden Tag mindestens eine E-Mail schreibt.

Liebe Mayara,

es hört sich vielleicht doof an, aber es ist hier nichts mehr, wie es vorher war. Es vergeht keine Minute, in der ich nicht an dich denke. Selbst die wunderschönsten Farben des Herbstes wirken grau und traurig. Ich würde dir so gerne persönlich sagen, wie sehr ich dich vermisse und wie alles, was ich tue und bin, ohne dich keinen Sinn zu haben scheint. Ich vermisse dein Lachen und die Wärme, die du ausstrahlst, egal wohin du gehst. Ohne dich ist meine Welt blass. Alles Geld und Gold, jeder Schatz ist und war mir egal, seitdem du in mein Leben getreten bist. Bitte glaub mir das. Manchmal habe ich Angst, dich mit jeder Mail zu nerven, die du von mir bekommst, aber ich würde es mir niemals verzeihen, die Hoffnung auf dich aufzugeben. Ich hoffe einfach, dass du meine Nachrichten liest und sie nicht löschst, ohne meine Gedanken und Zeilen an dich zu kennen.

Nächste Woche muss ich meinen Schuldienst wieder antreten, das fühlt sich so absurd an, denn ich kann kaum schlafen und essen ohne dich.

Ich denke, ich habe für eine Mail genug gejammert, und bitte dich in dieser wie in allen anderen vorher, zu mir zurückzukommen oder mir zu schreiben oder mich anzurufen. Ich werde immer auf dich warten.

In Liebe

Dein Benjamin

Ich weiß nicht, wie oft ich seine Zeilen jeder einzelnen Mail gelesen habe. Sobald ich eine freie Minute habe, kann ich nicht anders und öffne die Nachrichten. Und ja, ich vermisse ihn. Nie habe ich jemanden so vermisst wie ihn. Bei meinen Eltern war es anders. Ich vermisse sie, aber ich konnte Abschied nehmen. Wurde dazu gezwungen. Ben aber ist noch da draußen, irgendwo, wie könnte ich mit ihm abschließen? Und wenn ich ehrlich zu mir bin, will ich es auch gar nicht. Ein Teil von mir träumt von seiner liebevollen Art, seinen zärtlichen Händen und erinnert sich an jede seiner Berührungen. Ich bin nicht bereit, ihn zu vergessen. Ich kann es einfach nicht. Es ist alles so schwierig. Es zerreißt mir das Herz.

Meine Gedanken wandern zu Sophia. Oma schläft ruhig, aber ich habe keine Muße, fernzusehen. Alles erscheint mir unwirklich und fremd. Außer Mittagssoaps und Talkshows läuft ohnehin nichts. Wahrscheinlich hat Oma recht, ich sollte Sophia anrufen oder mich zumindest bei ihr melden. Sie ist sicher ganz wirr vor Sorge. Ich weiß, dass ein Treffen alles, was die letzten Wochen geschehen ist, wieder lebendig lassen würde. Sie würde mir sofort ansehen, dass etwas nicht stimmt, das Gefühlschaos in mir spüren. Schließlich ist sie meine beste Freundin, die, mit der ich am längsten befreundet bin. Irgendwas in meinem Inneren mahnt mich: Und gerade deshalb solltest du sie anrufen. Sie hat es verdient. Also krame ich mein Smartphone aus der Tasche und schreibe mit zitternden Händen eine Nachricht an Sophia:

Hey, Sophia,

ich weiß, ich hätte mich schon lange bei dir melden sollen. Es tut mir wahnsinnig leid. Bei mir geht gerade alles drunter und drüber. Ich bin wieder in Deutschland. Ich melde mich bald wieder bei dir.

Hab dich lieb, Mayara

Ich schicke die Nachricht ab und wie ich es mir schon gedacht hatte, kommt keine zwei Minuten später eine Nachricht von ihr.

Mayara! Spinnst du? Ich sterbe vor Sorge um dich! Und du sagst mir, du meldest dich bald mal wieder? Deine Schwester hat angedeutet, dass es dir gut geht. Aber glaub mir, das macht es nicht besser! Was ist denn los? Ist es wegen deiner Oma? Geht es ihr schlecht? Seit wann bist du überhaupt wieder da?

Ich schlucke, während ich ihre in Wut getippten Worte lese. Keine Smileys, keine Emojis, keine Grüße und Küsse. Und sie hat mit jedem Wort recht. Wäre es andersherum, wäre das Temperament mit mir sicher auch durchgegangen.

Du hast allen Grund, wütend auf mich zu sein. Aber glaube mir, ich will einem Treffen nicht ausweichen. Oma geht es nicht gut. Aber sobald Kimi morgen kommt, frage ich sie, ob sie eine Zeit lang auf Oma aufpassen kann. Und dann treffen wir uns und ich erkläre dir alles. Versprochen!

Auch nach dieser Nachricht dauert es nicht lange und auf meinem Smartphone leuchtet ihr Name auf.

Okay. Darauf bin ich gespannt. Bitte melde dich, falls es nicht klappt.

PS: Ich bin sauer auf dich! Aber froh, dass es dir gut geht!

Erleichtert lege ich das Telefon auf die Seite und beschließe, mich zu entspannen, bevor Oma wieder aufwacht. In dem Moment, als ich mich langmachen möchte, geht die Tür auf. Ich frage mich noch, wer das sein könnte, da steht schon meine liebe Schwester Kimi vor mir. Ich stürze auf sie zu und falle ihr in die Arme. Obwohl sie die Jüngere von uns beiden ist, ist sie die Stärkere. Diejenige, die immer ganz genau weiß, was sie will und was zu tun ist. Kimi, die zielstrebig durch ihre Schullaufbahn und ihre Arbeitsstelle ging. Bei ihr scheint immer alles wie am Schnürchen zu klappen. Selbst der unerfüllte Kinderwunsch und der Tod unserer Eltern haben sie nicht davon abgehalten, ihr Leben wie in einem Bilderbuch zu meistern. Ich beneide sie um ihre Stärke. Sie ist Oma Awenasa sehr ähnlich.

»Hey, Schwesterherz, was ist los? Geht es Oma Awa nicht gut?«

»Nein, unverändert. Ich bin froh, dich zu sehen. Es ist alles so schrecklich.«

Kimi sieht mich traurig an. »Tut mir leid, für dich muss ihr Anblick ein richtiger Schock gewesen sein. Seit sie es uns gesagt hat, kann man täglich sehen, wie es schlechter um sie steht. Es ist, als ob sie – entschuldige, dass ich das so sagen muss – jeden Tag verfällt, Stück für Stück.«

Sie schüttelt wieder ihren Kopf und sieht zu Boden. Ich kann nicht anders und umarme sie ein weiteres Mal. Als Kimi sich wieder aus meiner Umarmung löst, spüre ich, wie sie zu ihrer gewohnten Ordnung übergeht. Sie ist ein Mensch, der sich am sichersten fühlt, wenn er alles um sich herum organisieren kann, und das werde ich ihr jetzt nicht nehmen. Ich denke, es ist ihre Art, mit dem Schmerz umzugehen.

»Maya, ich habe Sophia getroffen.« Sie sieht mich kritisch an.

Ich stöhne auf. »Ja, ja, nicht du auch noch. Ich habe ihr schon geschrieben. Aber du weißt ja selbst, ich hatte keine Zeit, mich mit ihr zu treffen. Sie hierher einzuladen, kam mir unpassend vor.«

Kimi nickt, und ich bin mir nicht sicher, ob sie wirklich meiner Meinung ist.

»Maya, ich habe in Berlin alles für ein paar Tage Aufenthalt hier organisiert. Wie wäre es, wenn du erst einmal wieder richtig in Deutschland ankommst und ein paar Sachen erledigst? Ich bin ja jetzt hier und rufe dich sofort an, wenn irgendetwas sein sollte. Jetzt bist du ja in der Nähe.«

»Bist du sicher, Kimi?«

Sie lächelt mich aufmunternd an. »Klar bin ich sicher. Aber nimm den Müll mit runter, wenn du gehst, ja? Ich muss hier dringend lüften.«

Kimi ist wieder voll in ihrem Organisationselement. Ich drücke sie fest an mich.

»Versprich mir, keine Minute zu zögern, wenn was sein sollte. In drei Tagen treffen wir uns wieder hier, okay?«

»Oh, Mayara, jetzt spiel doch nicht die Dramaqueen«, mahnt sie mich mit hochgezogener Augenbraue. »Geh schon!«

Auf leisen Sohlen gehe ich dicht an das Pflegebett von Oma Awenasa. Ihre Wangen sind eingefallen und sie scheint tief und fest zu schlafen. Sie sieht gelassen und glücklich aus in ihrer Welt der Träume. Ich bücke mich zu ihr hinunter, gebe ihr einen sanften Kuss auf die Wange und flüstere: »Ich bin bald wieder zurück, Oma Awa.«

Habe ich mir das nur eingebildet oder ist da eben ein sanftes Lächeln über ihre Lippen gehuscht? Ich weiß es nicht, aber der Gedanke ist schön.

Vor der Haustür sauge ich tief die frische Luft ein. Ich hole das Smartphone aus meiner Handtasche und öffne den Chatverlauf mit Sophia. Es ist kalt und trüb. Der schöne Herbst ist hier immer viel zu kurz und geht sofort in den unerbittlichen Winter über. Das ist zumindest mein Eindruck. Ich ziehe meine zu dünne Jacke enger um die Brust und schreibe mit zitternden Fingern:

Hey, meine Liebe,

wie sieht es heute Abend spontan bei dir aus? Kimi kümmert sich die nächsten drei Tage um Oma Awenasa. Hast du Zeit und Lust, was trinken zu gehen?

Küsschen, Maya

Keine Minute später kommt die Nachricht von Sophia.

Hey, das lässt sich einrichten. Wollen wir uns gegen sieben vor dem Schönen Brunnen in der Innenstadt treffen? Wir könnten eine Kleinigkeit essen, was meinst du?

Gute Idee.

Total gerne! Ich freu mich, bis dann, mein Herz.

Ich habe den Eindruck, dass sich Sophias letzte Nachricht schon nicht mehr ganz so wütend liest. Und eigentlich bin ich mir auch sicher, dass sie es verstehen wird, wenn sie erst einmal alles gehört hat und weiß, was in letzter Zeit bei mir los war. Erleichtert atme ich tief durch und gehe in Richtung meiner Wohnung.

»Oh mein Gott, Mayara! Du siehst ja schrecklich aus!«

Wenn ich nach Sophias Blick urteilen müsste, könnte ich meinen, ihr stünde ein Geist gegenüber. Schmerzlich wird mir bewusst, dass der Geist, der sie so zu erschrecken scheint, ich bin. Beschämt blicke ich zu Boden.

»Ja, die letzten Wochen hatten es in sich«, versuche ich die Situation zu entschärfen.

Aber da habe ich keine Chance. Tiefe Sorgenfalten legen sich über Sophias Stirn und ich sehe, dass ihre Augen wässrig sind. Dabei hatte ich noch versucht, die tiefen Augenringe, die mein Gesicht wie zwei verbrannte Apfelringe zieren, mit Make-up zu kaschieren. Aber dank meiner nicht vorhandenen Schminkkünste ging das offenbar wieder mal in die Hose. Meine Haare in Form zu föhnen, erschien mir bei dem Wind auch sinnlos, also habe ich sie einfach nur mit einem Haargummi locker zusammengebunden.

»Erzähl mir dann alles in Ruhe. Ich hab für uns einen Tisch im Tex-Mex reserviert.«

Ich nicke zustimmend. Sie hakt sich bei mir ein und wir gehen gemeinsam Richtung Marktplatz zum Restaurant. Es fühlt sich vertraut an, wieder in ihrer Nähe zu sein, und das erste Mal seit einiger Zeit spüre ich, dass alles wieder gut wird.

»Darf ich noch einen Caipirinha servieren oder lieber etwas anderes?«

Der nette Kellner zwinkert Sophia zu, was uns vor einigen Wochen noch einen Heidenspaß bereitet hätte. An diesem Abend aber dankt sie ihm nur höflich und bestellt uns beiden eine zweite Runde.

»Und warum sagst du deiner Oma nicht, dass Ben den zweiten Stein hat?«

Ich seufze. »Na ja, ich weiß nicht so recht, ob ich ihr erzählen soll, dass ich ihr verlorenes Nugget gefunden habe, es ihr aber nicht zurückbringen konnte. Das kann ich ihr doch unmöglich antun.«

»Mayara, willst du meine Meinung zu der ganzen Sache hören?«

So wie Sophia das sagt, habe ich ohnehin keine andere Wahl. Ich stelle mich also auf eine Ansage ein, die mich aus meiner Komfortzone werfen könnte. Ich schließe kurz die Augen, bevor ich direkt in ihre blicke.

»Schieß los, Sophia!«

»Du weißt, ich liebe dich wie eine Schwester!«

Sie hält einen Moment inne, als hätte sie eine Frage gestellt und warte auf eine Antwort von mir. Ich nicke vorsichtshalber.

»Du verhältst dich echt komisch. Ich meine, ich verstehe dich nicht. Klar, Jo hat dich verletzt und war ein echter Arsch. Aber Ben ist nicht so wie er.«

Ich ziehe scharf die Luft ein. Eigentlich wollte ich nicht groß über Ben sprechen, der Schmerz sitzt zu tief. Und ich dachte, ich hätte das Thema Ben nur so wenig angeschnitten, dass sie gar nicht draufkommen werde, was zwischen uns war. Dementsprechend erstaunt muss ich sie wohl gerade ansehen.

»Dachtest du etwa, du könntest es mir verheimlichen? Haha, jedes Mal, wenn du seinen Namen aussprichst, hast du dieses Leuchten in den Augen, das ich bei dir noch nie zuvor gesehen habe. Dein Gesicht glüht, wenn du über ihn sprichst, und deine Oberlippe zittert nervös. Maya, ich kenne dich: Du bist schwer verliebt! Dich hat es so richtig erwischt.«

Ich weiß gar nicht, was ich antworten soll. So ist es halt, wenn man eine Freundin hat, die einen besser kennt als man sich selbst. Fluch und Segen zugleich.

»Mag sein, aber was er getan hat, ist unverzeihlich. Das musst du doch genauso sehen«, sage ich, nachdem ich ihr die ganze Geschichte erzählt habe.

Sie sieht mich geradeheraus an. »Ehrlich gesagt war es vielleicht nicht die feine Art. Trotzdem finde ich, er hat noch eine Chance verdient. Du hast gesagt, dass er sich entschuldigt hat. Und er war von den Geschichten vorgeprägt, die er immer über deine Familie gehört hatte. Er wollte auch nur helfen. Das darfst du nicht vergessen. Außerdem kennt ihr euch ja noch nicht lange. Ist klar, dass er sich erst einmal über seine Gefühle klar werden musste.«

»Das hätte er ja auch tun können, bevor wir miteinander geschlafen haben«, schießt es aus mir heraus.

»Waaas? Ihr habt miteinander …?« Sophia ist sichtlich fassungslos. »Also den muss ich unbedingt kennenlernen! Wie hat er das denn hinbekommen? Außer Jo gab es bei dir doch noch nie …«

Ich unterbreche sie. »Ja, ja, ist ja schon gut! Wie du siehst, war es ja auch der größte Fehler meines Lebens. Weißt du, ich hab ihm alles anvertraut. Er hatte dieselbe Chance.«

Sophia schmunzelt, selbst ihre Augen grinsen mich frech an, in denen ich sehe, dass sie immer noch in Gedanken bei Bens und meiner Nacht ist. »Los, komm, jetzt erzähl schon! Wie war es?«

»Hör auf! Das ist doch völlig egal. Ich habe ganz andere Probleme.«

»Okay, ist gut. Was willst du jetzt machen?«

Ich denke kurz über ihre Frage nach. »Keine Ahnung. Was soll ich denn schon groß machen? Oma beistehen auf ihrem letzten Weg.«

Sophia sieht mich traurig an. Sie lässt etwas Zeit verstreichen. »Mayara, unabhängig davon, ob du Ben vergeben kannst … ich glaube, er würde dir den Stein geben, wenn du ihm alles erklärst. Ich meine, du hast Beweise, dass seine Sicht der Dinge nicht stimmt.«

Sie sieht mich eindringlich an. Ich kann ihr nicht antworten, zu sehr bin ich damit beschäftigt, die Tränen zu unterdrücken, die sich aus mir hinausspülen wollen.

»Ich glaube, deine Oma würde es glücklich machen. Ich weiß nicht, ob du es hören willst, und ich weiß, du bist kein bisschen abergläubisch, aber findest du nicht auch, dass es so ist, als hätten die Nuggets dich und Ben zusammengeführt? Mayara, das hat doch etwas Magisches.«

Ich kann ihr nicht antworten, und genau im richtigen Moment für mich kommt der Kellner und stellt uns unsere Drinks hin. Kurz denke ich noch darüber nach, was Sophia eben gesagt hat, und alles in mir würde es so gerne annehmen. Aber ich brauche Zeit.

»Soph, genug von den dramatischen und mysteriösen Dingen. Jetzt erzähl du doch mal. Was gibt es denn bei dir und bei den anderen Neues?«

Sophia erzählt erst einmal eine Weile, dass es allen soweit gut geht und dass sie und Matthias ihre nächste Reise nach

Schottland planen. Da wollte sie immer schon mal hin. Und dann fragt sie mich vorsichtig: »Willst du von Jo hören?«

Um ehrlich zu sein, stört es mich überhaupt nicht, über ihn zu sprechen. »Klar, erzähl!«

»Also, ich weiß nicht, ob du es schon weißt, aber er ist ohne Anna los, um seine Weltreise zu machen.«

»Ja, das hast du mir schon geschrieben.«

»Stimmt, entschuldige.« Sie sieht mich skeptisch an. »Tut mir leid, wenn ich jetzt noch mal davon anfange, aber du musst diesen Ben ja wirklich lieben. Jo hast du anscheinend völlig gestrichen, das hätte ich echt nicht erwartet.« Sie sieht mich anerkennend an.

»Du, ich mag Jo nach wie vor. Aber es sollte einfach nicht sein mit uns. Oh, da fällt mir ein, ich hab ja noch eine Mail von ihm im Posteingang. Vor lauter Drama damals habe ich sie noch gar nicht gelesen. Und klar hab ich mir auch so meine Gedanken gemacht. Ich werde mit ihm sprechen und ihm sagen, dass unsere Geschichte nie eine war und auch keine mehr wird. Zumindest nicht, was die Liebe betrifft. Ich habe beschlossen, ihn das wissen zu lassen.«

»Das finde ich gut, Maya, wirklich.«

Wir quetschen uns vor der Tür der Tex-Mex-Bar an ausgelassen feiernden Leuten vorbei zum Taxistand. Dem Fahrer sieht man an, dass er seine nächste Fahrt erwartet, er nickt uns freundlich zu. Ich habe beschlossen, zu Fuß nach Hause zu gehen. Sophia deutet dem neugierig guckenden Fahrer an, noch ein bisschen Geduld zu haben. Wir umarmen uns innig.

»Maya, du meldest dich jetzt doch wieder regelmäßig bei mir?« In ihrer Stimme höre ich Unsicherheit.

»Ja, natürlich, und danke, dass du immer für mich da bist!«

Sie winkt ab. »Nicht dafür! Du weißt doch, du bist mehr als nur irgendeine Freundin für mich.«

Das weiß ich in der Tat und bin sehr glücklich darüber. Ich bin schon dabei, in Richtung meiner Wohnung zu gehen, als ich mich doch noch einmal zu dem Taxi umdrehe.

»Hey, Sophia!«

Sie wendet erstaunt den Kopf nach mir um, die Taxitür steht schon offen, zum Einsteigen bereit.

»Es war das Schönste, was ich je erlebt habe!«

Kurz sehe ich, dass sie überlegt, wovon ich spreche, aber als sich ihr Gesichtsausdruck erhellt und sie mich strahlend ansieht, merke ich, dass sie nun weiß, was ich meine.

»Das freut mich so für dich. Bitte überleg dir, ob du ihn nicht doch anschreiben willst.« Sie sieht mich flehentlich an.

»Okay, das mache ich.«

Sie winkt mir noch einmal zu und fährt dann mit dem Taxi weg. Vielleicht hat sie recht, vielleicht sollte ich ihm schreiben.

Zu Hause angekommen mache ich mir erst einmal eine große Kanne Tee. Ich bin durchgefroren, aber der Spaziergang hat mir gutgetan. Es war schön, durch meine Heimatstadt zu gehen, in der ich aufgewachsen bin und die mir so vertraut ist. Umschlungen von meiner dicken Lieblingswolldecke betrete ich den Balkon. Die Pflanzen hängen müde und leblos nach unten, und ich stelle fest, dass die nächsten Tage hier unbedingt was gemacht werden muss. Der Wind pfeift kalt an mir vorbei und ich beschließe, es mir mit meinem Tee lieber auf der Couch gemütlich zu machen.

Eigentlich sollte ich schlafen, aber ich bin viel zu aufgewühlt von dem Gespräch mit Sophia. Ich hole meinen Laptop hervor, der noch in meiner kleinen Reisetasche verstaut ist, und klappe ihn auf. Wie gewohnt tippe ich die Adresse meines E-Mail-Accounts ein und schnell öffnet sich mein Posteingang. Die E-Mails von Ben kann ich kaum mehr zählen und jede habe ich mindestens hundertmal gelesen. Er spricht von Liebe und zweiten Chancen, oft auch vom bevorstehenden Alltag in der Schule. Aber auch von seiner Angst davor, dass der Herbst bald zu Ende ist und damit auch unser Zauber, unsere Geschichte. Seine Worte rühren mich und sind herzergreifender als jeder Liebesroman, den ich bisher gelesen habe. Weil es unsere Lovestory ist, die er nicht loslassen kann, nicht loslassen will. Unsere Lovestory ohne Happy End.

Wenn ich ehrlich zu mir bin, habe ich große Angst vor dem Tag, an dem ich keine Nachricht mehr von ihm bekomme. Der Tag, an dem er mich vergessen wird. Der Gedanke verursacht einen Schmerz, den ich kaum ertragen kann.

Jetzt bin ich bei seiner ersten Mail angekommen und entdecke darunter wieder die ungelesene von Jo. Kurz denke ich darüber nach und öffne sie dann.

Meine liebe Mayara,

ich glaube, es würde dir hier gefallen. Ich bin in Thailand und die Menschen sind unglaublich freundlich. Auch wenn ich dich sehr vermisse, genieße ich das wunderschöne Land und die Leute hier.

Der Brief war so plötzlich und mit schneller Feder geschrieben. Ich hoffe, ich habe dich damit nicht irritiert. Ich weiß, dass eine Liebe zwischen uns nicht sein wird, aber ich will dich auf keinen Fall verlieren. Verstehst du? Ich vermisse dich schrecklich. Vielleicht kannst du dich irgendwann einmal bei mir melden. Das würde mich glücklich machen.

Dein Johann

Seine Worte sind nett. Freundlich. Aber sie rühren mich nicht. Nicht so wie die von Ben. Ich freue mich für Jo und ich möchte ihn als Mensch in meinem Leben nicht missen.

Hey, Jo,

danke für deine Nachricht. Es tut mir leid, dass ich erst jetzt antworte. Ich habe so viel zu tun mit meiner Oma. Leider geht es dem Ende zu. Du weißt, wie sehr ich sie liebe. Ich weiß nicht, was ich sagen soll, ehrlich gesagt hat mich deine Liebeserklärung total erschreckt. Wahrscheinlich ist dir nicht bewusst, und das ist nicht deine Schuld, wie lange ich auf diese Worte gewartet hatte.

Mein Leben hat sich verändert, ich habe mich verändert und damit auch meine Gefühle. Mir ist klar geworden, dass es keine echte Liebe war, die ich für dich empfand. Vielmehr war es ein tiefer Wunsch nach Zugehörigkeit, vielleicht auch der Wunsch, nicht allein zu sein. Könnte es bei dir ähnlich sein? Du bist mir sehr, sehr wichtig. Und es macht mich glücklich, dass wir uns einig sind und trotz allem an unserer Freundschaft festhalten wollen.

Ich bin wieder in Deutschland. Wenn du magst, können wir mal skypen. Dann kannst du mir was von deiner Umgebung zeigen. Thailand ist bestimmt wunderschön!

Deine Maya

Es ist befreiend, wenigstens über eine Sache Klarheit zu haben. Keine Ahnung, was Jo dazu sagt, aber ich weiß für mich, dass ich ihm gegenüber ehrlich bin, und das reicht erst einmal für mich, um Abstand zu der Geschichte mit Jo zu gewinnen. Berauscht von diesem Gefühl der Befreiung habe ich den Eindruck, dass es vielleicht ein guter Zeitpunkt wäre, Ben zu sagen, was es mit den Nuggets auf sich hat. Zumindest ihm zu schreiben, um ihn zu informieren. Fieberhaft überlege ich, wie ich eine Nachricht an ihn verfassen könnte. Ich will auf keinen Fall, dass er spürt, wie sehr ich ihn vermisse. Einen freundschaftlichen Ton, wie ich ihn bei Jo an den Tag gelegt habe, kriege ich nicht hin. Warum muss nur alles immer so verdammt schwierig sein?

Gefühlte Stunden und etliche Löschaktionen auf meinem Laptop später bin ich endlich bereit, die Nachricht abzuschicken:

Hallo Ben,

bitte denke nicht, dass ich dir schreibe, um irgendetwas zwischen dir und mir zu klären. Dazu bin ich einfach noch nicht bereit.

Meiner Oma geht es nicht gut. Sie liegt im Sterben. Versteh bitte, dass ich deshalb unmöglich Raum für etwas anderes habe. Sie braucht mich.

Ich denke, du fragst dich, warum ich dir schreibe. Ich habe den Beweis, dass das Gold, das du und ich bei uns tragen, schon immer in meiner Familie gelegen hat. Es gibt Fotografien, die das sichelförmige Nugget in einer Zeit zeigen, lange bevor meine Familie für deine gearbeitet hat. Ich dachte, du solltest es wissen.

Mayara

Meine Hand zittert, als ich den Cursor über dem Absenden-Button schweben lasse. Von Herzen gerne hätte ich so vieles mehr geschrieben, um ihm zu sagen, was ich fühle. In Wahrheit kann ich es gar nicht beschreiben. Alles in mir will ihm vergeben und will ihn in meiner Nähe haben, und dennoch ist die Enttäuschung einfach zu groß. Ich denke über Sophias Worte nach, und wahrlich bin ich nicht abergläubisch, dennoch würde ich zu gerne daran festhalten, dass Ben und ich Bestimmung sind, dass wir füreinander geboren wurden. Und dass die Nuggets uns auf ihrer Reise zueinander geführt haben. Ist das auf der anderen Seite nicht kitschig und utopisch? Kann so etwas denn sein? Ich weiß nicht, aber eines weiß ich sicher: Es ist ganz anders, als es mit Jo jemals war. Im Nachhinein und mit Abstand betrachtet war er mehr eine Schwärmerei, der ich jahrelang viel zu viel Gewicht beigemessen habe. Ben trifft mich tief. In Regionen meiner Seele, von denen ich bis dahin noch nicht einmal wusste, dass sie existieren. Sollte das nicht ein Zeichen für uns sein? Ein Zeichen, daran festzuhalten? Dennoch, unbeschreiblich wäre der Schmerz, wenn ich ihn noch weiter zu mir durchdringen ließe und es am Ende nichts werden würde. Ich ärgere mich über meine Unschlüssigkeit. Über meine Art, ständig alles zu analysieren und zu hinterfragen. Wahrscheinlich ist es gar nicht so schwer. Vermutlich bin nur ich diejenige, die wieder einmal alles zu kompliziert macht. Der Text ist oberflächlich und lieblos. Aber mehr soll es eben nicht sein. Ob das reicht, weiß ich nicht. Aber ich weiß, dass es im Moment nicht mehr hergibt. Ich nehme all meinen Mut zusammen und drücke auf Absenden. Zack, die Nachricht ist weg. Bereits in dramatischer Geschwindigkeit durch digitale Galaxien auf seinen Rechner gereist. Ich wünschte, sie hätte mich mitnehmen können. Mit zu ihm.

Ich bin noch völlig verschlafen, als der penetrante Ton des Telefons mich aus dem Schlaf reißt. Desorientiert blicke ich um mich herum. Es ist noch nicht hell draußen, aber die Vögel, die den Morgen begrüßen, zirpen schon im Baum vor meinem gekippten Fenster. Mein Handy muss doch hier irgendwo liegen, denke ich mir, als ich in die Richtung fasse, in der ich es vermute. Mit einem Auge blicke ich auf das Display, um die Uhrzeit erkennen zu können. Ich sehe fünf Anrufe in Abwesenheit, alle von Kimi. Sofort fahre ich hoch und stürze zum Telefon, das immer noch nervös klingelt. Ich sehe keine Nummer, weiß aber sofort, dass sie es sein muss.

»Kimi, was ist los? Ist was mit Oma?«

Ein leises Schluchzen am anderen Ende der Leitung macht mir klar, dass es ernst sein muss. Ich wage nicht zu fragen, was in meinem Hirn herumspukt. Da Kimi keine Anstalten macht zu erzählen, was los ist, nehme ich meinen Mut zusammen und frage sie mit fester Stimme: »Kimi, ist Oma …?«

Und doch kommt der Satz nicht über meine Lippen.

Mit bibbernder Stimme antwortet sie: »Nein, Maya, noch nicht. Aber sie reagiert seit gestern Morgen nicht mehr. Und essen und trinken will sie auch nicht.«

Trotz der grauenvollen Nachricht bin ich erleichtert, dass sie nicht verstorben ist. In meinem Hinterkopf formen sich leise pochend die Worte »noch nicht«, die ich aber verdränge.

»Kimi, ich mach mich sofort auf den Weg, okay?«

»Ja, beeil dich.«

»Mach ich«, antworte ich und lege auf.

Ich beschließe, mich kurz abzuduschen und meinen Verstand mit klarem Wasser aufzuhellen, um gleich voll und ganz für Oma Awenasa und Kimi da sein zu können. Obwohl Kimi immer die Stärkere von uns beiden war, war der Klang ihrer Stimme verändert. Und vielleicht geht es jetzt auch gar nicht mehr darum, wer stärker ist oder nicht. Es geht darum, füreinander da zu sein, um uns gegenseitig den Rücken zu stärken, so gut es geht, oder uns durch die Trauer zu tragen, die drohend vor der Türe steht.

Bei Oma angekommen spüre ich, wie meine Beine weich wie Wackelpudding werden. Ich atme tief ein und klingle einmal an der Tür. Kimi öffnet sie schneller, als ich es erwartet hatte. Sie sieht schrecklich aus. Ich bin noch gar nicht in der Tür, da fällt sie mir schon um den Hals.

»Maya, was sollen wir tun? Ich hab solche Angst!«

Die Angst und die Sorge schreien ihr aus dem Gesicht. Ihre rot umränderten Augen wirken fremd, als ob sie nicht zu meiner geliebten Schwester gehören. In meinen Gedanken ringe ich verzweifelt nach den richtigen Worten, aber es wollen sich keine finden lassen. Ich küsse meine Schwester zart auf die Wange und gehe an ihr vorbei, gleich nach rechts Richtung Wohnzimmer. Als ich die Türe öffne, kommt mir ein beißender Geruch entgegen, den ich bis zu diesem Zeitpunkt noch nie gerochen habe. Oma wirkt in ihrem Bett klein wie ein Neugeborenes in einem zu großen Babybettchen, so sehr ist sie abgemagert. Ich nehme ihre Hand. Ihren Lieblingsring trägt sie nicht mehr, denn ihre Finger sind zu stark angeschwollen. Der Ring hätte sich erbarmungslos in ihr Fleisch gegraben. Ich küsse ihre Hand und bin wie betäubt beim Anblick meiner lieben Oma. Ich versuche, einen klaren Gedanken zu fassen.

»Komm, Kimi, lass uns kurz in die Küche gehen.«

Sie sieht mich fragend an, folgt mir aber dann.

»Kimi, im Krankenhaus hat dir doch die Ärztin die Telefonnummer von diesen mobilen Krankenschwestern gegeben, weißt du noch?«

Kimi überlegt kurz. Der letzte Krankenhausbesuch ist schon eine Weile her. Doch nach kurzer Zeit sehe ich in ihrem Gesicht, dass sie sich erinnert.

»Ja, Moment, ich guck mal in meiner Tasche. Da müsste die Visitenkarte drin sein.«

Kurz darauf ist sie mit ihrer Handtasche wieder in der Küche und zieht die Karte aus ihrem Geldbeutel heraus. »Palliativteam«, steht oben auf der Karte und drunter eine Handynummer einer Schwester Christina.

»Weißt du noch? Die Oberärztin hat doch gesagt, wir sollen dort anrufen, wenn es so weit ist«, erinnere ich sie leise.

Ich habe Kimi noch nie so traurig gesehen.

»Meinst du, es ist so weit?«, fragt sie mich mit ebenso leiser Stimme.

Ich kann nicht antworten, nicke nur. Ihr Brustkorb hebt und senkt sich schwer.

»Okay, dann sollten wir anrufen.«

Ich tippe die Nummer in mein Handy und ein paar Töne später höre ich die freundliche Stimme von Schwester Christina.

»Erst einmal möchte ich sagen, dass es mir sehr leidtut. Für die nächsten Angehörigen ist es nicht einfach, das weiß ich. Ich werde alles tun, um es für Ihre Oma so leicht wie möglich zu machen, das verspreche ich Ihnen. Wann darf ich denn vorbeikommen?«

Ihre Stimme, vor allem die Sicherheit darin, beruhigt mich. Ich habe sofort das Gefühl, dass Kimi und ich nicht allein mit allem sind.

»Wann es Ihnen passt. So schnell wie möglich wäre schön, sie reagiert kaum mehr auf uns.«

»Ich verstehe«, erwidert Schwester Christina. »Ich versuche, heute noch vorbeizukommen, so schnell es geht.«

»Das wäre toll. Danke, Schwester«, antworte ich und bin mehr als erleichtert.

Meine Schwester und ich sind völlig überfordert mit der Situation. Wir hatten besprochen, dass wir für Oma Awenasa möchten, dass sie hier, in ihrem Zuhause, das Ende findet.

Und dass wir für sie da sein wollen. Darüber waren wir uns von Anfang an klar.

Zwei Stunden später ist Schwester Christina da. Sie hängt einen Beutel mit Flüssigkeit an einen Infusionsständer, den sie mitgebracht hat, und macht einen kleinen Schlauch luftleer, der direkt zu Omas Bein führt.

»Da ist nur Wasser drin«, erklärt sie, während sie geschickt an dem Schlauch herumhantiert. »So bekommt sie die Flüssigkeit, die sie braucht, weil sie nicht mehr trinkt.«

Kimi und ich nicken gleichzeitig.

»Außerdem bekommt sie ein Schmerzmittel. Ich werde jeden Tag zwei Mal vorbeikommen, morgens und abends, um es ihr zu verabreichen.«

Schwester Christina zeigt uns noch einige Handgriffe, um Oma leichter zur Seite zu drehen. Ich bin dankbar, dass sie da ist, und würde sie am liebsten gar nicht mehr gehen lassen. Was ist, wenn irgendetwas passiert, während sie nicht hier ist?

Offenbar spürt sie unsere Unsicherheit. »Ich habe noch ein bisschen Zeit. Wollen wir uns in der Küche kurz unterhalten?«

Erleichtert stimme ich zu und auch Kimi ist sichtlich froh über dieses Angebot und setzt eine Kanne Kaffee auf.

»Sie können mich jederzeit anrufen, ja?« Christina sieht mich eindringlich an und streicht mir sanft über den Arm. »Ich werde Tag und Nacht für Sie erreichbar sein.«

»Was sollen wir tun? Und was ist, wenn sie aufhört zu atmen«, fragt Kimi die Frage, die nicht über meine Lippen kommen wollte.

»Halten Sie ihre Hand. Sprechen Sie mit ihr. Wenn Sie wollen, beten Sie miteinander oder lesen Sie ihr vor. Sie spürt, dass Sie bei ihr sind.« Schwester Christina bindet ihr störrisches blondes Haar zu einem Knoten am Hinterkopf, während sie spricht. »Sollte sie aufhören zu atmen, rufen Sie mich an. Ihre

Oma hat eine Patientenverfügung, in der steht, dass sie nicht reanimiert werden will.«

Wir nicken beide.

Als Schwester Christina gegangen ist, nehme ich Kimi fest in den Arm. Ihr Körper bebt und sie kann ihr Schluchzen nicht mehr unterdrücken.

»Ich glaube nicht, was hier gerade alles passiert.«

Ich kann sie kaum verstehen, aber das muss ich auch nicht.

»Ich weiß. Ich weiß.«

Wir haben vereinbart, uns abends und nachts abzuwechseln und über Oma zu wachen, während sich die andere ausruhen kann. Kimi ist so erledigt, dass ich sie ins Bett geschickt habe. Es ist erst acht Uhr am Abend, die Tage sind kürzer geworden und es ist schon dunkel draußen. Ich habe eine kleine Lampe angeschaltet, die in einem warmen Orangeton unaufdringlich das Zimmer erleuchtet. Oma hatte heute immer wieder ein paar wache Minuten. Sie öffnete die Augen und sah sich erschrocken um, aber wenn sie dann Kimi oder mich erblickte, wurde sie sofort ruhiger, schloss ihre Augen wieder und schlief weiter. Es ist schwer, aber ich bin froh, dass wir für sie hier sein können. Wahrscheinlich ist es zu spät, und es macht mich traurig, dass ich ihr nicht von dem zweiten Stein erzählt habe, als sie noch im Hier und Jetzt war. Trotzdem sagt mir eine innere Stimme, dass sie noch da drinnen ist, in ihrem Körper, der ihrem früheren immer unähnlicher wird, und dass sie mich hört. Ich hadere mit mir und gehe ein, zwei Schritte durch das Wohnzimmer und wieder zurück zu dem großen, schönen Sessel neben Omas Bett.

»Oma, kannst du mich hören?«

Sie reagiert nicht auf meine Frage. Ich weiß nicht, ob sie mir jemals wieder eine Frage beantworten wird.

Ich spreche weiter. »Ich weiß nicht, wo ich anfangen soll, aber ich möchte dir unbedingt sagen, dass der zweite Stein, der Mondstein, nicht verloren ist. Ein Mann namens Benjamin Sinclair hat ihn.«

Ich bin mir nicht sicher, aber ich habe das Gefühl, dass ihre Hand, die in meiner liegt, sich kurz bewegt hat. Ich sehe Oma genau an und studiere ihre Gesichtszüge. Keine Regung. Nicht einmal ihre Augen bewegen sich hinter den geschlossenen Lidern.

»Oma, es ist meine Schuld, dass der Stein nicht hier ist. Nicht hier neben dem Sonnenstein, wo er hingehört. Allein mein Stolz ist schuld daran. Weißt du, er hat dich und unsere Familie beschuldigt, das Gold seiner Familie gestohlen zu haben. Ich wusste sofort, dass das nicht wahr sein kann. Aber als ich dort war, hatte ich keine Beweise.«

Ich schlucke, denn ich weiß, dass es nur die halbe Wahrheit ist.

»Oma, ich habe mich in Ben verliebt, und ich glaube, er liebt mich auch, aber wie könnte ich ihm verzeihen, dass er anscheinend nur hinter unserem Gold her war? Ich würde ihm so gerne verzeihen, weißt du, er schreibt mir jeden Tag, manchmal mehrmals, und beteuert, dass ihm die Steine egal sind. Er sagt, er wolle nur mich. Und jetzt, da du so vor mir liegst, weiß ich, ich hätte an seiner Stelle wahrscheinlich genauso gehandelt. Ich würde alles tun, Oma, um dich zu retten.«

Ich versuche meine Gefühle, die ungeordnet in mir herumschwirren, zu sortieren. Möchte sie in Worte fassen und nicht nur Oma, sondern auch mir selbst erklären, was in mir vorgeht. Seit ich hier bin, denke ich jede Minute an ihn, hatte aber keine Kraft und keine Zeit, mich wirklich damit auseinanderzusetzen. Es schmerzt, dass ich anscheinend verpasst habe, für Oma alles wiedergutzumachen. Es war ihr wichtig und mir auch. Die Schuld an dieser Sache liegt so schwer auf mir, dass ich es kaum ertragen kann. Wie konnte ich nur so egoistisch sein? Meine geliebte Oma liegt hier vor mir, in einer unbekannten Welt, die hinter ihren verschlossenen Augen liegt, auf dem Weg in eine neue Wirklichkeit, und ich werde keine Chance haben, ihr zu zeigen, dass alles gut ist. Dass die Steine zueinandergefunden haben. Sie hat immer daran geglaubt. Tief in ihr starb die Hoffnung nicht einmal mit ihrem geliebten Sebastian. Das weiß ich jetzt, sonst hätte sie mich nicht in das Land ihrer Vorfahren, ihrer Familie geschickt. Sie wusste, nur ich, ihre letzte Enkeltochter, wird sie zusammenführen können. Schluchzend lege ich meinen Kopf neben ihre Matratze und es ist seltsam: Mein Herz hört dieses Lied. Das Lied, das sie mir immer sang. Es ist so, als ob ihr Geist meinen zum Trost berührt. So vertraut. Ich lasse mich fallen in die Melodie, die mich schützend umhüllt, und falle in einen ruhigen und tiefen Schlaf.

»Hey, Schätzchen, was ist los? Bist du eingeschlafen?«

Müde blicke ich Oma an.

»Ja, Oma, aber es ist alles gut.«

Langsam merke ich, was hier los ist. Erschrocken fahre ich hoch und muss sie ansehen, als würde ich einen Geist sehen. Am liebsten würde ich mich zwicken, um festzustellen, dass ich nicht träume.

»Oma?«

»Ja? Kannst du mir was zu trinken geben? Mein Mund ist so trocken.«

Zitternd erhebe ich mich von meinem Sessel und flüstere ihr nur ein »Ja« entgegen, während ich mich langsam vom Bett wegbewege.

»Danke, Mayara.«

Als ich mich umdrehe, steht Kimi vor mir und sieht Oma genauso schockiert an, wie ich es gerade getan haben muss.

»Was ist denn passiert?«, fragt sie mich, nicht fähig, sich aus dem Türrahmen zu bewegen.

»Komm mit, ich weiß es auch nicht«, fordere ich sie auf, mich in die Küche zu begleiten.

»Keine Ahnung, ich bin neben ihrem Bett eingeschlafen und gerade erst aufgewacht. Hast du gesehen, wie wach sie mich angesehen hat?«

»Ja, das ist unheimlich, Maya.«

Ich überlege fieberhaft, was wir tun sollen. »Am besten rufe ich Schwester Christina an.«

Mein Magen ist flau und mir ist übel. Ich setze mich an den Küchentisch, bevor mir der Schwindel die Füße wegzieht. Immer noch zitternd wähle ich Schwester Christinas Nummer.

»Hallo, Frau Harris, ist alles in Ordnung?«

»Schwester Christina, ich weiß es nicht. Oma scheint es besser zu gehen. Sie spricht mit uns und ihr Blick ist klar. Irgendwie unheimlich. Sie haben doch gesehen, wie es ihr gestern noch ging.«

Schwester Christina räuspert sich und atmet tief durch. »Mayara, das ist durchaus möglich und kein seltenes Phänomen. Man nennt es ›das letzte Aufbäumen‹.« Sie lässt die Worte kurz sacken, bevor sie mit ruhiger Stimme freundlich weiterspricht. »Das ist bei jedem Menschen anders. Manche stehen auf einmal von ihrem Totenbett auf. Andere sind verwirrt. Bei vielen tritt dieses Phänomen auch gar nicht ein. Das ist so individuell wie der Mensch selbst.«

»Sie scheint bei vollem Bewusstsein zu sein.«

»Das ist wunderbar, Mayara, genießen Sie es.«

Ich denke kurz darüber nach. »Und wie lange wird sie in diesem Zustand bleiben?«

»Das ist unterschiedlich. Leider kann ich Ihnen diese Frage nicht beantworten. Sehen Sie es als Segen. Bleiben Sie für sie da.

Ich bin gerade noch bei einem anderen Patienten, aber in einer Stunde werde ich bei Ihnen sein.«

Es ist nicht so, dass sie Bäume ausreißen könnte, aber ihren trockenen Humor hat sie nicht verloren. Alles ist so unglaublich, und ich bin froh, dass Schwester Christina da ist, um sie zu versorgen und uns zu helfen, sie lässt alles realistischer wirken. Kimi hilft ihr, Oma zu waschen und frische Kleidung anzuziehen, und auch ich denke, ich sollte mir was Neues anziehen.

»Ist es in Ordnung, wenn ich kurz nach Hause gehe und ein paar Sachen zusammenpacke? Ich habe gestern in der Eile nichts mitgenommen.«

Kimi nickt mir zu. »Ja, kein Problem. Geh nur, bis gleich.«

Während ich die drei Straßen zu meinem Haus entlanggehe, hole ich den letzten Abend wieder ins Bewusstsein. Das Lied, das ich hörte oder vielmehr spürte. Es war wie in meinem Traum in North Carolina. Die Verbundenheit, die ich in diesen Momenten zu Oma spürte, war nicht von dieser Welt. Vielleicht war ich nur übermüdet, ziemlich sicher sogar. Ein Teil von mir hofft, dass Oma Awenasa noch eine Weile hier bei uns sein wird. Ich dachte, ich hätte keine Möglichkeit mehr, ihr zu sagen, dass ich den Mondstein gefunden habe. Aber die Fügung meint es gut mit mir. Ich will die Chance ergreifen, solange sie da ist.

Ich komme gerade rechtzeitig zurück, um Schwester Christina kurz zu sehen, bevor sie zu ihrem nächsten Patienten fährt.

»Alles in Ordnung, Schwester?«

Sie lächelt mich an, als sie antwortet. »Sie haben eine bemerkenswerte Großmutter. Ich bin froh, dass ich sie kennenlernen durfte.«

»Ja, das ist sie.«

»Sie schläft. Es war sehr anstrengend für sie.«

Auf einmal überkommt mich die Angst, dass sie nicht mehr dieselbe sein wird, wenn sie wieder wach wird, oder dass sie vielleicht gar nicht mehr aufwachen wird. Ich beschließe, den Gedanken beiseitezuschieben.

»Maya, ich würde gerne ein wenig frische Luft schnappen. Ich gehe kurz in den Stadtpark. Kommst du eine halbe Stunde zurecht?«, fragt mich Kimi, der ich die kurze Zeit für sich mehr als gönne. Die letzten Wochen haben sie altern lassen. Sie wirkt unendlich traurig.

»Hey, kein Problem, lass dir Zeit. Wenn du magst, kannst du eine Pizza mitbringen. Ich schaffe es heute einfach nicht, zu kochen, aber wir sollten dringend was essen.«

»Du hast recht, auch wenn ich keinen Bissen hinunterbekommen werde. Bis später dann.«

»Ja, bis später«, antworte ich, während sie zur Haustür hinausgeht.

Ich beschließe, mich einem Kreuzworträtsel zu widmen. Momentan bleibt mir nicht viel zu tun. Oma schläft friedlich und ich möchte nicht riskieren, sie zu wecken. Sofort bin ich in einer Welt aus Fragen und Buchstaben, aber alles ergibt einen Sinn, wenn man die richtigen Worte und Kombinationen findet. Kaum bin ich drin, klingelt es an der Tür. Erschrocken sehe ich zu Oma. Sie schläft noch keine Stunde, ich möchte nicht, dass sie aufgeweckt wird, und eile zur Tür, die ich sofort aufreiße, bevor es noch einmal klingelt.

»Mensch, Kimi, du weißt doch, dass Oma schlä…«

Ich kann meinen Satz nicht beenden. Das kann nicht sein! Bin ich in einem Traum? Ich sehe in die wärmsten Augen. Augen, die ich nie mehr vergessen könnte.

»B-B-Ben?«

»Mayara!«

Er schließt mich in seine starken Arme, die mir so vertraut sind. Es ist eine Ewigkeit, aus der ich mich nicht mehr lösen möchte. Mein Herz springt wie verrückt in meiner Brust. Ich kann kaum atmen. Wir weinen beide Tränen des Kummers und der Sehnsucht. Erst als der Zug der geöffneten Tür die Küchentür mit einem Knall ins Schloss fallen lässt, komme ich langsam wieder zu Verstand. Ich lasse ihn in die Wohnung und starre ihn ungläubig an.

»Mayara, ich konnte es nicht mehr ohne dich aushalten. Nachdem du mir geschrieben hast, was es mit den Steinen auf sich hat, musste ich einfach zu dir. Und glaube mir, es geht mir nicht um die Nuggets. Ich weiß, wie sehr du deine Oma liebst, und ich konnte nur erahnen, was du gerade durchmachst. Es tut mir so leid. Ich will für dich da sein.«

Ich bin völlig durcheinander. Endlich kann ich meinen Blick von ihm lösen und gehe in die Küche. Mein Körper zittert, als ich mich an den Küchentisch setze. Er setzt sich mir gegenüber.

»Woher wusstest du, wo du mich finden wirst?«

Ben senkt kurz den Blick und sieht auf seine Hände, bevor er mir direkt in die Augen blickt und erklärt: »Du hast immer von Sophia erzählt, dass sie deine beste Freundin ist. Ich wusste, ihr habt eine enge Verbindung zueinander, also hab ich sie in deiner Freundesliste bei Facebook gesucht.«

Facebook? Ich halte mich kaum auf dem Account auf und habe ihn eigentlich nur, um mit meiner Familie in Amerika Kontakt zu halten.

»Und da hat dir Sophia die Adresse hier gegeben?«

Ich bin mir nicht sicher, aber ich habe den Eindruck, dass ein Schmunzeln über sein Gesicht huscht.

»Ja, sie hat mich hierhergefahren. Aber sei nicht sauer auf sie. Sie liebt dich wie eine Schwester.«

Das weiß ich, und ich bin viel zu durcheinander, um wirklich sauer auf sie sein zu können.

Besorgt sieht mich Ben an. »Wie geht es deiner Oma?«

Ich weiß nicht, wie mir geschieht. Was soll ich sagen? Ich habe noch immer nicht begriffen, dass er hier ist. Vor mir steht in Fleisch und Blut. Ich möchte versuchen, die Fassung zu bewahren. Es geht nicht anders, ich möchte für Oma da sein, alles andere hat keine Priorität.

»Ben, ehrlich gesagt weiß ich nicht, was ich von der ganzen Situation halten soll. Du hast mich wirklich überrumpelt.«

»Das tut mir leid, Mayara. Das war nicht mein Ziel …«

Ich lasse ihn nicht weitersprechen. »Aber jetzt bist du hier und ich gebe zu, ich freue mich.«

Ich kann sehen, wie seine Augen funkeln, und sofort stellt sich das Gefühl wie vor wenigen Wochen ein. In der Zeit, in der ich der glücklichste Mensch auf Erden war.

»Wir werden die Dinge, die zwischen uns liegen, nicht hier und nicht heute besprechen. Meine Oma liegt im Sterben und sie braucht mich.«

Er nickt. »Natürlich, Mayara. Ich bin für dich da, wenn du mich brauchst. Auch wenn du lieber möchtest, dass ich gehe, werde ich das akzeptieren. Ich möchte für euch hier da sein und dir und deiner Schwester helfen.«

»Okay. Wir versuchen es.« Die Worte kommen über meine Lippen, bevor ich darüber nachgedacht habe.

Er kommt auf mich zu, um mich zu umarmen, doch auch wenn ich es gerade an der Tür noch zugelassen habe, ist es mir jetzt gerade nicht mehr möglich.

»Bitte Ben, lass es uns langsam angehen.«

Sofort distanziert er sich und hält Abstand.

»Natürlich, wie du möchtest.«

Einen Moment herrscht Schweigen.

»Lass uns sehen, ob sie wach ist.«

Ich stehe auf und er folgt mir ins Wohnzimmer. Er ist erst ein paar Minuten hier bei mir, aber schon fühle ich mich sicher und aufgehoben. Seine Anwesenheit wirkt auf mich natürlich. Ich fühle mich endlich vollständig. Oma scheint wach zu sein. Auch wenn sie mich mit müden Augen ansieht.

»Oma, hast du Schmerzen?«

»Nein, Kind, es ist alles in Ordnung. Das Sterben ist nicht so schlimm, wie ich dachte.«

Sie versucht zu lächeln, aber ihre Lippen verziehen sich zu einer Grimasse. Ich schlucke.

»Oma, wir haben Besuch.« Ich zögere, bevor ich weiterspreche. »Aus Amerika. Er heißt Ben und ich habe ihn auf meiner Reise kennengelernt.«

Ihr Blick wirkt interessiert und neugierig, als sie an mir vorbeizusehen versucht. Ich winke Ben zu mir, der noch im Türrahmen steht und wartet.

»Hallo Mrs Johnson, ich bin ...«

Sie unterbricht ihn und ich erschrecke, als ich ihren Gesichtsausdruck sehe. Er ist mir neu und ich kann ihn nicht einordnen. »... Ben, der Enkel von Sebastian Sinclair senior. Du bist es wirklich!«

Fassungslos steht Ben vor ihr und sieht sie mit riesigen Augen an. Oma Awa streckt ihm zitternd ihre Hand entgegen und wie automatisiert kommt er ihr mit seinem Gesicht entgegen. Mit ihren Fingern fährt sie ihm über die Wange. Mir stockt der Atem. Einzelne Tränen laufen Oma nun über ihre Wangen. Etwas in mir will zu ihr und sie fragen, was los ist, aber dieser Moment ist vollkommen, so magisch, dass er keine Ablenkung duldet.

»Du siehst aus wie er. Du siehst ihm so ähnlich. Mein geliebter Sebastian. Ich wusste, die Steine werden es regeln. Ich habe es gewusst.«

»Was meinst du damit, Oma?«

»Ist das der Ben, von dem du mir erzählt hast?«

Ich bin fassungslos. Hat sie es also gehört, frage ich mich.

Ich nicke. »Ja, Oma, das ist er.«

»Hört mir zu, Kinder.« Sie sieht uns eindringlich an, und Ben und ich lauschen ihren leisen Worten. »Es sind nicht die Steine, die den Zauber innehaben. Es ist die Liebe. Sie vermag Wunder zu schaffen, die wir nie für möglich gehalten hätten. Sie hat euch zueinander geführt. Hierher zu mir und mir einen Teil von Sebastian gebracht. Die Steine sind der Kompass eurer Herzen und all jener, die sie besitzen werden.«

Ihre Worte sind eindringlich und lassen keine Fragen offen. Nicht in diesem Moment.

»Haltet ab jetzt und für immer ihre Bestimmung aufrecht. Versprecht es mir!«

Wir nicken.

»Versprecht es!« Ihre Worte sind kaum mehr hörbar.

Wie aus einem Munde tun wir, wie sie möchte. »Wir versprechen es!«

Ein zartes Lächeln huscht über ihr Gesicht und ihre Augen leuchten, wie ich sie bei ihr noch nie leuchten gesehen habe. Sie sieht so glücklich aus. In diesem Moment steht Kimi neben mir. Ich habe sie nicht kommen hören, so sehr war ich von der Atmosphäre verzaubert, die uns umgab. Fragend sieht sie mich an. Ich schüttle nur langsam den Kopf und lächle.

»Kimi, meine Kleine, ich liebe dich.«

»Ich dich auch, Oma.«

»Meine Kinder, ich bin müde. Lasst mich schlafen, ja? Und macht euch keine Sorgen.«

Kimi küsst Oma auf die Wange und ich tue es ihr gleich. Wir schließen die dicken Vorhänge der Fenster, um das Wohnzimmer abzudunkeln. Ich schalte ihr das kleine Licht ein und wir gehen gemeinsam aus dem Zimmer. Fragend sieht Kimi mich an und blickt dann zu Ben.

»Entschuldige, das ist Ben, wir haben uns in Amerika kennengelernt.«

Ihr Lächeln verrät mir, dass sie etwas ahnt, und ihr Zwinkern, das sie uns zuwirft, bestätigt mir dies.

»Hallo Ben. Ich hab schon von dir gehört …«

Ich bin erschrocken. »Hast du? Von wem denn?«

Wieder ihr typisches Zwinkern. »Falls ihr Hunger habt, steht Pizza in der Küche«, erklärt sie, statt mir zu antworten.

Sophia, schießt es mir sofort durch den Kopf. Das gibt es doch nicht.

»Danke, vielleicht später. Du?«, frage ich Ben.

Er schüttelt nur den Kopf. Die Verwunderung über die Begegnung mit Oma Awenasa steht ihm noch ins Gesicht geschrieben.

»Eure Großmutter ist sehr beeindruckend.«

Kimi nickt bestätigend. »Ja, das ist sie. Sie hat immer auf ihre ganz besondere Art einen Scherz auf den Lippen und liebt große Geheimnisse. Manche unserer Freundinnen hatten sogar Angst vor ihr, als wir noch jünger waren. Sie sagten, sie sei seltsam.«

Ich muss bei Kimis Worten schmunzeln. Ich hatte fast vergessen, wie Oma auf unsere Freunde wirkte, als wir noch jünger waren. Wir sprechen noch eine Weile, und es ist gut, dass Kimi da ist, so kann keine seltsame Stimmung zwischen Ben und mir entstehen. Die Stimmung ist beinahe ausgelassen. Der Tag war aufregend, und es war unglaublich, wie gut es Oma heute ging.

»Maya, heute werde ich die Nachtschicht übernehmen, gestern bin ich anscheinend vom Wecker nicht wach geworden.«

»Ist es schon so spät?«

Wie ich aus dem Fenster blicke, stelle ich fest, dass es dunkel ist. Müdigkeit zieht mich schwer wie Blei hinunter. Ich bin immer noch angespannt.

»Ist gut. Ben, in welchem Hotel kommst du unter?«

»Oh, es ist nicht weit«, antwortet er. »Ich werde ein Taxi nehmen.«

»Dann würde ich mich freuen, dich irgendwann wiederzusehen, Ben.«

»Sehr gerne, Kimi. Vielleicht sehen wir uns schon bald. Ich werde einige Tage in Deutschland bleiben und kenne nur euch beide.«

Sie zögert, bevor sie antwortet. »Na ja, unsere Situation ist derzeit nicht wirklich auf Gäste eingerichtet und verspricht keinen entspannten Kurzurlaub in Deutschland.«

Ich spüre, wie sie uns beide mustert.

»Ihr zwei werdet schon wissen, was das Richtige ist.«

»Schon gut, Kimi«, gehe ich dazwischen.

»Ben, ich begleite dich noch zur Tür.«

Es ist so komisch. Er ist kaum hier und ich möchte auf keinen Fall, dass er geht. Auf der anderen Seite spüre ich, dass es besser ist. Außerdem ist er in der Stadt. Vielleicht hilft die Nacht, Klarheit zu schaffen.

»Also dann …«, stammle ich.

»Wenn du nichts dagegen hast, würde ich gerne morgen Vormittag vorbeikommen und euch helfen, wo immer ich helfen kann. Ich würde Frühstück mitbringen.«

»Ja, ich …«, setze ich an, als ich Kimi meinen Namen rufen höre.

Beim Ton ihrer Stimme weiß ich sofort, dass etwas nicht stimmt. Einen Augenblick später steht sie neben mir.

»Mayara, sie ist fort. Oma ist tot.«

Kapitel 10

Hoffnungsschimmer

Es war ein regnerischer grauer Novembertag, als wir Oma Awenasa bestatteten. Sie hatte sich immer eine Feuerbestattung gewünscht. Auf keinen Fall wolle sie von Würmern zerfressen werden, hatte sie jedes Mal abfällig gesagt. Ihr größter Wunsch war es, ihren Geist mit der wunderschönen Natur ihrer Heimat im Einklang zu wissen. Wie genau ich das umsetzen soll, weiß ich noch nicht, und trotz aller Trauer bin ich froh, es geschafft zu haben, ihre Urne hier bei mir stehen zu haben. Es hat mich einige Behördengänge gekostet, diesen Wunsch zu erfüllen. Ich fahre über die Urne wie jedes Mal, bevor ich das Haus verlasse. Wir haben beschlossen, keinen Leichenschmaus zu veranstalten. Das hätte Oma nicht gewollt. Sie war nie ein Mensch von langer Traurigkeit. Ging was schief, hat sie sich vielmehr mächtig aufgeregt, um dann sofort einen Plan zu schmieden, um aus dem jeweiligem Dilemma herauszukommen. Hierbei mangelte es ihr nie an Kreativität. Sie liebte es, gesellig zusammenzusitzen, schöner Musik zu lauschen und sich an köstlichen Speisen aus aller Welt zu erfreuen. Allerlei Gewürze, die sie hortete, waren der Beweis dafür. Phasenweise veranstaltete sie regelrechte Kochmarathons, deren Ergebnisse wir dann verkosten sollten.

Es ist seltsam, dass sie nicht mehr hier ist. Jedes Mal, wenn das Telefon klingelt, denke ich, es könnte sie sein. Die Beerdigung ist eine Woche her, und auch wenn wir uns gegenseitig immer wieder aufbauen, ist der Schmerz doch nach wie vor so unendlich groß. Heute ist der Tag ihrer Abschiedsfeier. Dieses Wort gefällt mir viel besser. Auch wenn Ben Oma Awenasa nicht lang kannte, haben meine Schwester und ich beschlossen, ihn zu dieser Feier einzuladen. Er war uns, wo es nur ging, die letzten Tage eine so große Hilfe. Bis heute habe ich nicht darüber nachzudenken gewagt, wie es mit uns beiden weitergeht. Es war einfach nicht angebracht. Omas Verlust schmerzt mich viel zu sehr, wie könnte ich jetzt an mein Glück denken? In diesem Moment meiner Gedanken habe ich das Gefühl, Omas Stimme tief in meiner Seele zu hören. Leise erst, ganz undeutlich. Ich schließe meine Augen. Ich muss verrückt werden. Da, wieder!

»Mayara, es ist eure Bestimmung!«

Die Stimme, die ich in mir höre oder vielmehr fühle, lässt eine wohlige Wärme in mir entstehen. Ich fühle sie. Ich spüre Oma Awas Präsenz ganz deutlich! Sie ist hier bei mir und am liebsten würde ich ihr antworten, ihr Fragen stellen. Die entstandene Zweisamkeit aufrechterhalten, die ich so vermisse.

»Oma Awa?«, sage ich und versuche die Worte in Gefühle umzuwandeln. Ich konzentriere mich, aber der Zauber ist vorbei. Sie ist nicht mehr da, zumindest spüre ich sie nicht mehr. Ich atme tief durch.

»Ich vermisse dich so sehr«, ist das Letzte, was über meine Lippen kommt, bevor ich die Tür öffne und zu dem Fest zu ihren Ehren gehe.

Bevor ich Ben das letzte Mal sehe, ehe er wieder zurückmuss. Zurück an den Ort, an dem wir uns fanden. Ich wünschte, er könnte bleiben. Die Zeit spielt gegen uns und jeder Moment und jede Sekunde pendelt bis zum Stillstand. Ein Teil von mir schwingt in Omas Worten, will an ihr festhalten und glauben, dass es ein Licht am Ende des Tunnels gibt. Dass es keine Grenzen gibt, die die Liebe aufhalten können, dass nicht einmal der Tod mächtig genug ist, die Liebe zu besiegen, und dass ihr Licht uns leitet, uns anzieht wie Mücken in der Dämmerung. Sie führt uns zu sich und zueinander, ohne dass wir suchen müssen. Der Gedanke tröstet mich und lässt mich Wärme an diesem Novembertag fühlen, der sich anstrengt, mir das Gegenteil zu beweisen. Und in diesem Moment beschließe ich, hinter grauen Wänden aus Angst und Trauer das Licht zu sehen. Ich werde der Liebe vertrauen. Das tat Oma auch und sie hatte recht. Wie sie es immer hatte.

»Das habt ihr wunderschön gemacht, Mayara.«

Bens Blick wandert über die Pflanzenpracht und die Lichter, die überall im Blumenladen leuchten. Es ist bezaubernd und ich bin dankbar, dass Herr Ziegler sofort begeistert war, das Fest an diesem schönsten Ort stattfinden zu lassen. Er hat den Laden extra drei Tage vorher geschlossen und Kimi, er und ich haben getüftelt, umdekoriert, verstellt und wieder neu nachgedacht, um jetzt in diesem Paradies zu sein. Oma Awenasas kleine Mittwochs-Kochgruppe hatte sich bereit erklärt, das Essen beizusteuern. Der Duft von exotisch zubereitetem Essen dringt in meine Nase, gepaart mit teils süßen und würzigen Frequenzen der vielen Blumen und Pflanzen um uns herum. Es ist berauschend. Leise Klänge der Harfe und die Stimme der Sängerin des *Duo Harfensang* lassen endgültig eine Atmosphäre entstehen, die fern von dieser Welt ist. Die beiden waren nach einem kurzen Gespräch sofort Feuer und Flamme, und als die Harfenistin Barbara dann sagte »Das ist mal 'ne andere Location für unsere Gruft-Mucke«, da wusste ich, die beiden sind die richtige Wahl. Ganz nach Omas Geschmack. Tiefer Frieden und Freude sind spürbar. Es ist, als drehe sich die Welt langsamer. Für wenige Stunden haben wir das hektische, nasse Treiben vor der Tür gelassen, um die Liebe und die Gemeinschaft zu feiern und Oma gebührend zu verabschieden, als wäre sie mitten unter uns. Es fällt uns nicht schwer, Oma Awenasas Bitte nachzukommen, diesen Abschied in Freude zu feiern. Ich bin mir sicher: Genau so hätte sie es gewollt. Hier hätte sie sich wohlgefühlt.

»Danke, Ben, das bedeutet mir viel.«

Ich sehe ihn an und wünsche mir nichts sehnlicher, als das Unausgesprochene, das Schweigen, das zwischen uns liegt, zu brechen. Wir laufen einige Schritte durch den Wintergarten, als mir einfällt, dass ich ihm noch gar nicht meine Lieblingsstelle hier gezeigt habe.

»Ich würde dir gerne was zeigen.«

Er nickt und folgt mir, als ich die kleine Wendeltreppe hinaufklettere, die außerhalb des Gartens liegt. Oben angekommen und zwei Schritte nach links stehen wir auf der von Herrn Ziegler begrünten Garage. Es ist ein wunderschöner Ort und selbst im Dunkel der Nacht hat er seinen Zauber nicht verloren. Die Klänge der ausgelassenen Stimmen, Gläserklirren und das Rauschen des Windes um uns herum umhüllen uns und trösten über die Kälte mit purer Lebendigkeit hinweg. Wir stehen da und blicken in den Himmel, der uns seine Sternenpracht präsentiert.

»Der Himmel ist auf der ganzen Welt schön, er hält für uns alle die gleiche Pracht bereit, egal wo wir sind. Daran zu denken, macht mich glücklich, wenn ich meine Familie in Amerika vermisse.« Ich schlucke meine Angst hinunter. »Und wenn ich dich vermisse«, spreche ich weiter.

»Mayara, was wird aus uns? Ich kann mir nicht vorstellen, wieder ohne dich zu sein.«

Seine Augen wirken feucht, als er mir näherkommt, um mich zu umarmen. Ich lasse es zu. Endlose Minuten stehen wir hier. Mein Kopf liegt auf seiner Schulter und der vertraute

Klang seines Herzschlags wirkt beruhigend auf mich. Dennoch kann ich ihm seine Frage nicht beantworten, auch wenn ich möchte.

»Maya, ich werde dich nie vergessen. Du bist die Liebe meines Lebens und ich weiß, du bist die Richtige.«

Er holt tief Luft, als sein Blick sich von meinem löst. Er zieht etwas aus seiner Hosentasche und diesmal weiß ich, was es ist, bevor er es hervorholt. Er hat das Nugget in einem kleinen schwarzen Samtbeutel, den er mir überreicht.

»Das ist deiner. Du solltest ihn an dich nehmen. Er gehört zu dir und deiner Familie.«

Ich sehe tief in seine braunen Augen. Ich weiß nicht, woher die Worte kommen, die ich ausspreche, aber sie kommen leicht und fest über meine Lippen.

»Die Steine werden vereint sein. Zu ihrer Zeit. Behalte ihn bitte noch eine Weile.«

Seine Gesichtszüge erhellen sich und er nimmt mich in den Arm. Wir weinen beide leise. Es sind Tränen der Freude und des Schmerzes zugleich. Das Licht am Ende des Tunnels ist noch weit entfernt, aber es funkelt hell und stark und sucht die Aufmerksamkeit, die es verdient. Mehr als ein Hoffnungsschimmer, aber noch kein Feuerwerk.

»Ich verstehe dich und ich werde warten. Das verspreche ich dir.«

Ein leises Flattern macht sich in meinem Bauch bemerkbar und ich fühle mich einen Moment wie aus mir selbst entrückt. Wie bei einem starken Schwindel. Dennoch habe ich keine Sorge. Hier in seinen Armen kann mir nichts passieren. Dessen bin ich mir sicher.

»Danke, Ben. Danke.«

Sophia umarmt mich innig. Es ist so schön, sie endlich zu sehen. Das Treffen heute mit ihr wird mir guttun. Es ist kurz vor Weihnachten und das geschäftige Treiben um mich herum macht mich nervös. Mir wird mit jedem Tag, den es auf Weihnachten zugeht, klarer, dass ich alleine bin. Klar hat Kimi mich eingeladen, nach Berlin zu kommen. Aber das wollte ich nicht. Herr Ziegler wird Weihnachten wie jedes Jahr bei seiner Tochter und ihrer Familie verbringen. Auch wenn er es nicht zugibt und griesgrämig behauptet, er will nur seine Ruhe, freut er sich. Na ja, und Sophia und Matthias haben kurzfristig beschlossen, dem Weihnachtstreiben zu entfliehen und bis in das neue Jahr hinein zu verreisen. Ich beneide die beiden.

»Wollen wir einen Glühwein schlürfen?«, fragt mich Sophia und holt mich aus meinen Gedanken.

»Klar, gern. Ich war ewig nicht mehr auf dem Weihnachtsmarkt.«

»Na, dann wird es aber mal wieder Zeit.«

Ich spüre, dass es nicht mehr lange dauert. Sophia kennt mich zu gut, und dass meine Stimmung nicht gerade die beste ist, lässt sich nicht leugnen.

»Was ist los, Maya? Ich weiß, du trauerst um deine Oma. Aber kann es sein, dass da noch was anderes ist, was dich bedrückt?«

Wie zum Schutz halte ich die Tasse mit dem köstlichen heißen Himbeerpunsch vor mich in Brusthöhe. Der Dampf steigt zwischen uns empor und ich ringe nach einer Antwort, die klar und verständlich ist.

»Hach, Sophia. Das ist das schlimmste Weihnachtsfest überhaupt. Ich vermisse Oma so sehr. Kimi hat mich zwar eingeladen, nach Berlin zu fahren, aber ich hab zu nichts Lust. Ich bin froh, wenn das Fest vorbei ist.«

»Das glaub ich dir. Sie war eine tolle Frau. Ich würde dich so gern trösten, aber ich weiß einfach nicht, wie.«

»Das ist schon okay. Ich freue mich, dass wir heute Zeit miteinander verbringen können. Das ist Trost genug.«

Sie zögert, aber ich merke genau, dass sie was sagen will. Fragend sehe ich sie an.

»Was ist los? Warum guckst du so komisch?«

»Hast du was von Ben gehört?«

Der Klang seines Namens sorgt dafür, dass mein Herz einen Takt schneller schlägt.

»Wir schreiben uns täglich«, antworte ich.

»Was ist eigentlich aus seiner Nichte geworden? Wie geht es ihr?«

War ja klar, dass sie sich so schnell nicht zufriedengibt.

»Seine Nichte ist noch nicht gesund. Aber es geht ihr besser. Im letzten Gottesdienst kam wohl eine größere Spende zusammen.«

»Ja. Und? Wie wollt ihr jetzt weitermachen?«

»Ach, das mit Ben und mir ist kompliziert. Ich vermisse ihn, und ja, ich freue mich jedes Mal, von ihm zu hören.«

»Hm, so ganz verstehe ich das Problem nicht. Ist es immer noch, weil er dir nicht gesagt hat, dass er was von den Steinen wusste?«

»Nein, eigentlich nicht. Das hab ich ihm verziehen.«

»Oh Mann, Maya! Was denn dann?«

»Wie stellst du dir das vor? Ich habe mein Leben hier und Ben hat seines in Amerika. Glaubst du wirklich, eine Fernbeziehung hat Sinn? Und ich mag mein Leben hier. Verstehst du?«

»Hm, nicht ganz. Mal ehrlich: Was hält dich hier? Der Blumenladen?«

»Also, ich liebe meinen Job, oder worauf willst du hinaus?«

»Das weiß ich! Aber genug, um die Liebe deines Lebens gehen zu lassen? Wegen einem Blumenladen? Herr Ziegler ist nicht mehr der Jüngste und du hast selbst gesagt, dass dann seine Tochter den Laden übernehmen wird. Wer weiß, wie sich dann alles verändert. Du und Herr Ziegler, ihr wart eben ein eingespieltes und eigenes Team.«

Ich weiß, dass sie recht hat. Dennoch ist es nicht so einfach.

»Und was ist mit dir und den anderen?«

»Maya, ich werde deine beste Freundin bleiben, egal wohin es dich verschlägt. Das weißt du doch, oder?«

Ich nicke nur zur Antwort.

Sophia holt Luft. »Kann es sein, dass du einfach Angst hast? Ich meine, das wäre ja nicht schlimm. Selbst für die reiselustigsten Menschen, die ich kenne, mich eingeschlossen, wäre es noch einmal eine ganz andere Sache, komplett von zu Hause wegzugehen.«

Ich denke kurz über ihre Frage nach. »Ja, ich glaube schon. Du weißt, ich war ohnehin nie die abenteuerlustigste Person. Und was ist, wenn es mit Ben und mir nicht funktioniert?«

»Dafür hast du nie eine Garantie. Weder hier in Deutschland noch irgendwo anders. Guck, bei Jo hast du immer behauptet, wenn er es nicht ist, dann keiner. Und Ben ist wirklich schwer in Ordnung. Und heiß!«

Ich schmunzle und stupse Sophia mit dem Ellbogen leicht in die Rippen.

»Da hast du recht. Das ist er.«

Beim Gedanken an ihn und seine warmen Augen, seine vollen, weichen Lippen und die endlos schöne Nacht, die wir miteinander verbracht haben, wird mir augenblicklich warm, und ich bin mir sicher, dass meine Wangen so rot glühen wie der heiße Wein in meiner Tasse.

»Also, Maya, überwinde dich! Du hast dich schon einmal getraut. Warum nicht ein weiteres Mal?«

Ich versuche, vom Thema abzulenken, denn ich bin nicht bereit, eine Art Versprechen abzugeben. Im Grunde weiß ich das alles ja.

»Weißt du was? Ich habe gestern mit Jo geskypt. Der macht es richtig. Er ist gerade in Australien und wird die Weihnachtszeit unter Palmen und am schneeweißen Strand verbringen.«

»Wirklich? Wow, das wäre ein Traum! Ich bin froh, dass ihr beiden euch ausgesprochen habt und trotz all der Zeit eure Freundschaft noch da ist.«

»Ich auch. Er hat versprochen, dass er mir aus jedem Land von den schönsten Plätzen der Erde eine Karte schicken wird. Ich freu mich für ihn, dass er seine Träume verwirklichen will. So gut, wie es ihm geht, bin ich sicher, dass er so schnell nicht zurückkehren wird.«

»Na ja, ewig wird selbst sein Geld nicht halten.«

»Er hat was von einem Reiseblog erzählt und dass er jemanden getroffen hat, der online richtig gutes Geld verdient. Da will er sich mal schlau machen.«

»Krass! Da bin ich ja gespannt. Wer hätte das gedacht?«

Sophia zittert und das wundert mich nicht. Nicht mal einen Schal hat sie um.

»Dir ist kalt, oder?«

Sie hüpft auf und ab, als sie mir antwortet. »Wie kommst du denn da drauf? Ja, ich hab nicht damit gerechnet, dass wir auf den Weihnachtsmarkt gehen. Ich dachte, das kurze Stück von der U-Bahn bis zum nächsten Restaurant wird mit meinem Outfit schon so gehen.«

Typisch Sophia, denke ich mir, und dass ich sie am meisten vermissen würde, wäre ich nicht hier.

»Na komm, dann lass uns was essen gehen. Mein Magen knurrt ohnehin schon.«

Dankbar lächelt sie mich an. »Ja, dann nichts wie los, bevor ich hier noch an Ort und Stelle festfriere.«

Es war so schön, mal wieder was anderes zu hören, was anderes zu sehen und Sophia eine Weile für mich allein zu haben, denke ich mir, als ich durch meine Wohnung tigere. Kaum bin ich wieder hier, weiß ich nicht, was ich mit mir anfangen soll. Derzeit besteht mein Leben aus Warten auf eine Mail von Ben und dem Blumenladen. Kein Mensch würde mir glauben, wenn ich sage, dass ich mich nicht gerade freue, dass meine Arbeitsstelle bald für zwei Wochen schließt. Herr Ziegler hat mir anscheinend genau angesehen, dass ich nicht gerade glücklich war, als er erzählte, er wolle den Laden bis zum 7. Januar schließen.

»Maya, die Leere, die Sie ausstrahlen, ist nicht auszuhalten. Bitte nutzen Sie den Urlaub, um sie zu füllen. Wissen Sie noch, was ich Ihnen zum Thema ›sich gegen das Schicksal oder die Fügung stellen‹ erzählt habe? Sie tun es wieder. Mag sein, dass ich nicht viel davon verstehe. Außer Marianne hatte ich nie eine feste Beziehung. Aber Sie und Ben waren wie wir. Ich hab es genau gesehen. Sie gehören zueinander. Hören Sie endlich auf, sich dagegen zu wehren. Ich hätte nie gedacht, dass ich das mal sagen muss. Sie sind wirklich stur!«

Mit diesen Worten ließ er mich stehen und ich war wie vor den Kopf gestoßen. Vielleicht hatte er ja recht. Vielleicht hatten sie alle recht. Ich hole den Stein, den ich unter mein Kopfkissen gelegt habe, und setze mich auf mein nicht gemachtes Bett. Er fühlt sich so vertraut an, wenn ich ihn in der Hand halte. Es ist ein beruhigendes Gefühl. Und doch weiß ich, dass etwas nicht stimmt. Er ist nicht vollständig. So wie ich es nicht bin. Ich schließe die Augen. Und wieder habe ich dieses unverwechselbare Gefühl, Oma zu spüren. Ich versuche, nicht mit ihr zu sprechen. Nicht zuletzt, um nicht noch mehr daran denken zu müssen, wie verrückt ich bin. Ich fühle ihre Worte. Ganz genau so wie beim letzten Mal.

»Mayara, vergiss euer Versprechen nicht. Ihr habt es versprochen.«

Wie in der Zeit zurückversetzt, erinnere ich mich sofort an den einen Moment, in dem Ben und ich an ihrem Sterbebett saßen und aus einem Munde versprochen haben, der Liebe und den Steinen nicht mehr im Weg zu stehen. Es ist, als ob ich mich mitten in der Situation befinde, sie aber zeitgleich als Zuschauer von oben betrachte. Fast wie in einem Theaterstück. Im Moment dieses Gedankens höre ich mein Smartphone. Und noch bevor ich hinsehe, weiß ich es. Es ist Ben. Eine neue Nachricht. Ich beschließe, die Nachricht nicht zu lesen. Nicht zu antworten. Stattdessen öffne ich meinen Browser und tippe den Namen der Fluggesellschaft ein, die ich bereits kenne.

»Erzähl es mir, wenn ich bei dir bin«, flüstere ich und buche den Flug.

Kapitel 11

Ab jetzt und für immer

Trotz der Jahreszeit überkommt mich sofort ein Gefühl von Frühling, als ich in North Carolina ankomme. Die Sonne wärmt mich, auch wenn sie kühler scheint als im Herbst. Ich kann nicht glauben, dass es Dezember ist, so schön ist es hier. Die Fahrt mit dem Auto ging ohne Probleme und diesmal bin ich nicht wegen der Automatikschaltung meines Autos nervös. Ich fahre langsam an das Gebäude heran und merke, dass meine Hände zu schwitzen beginnen, je näher ich komme. Dieses Mal habe ich keine Unterkunft gebucht, sondern bin sofort mit Sack und Pack hierher gefahren. Kurz frage ich mich, ob das eine so gute Entscheidung war, doch dann lächle ich und erinnere mich an mein neues Ich. Das Ich, das etwas riskiert und Neues zulässt. Das bereit ist, Erfahrungen, ob gute oder schlechte, zu sammeln.

Und da sehe ich es. Sein Auto. Der SUV steht auf dem Lehrerparkplatz vor der Schule. Ein paar Plätze von seinem entfernt stelle ich mich mit dem Auto hin. Mir ist schlecht, und obwohl ich weiß, dass Ben mich liebt, bleibt eine kleine Panik in mir. Was ist, wenn sich alles viel einfacher schreiben lässt und das wahre Leben dann anders aussieht? Was ist, wenn er mich nicht bei sich haben will? Beruhig dich, Mayara, beruhig dich, rede ich mir gut zu. Es will mir nicht gelingen. Ich kann mich nicht erinnern, wann ich das letzte Mal so nervös war. Wenn alle Stricke reißen, dann fliege ich einfach zurück. Ich verdränge den Gedanken, denn das wäre unvorstellbar für mich. Ich höre laute Stimmen, anscheinend ist der Unterricht beendet. Menschen strömen aus dem Gebäude und ich halte konzentriert nach Ben Ausschau und steige aus meinem Auto. Ich darf ihn auf keinen Fall verpassen. Die Menschen wirken fröhlich und ausgelassen. Ich vermute, das liegt daran, dass Freitag ist. Wahrscheinlich unterhalten sie sich über die Partys, die am Wochenende anstehen, oder die Ausflüge, die sie unternehmen werden. Und auf einmal sehe ich ihn. Es ist, als ob auf einmal alles um uns herum ruhig wird. Er hat mich noch nicht entdeckt, aber bei seiner Haltung spüre ich, dass sich etwas verändert hat. Ich will auf ihn zugehen, bin aber wie fest mit dem Erdboden verwachsen. Ich kann mich nicht bewegen. Jemand spricht mit ihm. Er sieht um sich, während sein Gegenüber auf eine Antwort wartet. Er antwortet ihm nicht. Ich möchte winken, auf mich aufmerksam machen. Es funktioniert nicht. Kein Wort kommt über meine Lippen. »Hier bin ich, hier bin ich«, denke ich nur laut. Die Welt scheint sich langsamer zu drehen als sonst. Alles um mich herum kommt mir vor, wie durch eine Zeitlupe betrachtet. Ich sehe nur ihn und wiederhole wie ein Mantra: »Hier bin ich.« Und in diesem Moment treffen sich unsere Blicke. Wenn sich soeben die Welt noch in Zeitlupe bewegt hat, tut sie es jetzt gar nicht mehr. Stillstand. Selbst mein Herz, das gerade noch so laut gepocht hat, ist auf einmal völlig ruhig. Ich kann nicht einmal mehr atmen. Zuerst läuft er auf mich zu und einen Wimpernschlag später ist es dann vorbei. Ich bewege mich. Ich kann mich bewegen. Und ich tue es. Ich laufe ihm entgegen. In seine Arme, dorthin, wo ich hingehöre.

Er starrt mich an und ich kann nicht anders als zu schmunzeln. Er hat seine Sommerfarbe verloren, oder bilde ich mir das nur ein? Vielleicht ist er nur wegen der ganzen Situation so blass.

»Ich bin so glücklich, dass du hier bei mir bist!«

Wir umarmen uns gefühlt das hundertste Mal, seitdem wir uns vor einigen Stunden wiederhaben. Wir kleben aneinander und keiner möchte sich zu weit von dem anderen entfernen. Nicht riskieren, das Wiedergewonnene auch nur für eine Minute in Gefahr der Trennung zu bringen. Ich bin so erleichtert. Alle meine Ängste waren unbegründet. Wir sind hier zusammen, und noch nie hat sich etwas so richtig angefühlt, wie hier bei ihm zu sein.

»Du hast es schön hier. Das Haus ist bezaubernd!«

»Danke, es gehörte meiner Oma. Sie hat es mir hinterlassen.«

In diesem Moment fällt mir eine Frage ein. »Ist es das Haus, in dem meine Familie gelebt hat?«

»Nein, aber das werde ich dir gerne zeigen. Mein Bruder wohnt dort mit seiner Frau und den Kindern.«

»Ich bin mir nicht sicher, ob sie mich willkommen heißen werden«, antworte ich bei dem Gedanken an unsere Vergangenheit.

»Mach dir keine Sorgen. Ich habe ihnen alles erzählt und sie freuen sich, dich kennenzulernen.«

Ben hält mich fest und streichelt mir übers Haar, während ich meinen Kopf an seine Brust lehne. Wie konnte ich es die ganze Zeit nur ohne ihn aushalten? Ohne ihn leben. Mir wird klar, ich tat es gar nicht. Ich existierte, aber ich lebte nicht.

»Sie glauben mir?«

»Ja, natürlich. Ich habe ihnen von dem Foto erzählt. Und weißt du, Mayara, unser Leben ist nicht das unserer Vorfahren. Die Sache ist weit weg und viel eher eine Geschichte für sie, die man ihnen immer wieder erzählt hat. Es hat keine Bedeutung für sie.«

Ich bin erleichtert. Auf keinen Fall will ich in seiner Familie für Unruhe sorgen.

»Sie werden dich lieben«, sagt er zärtlich, während er mir tief in die Augen blickt. »Wie könnten sie anders?«

Und zum ersten Mal, seitdem ich hier bin, treffen sich unsere Lippen und versprechen sich, was wir mit Worten noch nicht ausgesprochen haben. Wir schweigen einander an, während wir uns immer wieder ansehen und seine Hand mein Haar liebkost. Er bricht das Schweigen zuerst.

»Wollen wir später rausgehen? Wir könnten essen gehen oder soll ich uns lieber was kochen?«

»Bohnen zum Beispiel«, necke ich ihn.

Bei dem Gedanken lacht er herzlich auf. »Wenn du wünschst.«

»Ich würde gerne bald wieder zur Hütte fahren. Oma wünschte sich, dass ihre Asche mit dem Boden, aus dem sie stammt, verbunden wird. Da hab ich an den kleinen Bach gedacht, an dem wir beim Wandern vorbeikamen. Weißt du noch?«

Er nickt aufmerksam.

»Wie fändest du es, wenn wir ihre Asche in das Bächlein schütten? Ich dachte, das wäre schön.«

»Das ist eine wunderbare Idee. Wir können morgen früh losfahren, dann haben wir noch den ganzen Tag Zeit.« Er grinst. »Und diesmal decken wir uns mit Proviant ein.«

Beim Gedanken an die Hütte wird mir warm. Sofort habe ich die Bilder unserer Nacht vor Augen. Fühle seine Hände über meine nackte Haut wandern. Alles an mir sehnt sich nach seiner Nähe. Ich spüre, wie ich erröte, und gehe ein paar Schritte zum Fenster, um mich in der Hoffnung abzulenken, dass er es nicht entdeckt. Ich will ihm nicht sofort um den Hals fallen. Auch wenn sich alles hier gut und richtig anfühlt, sollten wir doch erst darüber sprechen, wie es mit uns beiden weitergehen wird.

Und wenn es so ausgeht, wie ich es hoffe, werden wir ewig Zeit haben.

»Der Winter ist bei euch so schön mild. Es fühlt sich an wie Frühling.«

Wir fahren mit offenem Fenster und sofort überkommt mich wieder das Gefühl von Freiheit. Genau wie beim letzten Besuch hier. Ich liebe dieses Land und möchte nie wieder weg.

»Oh, das ist nicht immer so. Manchmal ist es ein paar Höhenmeter weiter unten mild, während in den Bergen Schnee liegt. Du solltest abwarten, wie wunderschön es hier erst im Frühling wird.«

»Da bin ich aber gespannt.«

Er sieht mich überrascht an und mir fällt ein, dass wir noch gar nicht besprochen haben, wie lange ich bleiben werde. Seine Augen blitzen mich freudestrahlend an und ich kann nicht anders, als das mit einem Lächeln zu erwidern. Als wir angekommen sind, laufe ich zum Steg an dem kleinen See vor der Hütte. Es ist noch genau so wie in meiner Erinnerung, und immer noch finde ich diesen Ort wunderbar, magisch. Ben steht hinter mir und hält mich fest in seinem Arm, während wir zusehen, wie die Sonne die Oberfläche des Wassers zum Glitzern bringt.

»Ben, das alles hier ist der perfekte Ort für Oma. Hier würde es ihr gefallen, da bin ich mir sicher.«

»Das kann ich mir gut vorstellen. Wollen wir loslaufen? Zum Bach?«

»Ja, gleich.«

Diesmal übernehme ich die Initiative und stelle mich auf die Zehenspitzen, um ihm näherzukommen. Er kommt mir entgegen und wir küssen uns zum unzähligsten Male an diesem Tag.

»Ich habe dich so vermisst«, flüstere ich ihm zu.

»Du machst mich zum glücklichsten Mann dieser Welt«, antwortet er, bevor sich unsere Lippen vereinen.

Der kleine Spaziergang durch die Natur ist erfrischend und beim Gedanken daran, Oma endlich an einen Ort zu bringen, an dem sie in Frieden und in Einklang mit der Natur, mit ihrer Heimat ruhen kann, überkommt mich Vorfreude. So, wie sie es sich gewünscht hat.

Zwanzig Minuten später stehen wir an dem rauschenden Bach, der kühl und lebendig vor uns liegt und auf seine Gabe wartet. Gemeinsam öffnen wir die Urne und in diesem Moment weht der Wind und wirbelt vergilbte Blätter um uns herum. Er weht mir zart durchs Haar und es ist, als höre ich mit ihm ein Lachen. Ein mir bekanntes Lachen. Omas Lachen. Ich sehe zu Ben hinüber und auch er ist offenbar im Rausch des Augenblicks gefangen. Wir nicken uns zu und schütten langsam und vorsichtig mit dem Wind die Asche in das kühle Wasser. Sofort wird der Wind kräftiger, dennoch weht die Asche nicht weg. Es ist vielmehr, als möchte der Wind dem Bach geben, was wir für ihn haben. Fein landet Omas Asche auf der Oberfläche des Wassers, bis das nächste Plätschern sie verschluckt und ins Tal ihrer Vorfahren mitnimmt. Zurück nach Hause. Wir stehen noch eine Weile Arm in Arm am Rand des Baches und sehen ihrer Asche hinterher, die langsam verschwindet. Ich bin glücklich. Und wenn ich Ben so ansehe, glaube ich, er ist es auch.

»Und du bist dir sicher, dass du Deutschland verlassen willst? Versteh mich nicht falsch, aber ich hätte Verständnis, wenn du ein Leben in Deutschland vorziehen würdest. Also, natürlich mit mir!«

»Ben, wo du bist, will auch ich sein. Mir ist es egal, wo das ist. Und zufällig liebe ich dieses Land hier. Alles ist so schön hier und ich liebe dich. Du hast hier einen tollen Job und es gibt noch einiges, was ich hier über mich und meine Ahnen erfahren kann. Außerdem hab ich hier auch Familie. Kimi freut sich wie verrückt, dass sie und ihre Familie hier bei uns jederzeit Urlaub machen können.«

»Schon gut, schon gut, du hast mich überzeugt. Gott, du glaubst gar nicht, wie ich mich freue!«

»Doch, das glaub ich dir. Mir geht es ja genauso. Jetzt, wo ich hier bei dir bin, weiß ich endlich, was mir die ganze Zeit gefehlt hat. Weißt du, da war diese Leere, die nichts und niemand ausfüllen konnte. Es hat irgendetwas gefehlt.«

Ben sieht mich verträumt an. »Genauso ging es mir. Bis ich dich getroffen habe.«

»Du weißt schon, dass ich dich hier nie wieder weglasse, oder?«

Ich beobachte Ben, wie er vor riesigen Töpfen in der Küche steht, um uns ein Abendessen zuzubereiten. Ich könnte ihm stundenlang nur zusehen und ihn beobachten. Mir wird bewusst, wie sehr ich ihn vermisst habe. Viel zu lange waren wir voneinander getrennt. Aber das wird seinen Grund gehabt haben, denke ich bei mir.

»Ben, das hoffe ich. Und ich nehme dich beim Wort.«

»Du bleibst, du bleibst, du bleibst! Tralalalala …«

Ausgelassen tanzt Ben durch den Raum und ich lache vor Freude über den Anblick seiner Begeisterung. Ben kommt mit großen Schritten auf mich zu und hebt mich in die Luft.

»Du wirst wirklich hierbleiben?«

»Ja, ich werde hierbleiben. Hier bei dir! Das darfst du mir ruhig glauben.«

Und so stehen wir einfach nur da und können unser Glück nicht fassen. Endlich sind wir vereint und das wird so bleiben. Ben dreht sich, während er mich mit Schwung hochhebt, nicht ohne dass wir ins Schwanken geraten. Das Sofa neben uns fängt uns auf und wir liegen uns in den Armen. Er sieht mich an und es ist, als ob ihm etwas einfällt.

»Ich bin gleich wieder da.«

Verwundert sehe ich ihm hinterher und beobachte, wie er an seiner Jackentasche herumnestelt. Zurück kommt er mit dem mir schon bekannten Samtbeutel.

»Das hier soll nun dorthin, wo es hingehört.«

Er hält mir das sichelförmige Nugget entgegen. Ich nehme es in die Hand und auch dieses fühlt sich gleich vertraut und warm in meinen Händen an.

»Du glaubst nicht, wie oft ich es in meinen Händen hielt, nachdem ich aus Deutschland zurückgekommen war.«

Sein Blick in die Ferne verrät mir, dass er gerade in der Erinnerung daran verweilt.

»Ich habe gebetet, gefleht, du mögest zu mir kommen. Du hast mir gesagt, dass sie sich wiederfinden und dass wir uns wiederfinden. All die Wochen hab ich an nichts anderes als an deine Worte denken können.«

Ich fühle, wie seine Worte mich mitnehmen. Niemals wollte ich, dass er leidet. Ich gehe, immer noch das Nugget in der Hand, auf ihn zu in seine Arme.

»Es tut mir leid. Ich wollte nicht, dass es dir schlecht geht«, flüstere ich leise schluchzend.

»Nein, Mayara. Ich glaube, das war alles genau so richtig, wie es gelaufen ist. Du brauchtest Zeit zum Trauern und für dich.«

Ich nicke. Die Zeit ohne ihn war schmerzhaft. Trotzdem hat sie mir klargemacht, was für mich, für uns wichtig ist. Ich hole den Sonnenstein aus dem Lederbeutel und lege beide Steine aneinander in meine Handfläche.

»Ab jetzt und für immer werden diese Steine zusammenbleiben. Ab jetzt und für immer werden wir zusammenbleiben!«

Wir legen beide Steine, endlich wieder vereint, in den Lederbeutel. Während unsere Hände sich dabei berühren, ist es, als wären sie elektrisiert. Die Berührung lässt mich erschaudern, fordert aber mehr. Ben blickt mir tief in die Augen und alles in ihm spricht zu mir ohne auch nur ein Wort. Endlich sind wir wieder vereint. Wir besiegeln das Versprechen mit einem Kuss und erwecken eine fast schon vergessene Tradition mit ihm zum Leben. Und es fühlt sich so hell und klar an. Fast als tanzten Sonne und Mond ihren Hochzeitstanz. Sie leuchten, wie sie es nie zuvor taten. Ich weiß nicht, wie ich auf diesen Gedanken komme, aber es fühlt sich schön an, und nichts könnte uns beide in diesem Moment treffender beschreiben.

Kapitel 12

Der Kreis der Unendlichkeit

14 Jahre später

»Mum, Dad? Wo seid ihr? Ich muss gleich los. Der Bus wird jeden Moment da sein und ich hab keine Lust, mit dem Fahrrad in die Schule zu fahren! Muuuuuummmm!?«

»Hey, Schätzchen, warte! Da, nimm dein Pausenbrot mit. Nicht dass du dir auf dem Weg wieder irgendeinen Schrott kaufst.«

»Oh Mann! Ja gut, gib her. Warum kann ich nicht ganz normal wie alle anderen Toast essen? Immer dieses selbst gebackene Vollkornbrot. Und jetzt komm mir nicht mit ›bei uns in Deutschland‹ und ›bewahre deine Tradition‹, blabla. Es ist Brot! Weiter nichts.«

Sie regt sich künstlich auf, und es amüsiert mich, ihr dabei zuzusehen, wie sie so heftig gestikuliert, wie es kein Politiker könnte. Natürlich darf ich ihr nicht zeigen, wie gerührt ich darüber bin, dass sie anscheinend gerade dabei ist, sich selbst zu finden. Auch wenn ich stark hoffe, dass sie die eine oder andere Grenze, die überschritten wird, nicht mit in ihr erwachsenes, neues Ich mitnehmen wird. Manchmal habe ich das Gefühl, direkt in einen Spiegel zu sehen, wenn ich sie beobachte. Dann, an anderen Tagen, ist sie mir wieder so fremd. Erziehung ist wirklich eine spannende Sache, aber das Highlight ist definitiv die Pubertät. Sie weiß genau, sie wird das Brot mit in die Schule nehmen, und erwartet deshalb keine Antwort von mir zu ihrer kleinen Eskalation am Morgen.

»Selina, komm bitte nach der Schule gleich nach Hause, ja? Dad und ich müssen was Wichtiges mit dir besprechen. Wegen deinem Geburtstag übermorgen. Wir dachten, wir könnten reinfeiern. Immerhin bist du ja jetzt schon eine Große und morgen ist Wochenende …«

»Ähm, Mum, geht es dir gut? Reinfeiern? Eine Große? Wirst du jetzt etwa sentimental? Du gehst doch selbst immer schon um halb zehn ins Bett und ehrlich gesagt hab ich gar keinen Bock, meinen Geburtstag zu feiern. Ach egal, ich muss jetzt los! Gib Dad ’nen Kuss von mir, ja?«

»Ach, Schätzchen, sei doch nicht immer so negativ. Du wirst sehen, das wird toll. Also gut, tschüss erst mal, mein Engel, und pass auf dich auf!«

»Ja, ja. Bye, Mum.«

Natürlich bemerke ich ihre hochgezogene Augenbraue und den zickigen Ton in ihrer Stimme. Eines ist klar, hätte ich Ben nicht, hätte ich mich sicher schon so manches Mal in die Anstalt einliefern lassen. Nur um der ganzen Sache hier zu entgehen. Aber er schafft Ruhe und Gelassenheit, wie ich es nie könnte. Vielleicht ist es sein Job, der es ihm leichter macht. Ein Profi eben.

»Guten Morgen, meine Sonne.«

»Guten Morgen, Ben.«

Er küsst mich zärtlich auf die Stirn und ich bleibe einen Moment einfach in seinen Armen stehen und genieße die Nähe seines bettwarmen Körpers. Und wieder, wie jedes Mal in all den

Jahren, bin ich glücklich. Glücklich, die richtige Entscheidung getroffen zu haben und hier mit ihm zu sein.

»Ist Selina schon weg?«

»Ja, gerade eben. Sei froh, dass du die morgendliche ›Es ist vor acht und ich terrorisiere trotzdem meine Familie‹-Aktion verpasst hast. Und ich sag dir eins: Morgen schlaf ich mal aus!«

Ben sieht mich amüsiert an und hält mich immer noch fest im Arm.

»Das ist okay, aber morgen ist ja Wochenende, das ist dir schon klar, oder? Da schlafen wir ja ohnehin alle aus«, lacht er.

»Na super. Dann eben am Montag.«

»Ja, ja, schon gut. Montag muss ich auch wieder in die Schule, da kann ich Selina dann mitnehmen.«

»Du bist der beste Ehemann der Welt, weißt du das?«

Ben grinst mich an und am liebsten würde ich gleich wieder mit ihm zurück ins Bett. Aber es gibt für die Party und die Zeremonie einfach noch so vieles vorzubereiten. Außerdem muss ich noch zu einigen Kunden, die ich mit Deko beliefern soll. Thanksgiving steht vor der Tür, was bedeutet, dass es an Tischen und Türen einiges zu tun gibt. Normalerweise ist meine Arbeit kein Stress für mich, sondern meine Leidenschaft. Ich konnte es vor zehn Jahren gar nicht glauben, dass Menschen tatsächlich Gestecke und Hausdekoration von mir kaufen würden. Als Ben mich damals überzeugte, das einfach mal auszuprobieren, zweifelte ich, aber woanders wurde ich beruflich nirgendwo glücklich. So eine Anstellung wie bei Herrn Ziegler gibt es eben nicht an jeder Ecke, wahrscheinlich gibt es so etwas nur einmal im Leben. Also versuchte ich das einmal und es ist bis heute wunderbar. Wir haben für mich ein Gewächshaus auf unserem Grundstück gebaut, in dem ich alles vorbereiten kann und viele Pflanzen selbst züchte.

Wieder drücke ich Ben an mich. Ich kann nicht aufzählen, wie oft er mich zum glücklichsten Menschen des Planeten gemacht hat und immer noch macht. Meine Gedanken wandern wieder zu Selina, unserem größten Segen.

»Ich hab ihr gesagt, dass wir morgen mit ihr reinfeiern wollen.«

Ben grinst. Ich denke, er kann sich das Gespräch zwischen Selina und mir nur zu gut vorstellen.

»Und, lass mich raten: Sie war begeistert von der Idee, mit ihren alten Leuten reinzufeiern, oder?«

Auch ich lächle und fahre mit der Hand über sein Haar, das mittlerweile silberne Strähnen aufweist. Was ihn aber in meinen Augen nicht weniger sexy macht.

»Von welchen alten Leuten sprichst du denn bitte?«

»Wahnsinn, wie schnell die Zeit vergeht. Sind es etwa wir, die schön langsam alt werden?«, fragt er, während ich mich aus seinen Armen löse und anfange, die Küche vom morgendlichen Chaos in Ordnung zu bringen.

»Das mag vielleicht auf dich zutreffen, ich schließe mich da aber auf jeden Fall nicht ein.«

»Ach, bei dir ist es doch ohnehin egal, wie alt du bist. Du bist und bleibst immer wunderschön. Meine schöne Mayara«, raunt er mir in den Nacken, während er mich von hinten umarmt.

Nachdem er gerade mein Haar zur Seite geschoben hat, küsst er mich zärtlich auf die Schulter. Instinktiv neige ich den Kopf zur Seite. Die Berührung kitzelt und Gänsehaut überzieht meinen Rücken.

»Du bist echt gemein. Du weißt genau, dass ich überhaupt keine Zeit habe. Ich muss doch gleich los. Mrs Johnson und Trudi warten schon auf ihre Gestecke.«

»Du setzt mich also auf die Ersatzbank?« Er sieht mich gespielt traurig an.

Wenn ich ihn so ansehe, spüre ich ein Flattern im Bauch. Es hat nie aufgehört, sich so anzufühlen, und unter anderem ist es das, was mir klar sagt, dass er der Richtige ist. Mein Ben.

»Ach, du Spinner, jetzt hör aber auf! Du weißt, du bist und bleibst meine Nummer eins.«

Ich drücke mich an ihn und kann seine Leidenschaft an meiner Hüfte spüren. Jetzt tut er mir tatsächlich ein wenig leid.

»Ben, jetzt geht es wirklich nicht. Heute Abend, versprochen«, flüstere ich ihm zu.

Er nickt verständnisvoll.

»Es ist so viel zu tun. Kannst du glauben, dass es schon so weit ist? Dass sie schon so weit ist? Wird sie die Bedeutung verstehen? Nicht dass sie uns für verrückt erklärt und uns auslacht. Gerade war sie noch mein kleines Baby, lag schreiend in meinem Arm, und jetzt soll sie schon so weit sein, sich Gedanken über die Liebe und solche Dinge zu machen?«

Mir fehlen die Worte. Dieses Gefühl ist unbeschreiblich. Ben nickt zustimmend.

»Ach, Süße, ich weiß, was du meinst. Gerade Selina, die von Jungs nichts wissen will. Wenn es nach ihr ginge, würde sie den ganzen Tag nur Basketball spielen. Tag und Nacht. Also, ja, es kann passieren, dass sie es nicht versteht und uns sogar für verrückt erklärt. Aber Hauptsache, sie behält die Steine zusammen. Dann werden sie ihr zu gegebener Zeit schon zeigen, was sie zu tun hat. Sieh uns doch an! Oder hast du das Vertrauen in die Steine verloren?«

»Hm, du hast ja recht. Das wird schon alles werden. Sie hat ja uns als Beweis. Was wirklich dran ist an den Steinen, ich weiß es nicht. Aber weißt du, woran ich das Vertrauen nie verlieren werde?«

»Woran?«

Ich spüre, dass Ben genau weiß, wovon ich spreche. Ich sehe es in seinen warmen, weichen Augen, die mich liebevoll anblicken. So viele Jahre schon.

»Das Vertrauen in uns und das Vertrauen in die Liebe!«

»Ihr meint das ernst?«

Selina wischt sich mit dem Handrücken eine Lachträne ab und blickt erst mich, dann ihren Vater irritiert an. Ihre Stirn ist kraus gezogen.

Da mir Oma Awenasa nicht mehr erzählen konnte, wie die Zeremonie vollzogen wird, beschlossen wir, eine eigene zu erschaffen und uns selbst etwas Schönes zu überlegen. Also grübelten wir und überlegten, wie wir es anstellen sollten, Selina zu zeigen, wie wichtig es uns ist, uns und die Steine ernst zu nehmen und sie trotzdem nicht zu erschrecken. Wir bauten ein kleines Zelt im Garten auf. Vor dem Zelt die Feuerstelle, an der wir jetzt sitzen. Ich habe schöne herbstliche Gestecke zusammengestellt, mit denen der Tisch und die Zeltwände in harmonischen Grün- und Orangetönen dekoriert sind. Mag sein, dass mein Dekozwang ein wenig mit mir durchgegangen ist, aber alles in allem ist unser Werk hübsch anzusehen, und auch wenn sie es niemals zugeben würde, flackerte ein kurzes Staunen in Selinas Gesicht auf, als wir mit Fackeln vom Haus zum Zelt gingen.

Ben und ich erzählen ihr, seit sie ganz klein war, immer wieder von den Bräuchen der Indianer, aber als sie ins Schulalter kam, interessierte sie sich nicht mehr dafür. Es war schon schwierig, sie davon zu überzeugen, in den Sommerferien ins Cherokee-Sommercamp zu fahren. Dort gibt es Indianer, die es sich auf die Fahne geschrieben haben, jungen Cherokees die Sprache in Wort und Schrift beizubringen und ihnen die alten Geschichten und Geheimnisse sowie Riten zu erzählen. Wir fanden, es sei eine gute Sache, wenn sie das alles hautnah und mit anderen Kindern miterlebt. Sie allerdings war nicht so begeistert. Aber zum Glück hat sie sich letztes Jahr mit Sarah angefreundet. Die beiden wurden beste Freundinnen und auch in ihrem Elternhaus spielt die Tradition eine große Rolle. Die beiden fühlen sich verbunden und sie sind mittlerweile fast wie Zwillingsschwestern zusammengewachsen. Auf jeden Fall geht sie deshalb seit zwei Jahren viel lieber hin.

»Und diese zwei kleinen Teile hier sollen mir die große Liebe schicken? Vielleicht mittels Steintelepathie, oder wie soll ich mir das genau vorstellen?« Sie sieht uns mit großen und auch herausfordernden Augen an. »Ihr wollt mir allen Ernstes erzählen, ihr glaubt daran?«

Ich möchte ruhig bleiben, kann aber nicht verstehen, wie sie so wenig Respekt vor uns und ihren Vorfahren haben kann.

»Hast du mir nicht zugehört?«, fahre ich sie schon fast ein wenig an, doch Ben drückt zärtlich, aber bestimmt meine Hand, um mich zu bremsen.

»Doch, klar. Deine Oma hat mal Mist gebaut und durch echt krasse Zufälle habt ihr euch dann gefunden. Mum, ganz ehrlich: Die Geschichte ist echt spannend, aber das hat doch nichts mit Zauberei zu tun. Ich hätte nicht gedacht, dass du und Dad so abergläubisch seid.«

Ich möchte das Wort ergreifen, doch Ben spürt, dass es besser wäre, wenn erst einmal er spricht. Er sieht mich an, und ich erkenne sofort, dass ich ihn sprechen lassen soll.

»Selina, komm mal rüber zu uns.«

Selina sieht ihren Vater kritisch an, kommt dann aber um das Feuer, das wir im Garten entfacht haben, herum zu uns herüber. Ich denke kurz darüber nach, ob die Sache mit einer Zeremonie nicht doch ein wenig albern ist, aber wir fanden die Idee so schön und das hatte nicht einmal etwas mit den Steinen zu tun. Ich war einfach in meinem Element und wollte heute Abend eine gute Zeit für uns alle. Nie hätte ich es für möglich gehalten, dass die Kids mit vierzehn gar keine Kinder mehr sind. Ich glaube, Selina findet die ganze Aufmachung kindisch. Es hat sich alles so verändert. Ich bin gespannt, was Ben zu sagen hat.

»Weißt du, deiner Mutter und mir geht es in erster Linie nicht um die Steine, sondern darum, dir zu erklären, wie wichtig die Liebe ist. Aufrichtige, hingebungsvolle Liebe. Und es ist völlig egal, ob wir von Liebe in der Familie sprechen oder von der Liebe zwischen Mann und Frau.«

Ich hänge an Bens Lippen, lausche den Worten, die sie sprechen, und ich merke, dass auch Selina aufmerksam zuhört, auch wenn ihre Wangen hochrot anlaufen, kaum dass sie das Wort Liebe hört. Sie hat zu ihrem Vater eine so besondere Bindung, um die ich ihn manchmal sogar etwas beneide. Sie erfüllen einfach jedes Klischee einer Vater-Tochter-Beziehung, wie sie im Buche steht. Ich glaube, genauso schwer, wie es für Selina ist, über das Thema Liebe zu sprechen, ist es für Ben, sich vorzustellen, dass sein kleines Mädchen irgendwann einmal in den Armen eines anderen Mannes liegt.

Er hält die Steine in seiner Hand und sieht sie nachdenklich, fast ein wenig verträumt an.

»Weißt du, Selina, wenn Liebe Zauberei ist, dann glauben deine Mutter und ich daran. Und weil wir wissen, dass es nichts Besseres geben kann, als dieses Gefühl zu erleben, wünschen wir dir natürlich das Gleiche.«

Er öffnet mit seiner Hand Selinas und legt die Nuggets behutsam in ihre Handfläche, umgreift ihre Finger und schließt sie zu einer Faust.

»Schließ die Augen«, flüstert er.

Und obwohl er nicht mich damit meint, schließe ich, wie Selina es tut, meine Augen. Ich rutsche noch ein wenig näher an die beiden heran und lausche in die Stille. Es kommt mir vor, als vergingen viele Minuten, ehe er weiterspricht. Sofort bekomme ich eine Gänsehaut. Ich fühle, was Selina gerade fühlen muss, weil es immer so ist, wenn ich die Steine in meinen Händen halte.

»Fühlst du es, Selina?«

Ich höre sie nicht antworten und öffne meine Augen, um in ihrem Gesicht zu lesen, was in ihr vorgeht. Und da sehe ich es ganz genau: Sie hat sich darauf eingelassen. Sie spürt die Stärke, die von den Steinen ausgeht. Während ihr einzelne Tränen die Wangen hinabrollen, lächelt sie. Sie antwortet nicht, aber sie lächelt, öffnet die Augen und umarmt erst ihren Vater und dann mich.

Wir sitzen noch eine Weile, jeder in seinen Gedanken verweilend, am Feuer und genießen die Nähe zueinander. Über uns der Mond, voll und schwer am schwarzen Himmel, und ich spüre es ganz genau: Die Reise der Steine geht weiter.

Epilog

»Und so vertraut in euch und in die Liebe.«

Während Leoties Vater die Sätze aussprach, die auch sein Einverständnis symbolisierten, konnte der junge Gawonii seinen Blick nicht vom Zelt abwenden, in der Hoffnung, seine zukünftige Braut zu erspähen. Sie waren noch sehr jung und er wusste, es würde noch eine Weile dauern, bis seine Träume sich erfüllten. Aber sie war seine Zukunft und die Zukunft der Prophezeiung, denn sie würde ihre Kinder in sich tragen. Sie war der Anfang einer Tradition, die sie selbst in die Wege leiten sollten. Mit ihr entstand das Wunder, das in seinen Träumen schon so real war. Und Großmutter Sonne und Großvater Mond waren ihre Zeugen.

Er hielt sie in der Hand, die Steine in dem Säckchen, das ihm seine Braut Leotie schenkte. Als er vor dem Tipi ihrer Familie stand, kam nach ihrem Vater kichernd ihre Schwester aus dem Zelt. Leise rief sie Leoties Namen, um ihr zu sagen, dass Gawonii hier war, um sie zu besuchen. Leoties Vater deutete mit seinem Kinn auf die Decke, die Gawonii bei sich trug.

»Du willst sie also wieder besuchen? Wann wirst du alle meine Tiere haben? Dann könnt ihr gleich in euer eigenes Tipi ziehen.«

Leoties Vater deutete auf das Zelt, das nicht weit entfernt von dem ihrer Familie stand und darauf wartete, bewohnt zu werden.

»Wenn Großvater Mond wieder voll vom Himmel herunterblickt, wirst du alles bekommen haben.«

Gawonii senkte seinen Blick und bewegte sich nicht. Leoties Vater grummelte etwas, ging hinein ins Familienzelt, und nur ein paar Wimpernschläge später stand sie vor ihm. Er legte ihr die Decke um die Schultern und sie saßen nebeneinander am Feuer vor dem Tipi, wie sie es schon so oft getan hatten. Die Gefühle zueinander unterschieden sich kaum von denen alter Zeiten. Ihre Familien waren schon vor ihrer Geburt befreundet gewesen und so wuchsen sie miteinander auf. Keiner stellte infrage, dass sie eines Tages heiraten würden. Sie liebten einander, seitdem sie denken konnten.

Während ihre Familien, wie es der Brauch war, Geschenke hin und her trugen, sich Glückwünsche und Freude bekundeten, saßen sie, wie es die Tradition verlangte, vor ihrem Zelt unter der Decke und hatten nur sich selbst im Sinn.

Gawonii hielt es nicht mehr aus und legte ihre Hand in seine. Er holte Luft, denn er wusste nicht, wie er ihr sagen sollte, was für ihn schon so lange klar war wie die Bäche in den Bergen. Denn sobald die Gedanken Worte wurden, klangen sie sinnlos.

»Vor vielen Monden fielen Großmutter Sonne und Großvater Mond genau vor meinen Füßen in den Bach dort drüben.«

Er zeigte in Richtung des Baches, in dem er die Steine gefunden hatte, und seine Stimme wurde kräftiger, als er in ihrem Gesicht las, dass sie ihm jedes Wort glauben würde. Er sah tiefes Vertrauen.

»Weißt du, ich habe tief in mir drin, im Unterbewusstsein meiner Träume, die beiden am Himmel tanzen sehen.«

Sie sah ihn mit großen, dunklen Augen erstaunt und fragend an.

»Und auch du, meine geliebte Leotie, meine Prärieblume, kamst in diesen Träumen vor. Du warst die Mutter meiner Kinder und wir schenkten unserem Erstgeborenen diese Steine.«

Er hielt ihre kleine, zarte Hand, die sie zur Faust geballt hatte, um die Steine nicht zu verlieren, in seiner und küsste sie zart.

Während er sprach, veränderte sich etwas zwischen ihnen, das fühlten sie genau, ohne es auszusprechen. Sie waren füreinander bestimmt und die Steine waren der Anfang ihrer Geschichte. Leotie und Gawonii konnten nicht sagen, weshalb, aber Tränen voller Liebe und Ehrfurcht tanzten ihre Wangen hinunter. Der Moment war besonders und einer der schönsten, die sie in ihrem Leben haben würden. Es war der Moment, in dem sie wussten, dass sie einander liebten. Anders als die Liebe, die sie vorher füreinander gefühlt hatten, die der Freundschaft und der Liebe unter Geschwistern gleichgekommen war. Sie waren jetzt Mann und Frau.

Sie konnten nicht ahnen, nur vermuten, dass die Steine in ihren Händen am Anfang einer langen Reise standen. Einer Reise im Namen der Liebe.

Danksagung

Vielen Dank an meinen Verlag, der es möglich gemacht hat, dass dieses Buch in keiner Schublade verschwindet, sondern gelesen wird. Ein sehr großer Dank geht an meinen Agenten Klaus Gröner, der die Geschichte für gut befand und sich für Mayaras Abenteuer mit Herzblut einsetzte.

Vielen Dank auch an alle fleißigen Bienen, rund um die vielen Worte Text. Vielen Dank, für all die Mühe und Geduld.

Mein besonderer Dank geht an meine Familie. Danke, David, dass du mir den Rücken stärkst und mich unterstützt, mir Mut machst, Zeit schenkst und dich in Geduld übst, auch wenn ich sie oft selbst nicht mehr habe. Und auch an meine liebe Tochter, Lorina. Die mich immer wieder durch Kinderaugen auf die Welt blicken lässt. Ich liebe dich bis zum Mond, der Sonne, den Sternen und zurück.

Danke auch an meine Schwester Nadja, deine Worte haben mir Mut gemacht.

Und nicht zuletzt ein großer Dank an meine Freunde. Danke, Gabi, dass du immer die richtigen Worte findest, vielleicht solltest du ein Buch schreiben, mein Herz. Nassim, du hast von Anfang an an die Geschichte geglaubt. Ich hoffe, du ahnst, was mir das bedeutet. Liebe Barbara, vielen Dank für die Inspiration. Ich kann jedem, der eine persönliche

Musikbegleitung, nicht nur für Beerdigungen, sucht, die beiden von Harfensang nur empfehlen. Ihr findet sie unter der gleichnamigen Seite bei Facebook. Danke Andrea, fürs Zuhören, Brainstormen und auf andere Gedanken bringen, in stundenlangen Telefongesprächen. Liebe Michelle, vielen Dank, dass du mich ermutigt hast, an meine Träume zu glauben.

An alle, die ich genannt und nicht genannt habe, ihr, die ihr mich bei diesem Projekt unterstützt habt.

DANKESCHÖN,
Eure Emily

13047871R00169

Printed in Germany
by Amazon Distribution
GmbH, Leipzig